锦 瑟

温亚军 著

作家出版社

图书在版编目（CIP）数据

锦瑟 / 温亚军著. -- 北京：作家出版社，2025. 1. --
ISBN 978-7-5212-2967-7

Ⅰ. I247.5

中国国家版本馆CIP数据核字第20248A7E65号

锦　瑟

作　　者：温亚军
责任编辑：兴　安
装帧设计：王一竹
出版发行：作家出版社有限公司
社　　址：北京农展馆南里10号　　**邮　　编：**100125
电话传真：86-10-65067186（发行中心）
　　　　　　86-10-65004079（总编室）
E-mail:zuojia@zuojia.net.cn
http://www.zuojiachubanshe.com
印　　刷：北京华联印刷有限公司
成品尺寸：142×210
字　　数：260千
印　　张：10.125
版　　次：2025年1月第1版
印　　次：2025年1月第1次印刷
ISBN　978-7-5212-2967-7
定　　价：59.00元

目录

地　烟

一

正月初五这天，小曼早早起来，赶在别人家前边去放"破五"的炮仗。今年冬天不冷，地气热，蒸发的地烟就多，烟雾浓得夜色一样，把天地罩得严严实实，根本看不清院子里的东西。已有人家在放炮仗了，不时有零星的炮仗声炸响，声音遥远得像从天边传来。小曼心里着急，摸索着把鞭炮挂到沙枣树上，捂着打火机光找药捻。药捻足有三厘米长，够小曼点燃后躲开。这时，却刮过一股风，打火机熄灭了。再打，只闪出几星火花，还叫风给带走了。小曼背过身挡住风，哆嗦着终于打着火点燃药捻，蛇芯子一样的药捻刺刺蹿得飞快，小曼抽身跑到屋檐下躲避。还没捂上耳朵，火光乱溅，炸声骤起，这串鞭炮小曼放在炕上烘烤了一夜，炸起来嘎嘣脆响，像在耳朵跟前炸似的，她的右耳膜受到震荡，里面嗡嗡乱叫，像钻进许多蚊子。但小曼还是很高兴，她的鞭炮声压过了别人家的。

小曼揉着耳朵进到厨房，烧火准备早饭。"破五"是有讲究的，这天早饭得吃玉米面搅团，就是把"破了的五"搅成一团，再拾掇完整。小曼像她妈一样，平时就爱吃搅团，可搅团是杂粮，是次等饭食，过年这几天一直没吃上，赶上"破五"，她打了满满一锅搅团。蹲在灶间捣蒜泥时，父亲披着棉衣进来，揭开锅盖看了看还在冒泡的搅团，脸立马耷拉下来，嘴唇动了动，却没责怪女儿，叹口气，走了。

小曼往铁勺里倒上油，伸进灶洞里烧热，泼在蒜泥碗里，"刺啦"一声，蒜香味扑鼻升起，瞬间溢满了厨房。小曼忍不住打个喷嚏，嗡嗡叫的右耳安静了一下，随即，又乱叫起来。小曼不去管它，在浓浓的蒜香里，往蒜泥里撒点盐，加入醋汁、酱油，还有红汪汪的辣椒油，拌匀后浇了两老碗搅团，给父母端到东屋。

　　何婉云已经起来，拖着受伤的左腿，歪在炕沿边洗脸。她的腿是过年前摔伤的，去条儿沟给小曼买旱獭肉回来的路上，看到路沟边朝阳的枯草丛中，竟然开放了几朵黄灿灿的迎春花，在浅淡的冬日阳光下泛着金黄的光泽。这是个吉兆，还没开春呢，迎春花倒先开了。金黄色花朵灵光似的在何婉云心头一闪，花开得心疼人呢，在这个季节，凝聚了春夏秋冬四季的精华，嫣然绽放，人要是多闻闻花香，不就是把四季的精华都吸进身体里，增添精气神呀。何婉云想采下那几朵花带回去给小曼。她没细想，就把篮子放下，抓住一把枯草，探出身子去够那簇迎春花。凑近一看，才看清是几片碎塑料纸夹杂在枯草里，哪有迎春花，真是人老眼神不济了，何婉云很失望，返身往上爬时，沟沿土质松软，枯草也不柔韧，何婉云一脚踩空跌进了沟里，腿撞到沟边的石头，伤得不轻，小腿骨裂，在镇卫生院住院治疗，大年三十前一天才回的家。

　　顾远山拿条毛巾，静静地侍候老婆洗脸。大冷天出门去买旱獭，按理是他这个爷们儿该做的事。自从小曼的病讨到偏方后，买旱獭的事都是顾远山去，可过年前那阵，像商量好似的，桑那镇有几家赶在鼠年之前嫁女娶媳妇，一家紧跟一家地往顾远山的裁缝店跑，他们要赶做杂七杂八的结婚用品。顾远山受宠若惊，心里明白那些人家是照顾他的生意，小曼的病需要钱治，每月光买一次旱獭肉，就得近千元。桑那镇可不止顾远山一人开裁缝店，他不能耽搁。放在平时，十天半月不见一个人影上裁缝店，现在的人图方便，穿衣戴帽都去商品市场买现成的，那里的服饰应有尽有，板型好，样子好看，大号小号随意挑选，又能砍价，比较之下，比买布做衣服划算，也简单得多。早些年，顾远山可是个忙人，东家请西家请，靠着裁缝手艺，把日子过得红红火火。可近几年，生意越来越不行，一年到头，只靠过年前那阵有点生意，平时裁缝店相当清闲，偶尔有人收个裤边、缝个被套，才来找他，让他赚几个加工费。裁缝这手艺，已是日落西山，越来越没前程了。

何婉云想让老头安心干活，为小曼挣些治病的费用，自告奋勇去买旱獭，谁料想她却摔伤了腿。老头年前赚的那点钱，变成了何婉云的医药费。顾远山长吁短叹，却没责怪老婆。

显然，顾远山已对老婆说过小曼打了一大锅搅团，何婉云对端饭进来的小曼视而不见。

小曼将碗放到炕沿，待母亲洗完脸，要端脸盆出去，何婉云抽了下鼻子，望着油汪汪的搅团，叫住小曼："曼啊，给你说过多少遍了，今儿个人家上门……"

小曼看了父亲一眼，对母亲说："我知道，今儿是'破五'，得吃搅团。去年，小林家'破五'没吃搅团，倒霉了一年。"

何婉云把眼睛从搅团碗里拔出来，瞪着女儿道："你总有理由！"

"干什么呀你?"顾远山对老婆的这种态度不满，从她手里扯回毛巾，怨道，"小曼知道你爱吃搅团，一大早忙个不停，瞧，孩子给你调的蒜汁油汪汪的，你还埋怨……"

"没你的事，一边待着去！"何婉云白了老头一眼，仍对女儿说:"可是,今天咱家有事不是,打一大锅搅团,三天也吃不完啊,叫人看到像什么话?"

小曼从父亲手中夺过毛巾,拧身往出走时丢下一句:"妈,你别忘了,是你说的,'破五'不吃搅团,一年都不得安生!"

顾远山为阻止老婆唠叨,赶紧端碗搅团塞在她手里。何婉云的眼泪蓄满眼眶,忍了忍,没忍住,掉进碗里,溅起两颗油花。她抹把泪,一抽一抽地,用筷子捣着搅团。她不想和女儿较这个劲,她没这个底气,只能把一肚子委屈发泄在浇了蒜汁的搅团里。但,她还是把捣碎的搅团吃了。

小曼在厨房吃完饭,来收碗时,母亲眼睛红红的,却微笑着对她说:"小曼泼的蒜汁能把人香死,搅团也打得好,不软不硬,有筋道。我还想吃,给妈再盛半碗来。"

小曼脸上松和了一些,接过碗说:"搅团摊在案板上已经凉啦,我给你炒点热的吧。"

这回,何婉云真正笑了,她望着女儿的背影,笑脸上挂满了泪珠。多惹人疼的丫头啊,从小就人见人爱,都夸她是个俏女子,可是……老天爷太不公平,好端端的,为什么偏偏把不幸降临到这孩子身上,过了这个年,小曼才二十二岁,该享受的都没享受啊。

自小曼查出有怪病,何婉云和老伴不知偷偷哭过多少回,他们才五十出头,头发一夜之间愁成了花白。那次去喀什大医院给小曼检查,何婉云从医生的话里听出了弦外之音,回来后找镇街上老中医赵千年讨偏方时,也听他说,白血病不好治,多少年了,也没一个最好的治疗方案,中医、西医都在想法子治,可每个人的症状不一样,小曼的病发现得早,还是吃阵子旱獭肉看情况吧。反正,有几例吃旱獭肉治好的，试试吧，看小曼有没有这个造化。

中医的话像禅，参不透，得悟。何婉云算是悟出来一点，给小曼治病，没得商量，同时，她还动了别的心思：趁小曼病情还不太严重，一边治病，一边托人给小曼提亲，她要给女儿冲喜。

人有时候就这样，不管有用没用，做了就是一种寄托。顾远山对冲喜的说法不以为然，在感情上，小曼受过伤害，他担心这样会再次揭开小曼结了痂的伤口，他一门心思只想给女儿治病。病就是病，有了就得想法治，别的事暂不考虑。何婉云不答应，她拉上老头子，提了满满一篮鸡蛋，又去找赵千年。老中医捋着花白的头发，望着眼前比自己年轻十多岁，却比自己白发还多的顾远山两口子，叹息道："这个嘛，不妨试试，但我得多说两句，冲喜不一定是歪门邪道，它存在，就有它存在的道理。可以这样说，小曼丫头也不小啦，也该出嫁了，这是常人生活，你们就把丫头当常人看，这步路走走也好，可以调剂调剂她的心情。人的心情好了，有生活的热情，对治病绝对有好处。"

中医的话一般不会说满，留下空间，供你去想。顾远山想想也是，女儿正值花样年华，她为什么不能享受常人的生活？便不再反对，而且心情更为急迫，恨不得立马给小曼成亲。

二

小曼的漂亮在桑那镇那是有目共睹的，没查出病情，媒人都快踏破她家门槛了，尽管那时小曼有男友，可那些媒人却说，只要没成亲，就还有选择的余地。也是，一个漂亮又能干，性子又安静的丫头谁不喜欢？真要娶回谁家，那可是一辈子的福分。

小曼自己相中一个小伙子，是她小学的同学，只是家在农村，但人长得精神，家境也还不错。小伙子中学没上完休了学，回家贷款买了台机器，在镇街上租房开了一家粮食加工厂，生意不算太大，但在桑那镇这种小地方算说得过去。顾远山夫妇对小伙子本人没什么意见，老实本分，胆大心细，有经济头脑，除过磨面碾米，还加工面条、馒头，生意越做越有起色。只是，他家不在镇上，与小曼不太相配。他们犹豫犹豫，没同意小曼与小伙子定亲。小曼背地里与小伙子已经山盟海誓。

有一天，小曼莫名地晕倒，她的脸色很苍白，在镇医院查不出病因，上喀什城里大医院去了一趟，整个桑那镇全知道小曼得了不好治的怪病。那个小伙子把厂子关了，机器卖了，背着所有的积蓄在一个月黑风高夜，悄悄离开了桑那镇，连他家人都不知道去了哪里，从此没了音信。顾远山夫妇气愤难平，但他们远没小曼受的打击大，上天一个闷棍接着一个闷棍打下来，把小曼打晕了。甜蜜像个梦，突地在小曼眼前消失，留给她的则是比她的病更叫她伤心绝望、深入骨髓的疼痛。那阵子，小曼不吃不喝，把自己关在房子里，哭够了睡，睡起来哭。可是，哭解决不了问题。

看着父母花白的头发、红肿的眼泡，小曼接受了事实，她的心里渐渐平静下来，没有人搅扰的生活恬淡安宁，没有爱情的生活，不过是花儿失去颜色，没有颜色又能怎样？太阳照样照耀它，雨水依然滋润它。为了父母，无论如何，她得振作起来。

小曼的病像突兀显现出来的一座山峦，挡住了曾经络绎不绝的媒人。顾远山夫妇把希望寄托在亲戚身上，除过给小曼想法治病，他们把剩余精力全用在给女儿找对象上。

小曼的小姨一马当先，这阵来得很勤快，今天一个信儿，明天一个消息，父母与小姨的神情在小曼的眼里有点不正常，显得神秘兮兮。有时候，小曼觉得他们说的事与自己无关，她就像个刺猬，只要给她提找对象，身上的刺立马会竖起来。从喀什的医院出来后，她觉得自己的世界已换成另一种颜色，从此得在这种颜色的笼罩下活着，说白了，也没啥大不了的。可是，男友的偷偷出走，对她的打击太大，像给她心里蒙上了一层灰暗的暮色，在这样的暮色里，她的心里不会再燃烧温暖了。

别别扭扭过了一阵，何婉云尝试着与小曼谈谈。母女俩好久没心平气和地谈话了。再好的设想，如果没有主人公，那也只能是空想。而婚姻这种事，一般由母亲出面，母女之间对话会方便些。

那是一个有清亮月光的温馨之夜，何婉云选择这么个美好的夜晚与女儿说私房话，显然把什么都想妥了。她借口这几天腿伤痒得厉害，夜里睡不踏实，怕影响顾远山，要和小曼一起睡。女儿就不怕影响了？小曼没辩这个理，她把母亲搀进自己的西屋。关灯钻进被窝，如水的月光从窗口淌了进来，漫过窗台、床头、被子，还有她们母女的脸，也把何婉云的话洇湿了一般，听上去软软的、柔柔的。可听在小曼耳里，有月亮的柔，更有冬天的寒冷和生硬，她还听到了布帛撕裂的声音，刺啦一声，干脆、决裂，那是她的过往被扯裂的声音，以往那层坚硬的痂裂开，渗出来的是新鲜、冰冷的血。她感受到来自内心深处的疼痛，那里有很多刺，正在小心翼翼地往深处陷去。小曼甩开母亲的手，哭了，先是泪水无声无息地汹涌，而后，她的声音如呼啸的西北风，狂猛，悲恸，绝望。

何婉云也哭了，她是无声的，压抑得身子一颤一颤的，像要把漫在被子上清冷的月光抖掉似的。月光像黏稠的水银，没那么容易抖掉，晃了晃，又像困极了的孩子般，摇摆着趴回到被子上。借着月光，小曼看到母亲脸上的泪水，心里像碎了一块玻璃，碎片明晃晃地扎在那里，坚硬而疼痛。她叹息一声，把哭声止住，在被子里摸索到母亲枯瘦的手，紧紧地握住。这时，她听到从东屋传来抽鼻子的吸溜声。那是父亲在偷偷地哭泣。

何婉云的另一只手探过来，在女儿的手背上抚摸着，女儿皮肤光洁细腻，如果不是那该死的病，她该是他们多大的骄傲啊！何婉云忍不住哭道："曼啊，屈就一回吧，你小姨说，那个人在乌鲁木齐当兵，五年了还没退伍，看来会有出息，见他一面吧，就当是孝敬爸妈啦……"

不能再惹父母伤心了，她带给父母的痛苦还少吗？想到自己的病，小曼刚刚止住的泪水又喷涌而出。

哭过，小曼还是平静不下来，她怕再次听到布帛撕裂的声音。这个时候，她像屋檐下的冰挂一样脆弱，没有外力还能挂在那里晶莹剔透地美丽着，稍有碰撞，便会碎裂一地。而感情这种事，有可能是温暖的太阳，一点一点地融化她，也可能是一阵风，把她从屋檐下直接摜到地下。一个完全陌生的男人，就是她前途未知的命运，她实在无法把握。何况还要隐瞒自己有病这个事实，就像一个腾空而起的肥皂泡，分明是瞬间即逝的绚烂，却要告诉对方那是一只彩色的气球，只要没有锐物，它便可以一直美丽下去。可真的能一直美丽下去吗？她不相信，她也曾在美丽的童话里陶醉和徜徉过，可她知道童话只能是童话。一旦她的病情叫人家知道了，最后的结局不过是再重复一次童话背后的残酷，到那时，受伤最重的肯定是自己，而不是那个男人。她还能撑得住吗？

小曼对自己没有信心。

三

在断断续续的鞭炮声中，"破五"渐渐热闹起来，镇街上不时传来孩子们的欢呼声，他们聚在一起，相互放着炮仗逗乐。太阳已经升了起来，因为有地烟弥漫，太阳温温的，没有往日那般艳丽，好像一夜未睡又忘了化妆的女人，虚弱疲倦，随便往树梢上一挂，随树梢在风中摇摇晃晃。

就这样，在小曼的惶惑不安之中，那个人上门了。

那个人叫朱明明，家在坎儿沟，离桑那镇很远，小曼当然没去过。顾远山去那儿买过旱獭肉，说坎儿沟在山区，因为缺水，山上寸草不生，仅凭沟底的一点缓坡，种些耐旱的荞麦度日，平常吃水都成问题，每家都挖有水窖，靠冬季收集积雪蓄水，日子过得像烈日下的戈壁滩，苦哈哈的。朱明明是个孤儿，是他姑姑从小带大的，后来送到部队当兵，如今在遥远的北疆乌鲁木齐，这次回家探亲，过了正月十五就回部队，趁过年这个机会，想把个人的事处理一下。因为没到"破五"，生人不便上门，就定在初五这天相亲，他与姑姑一起，由小曼的小姨陪着来了。

朱明明个头不高不低，挺瘦，长得倒算周正，只是牙有点不整齐，不张嘴时嘴是鼓的，张开嘴倒也没多难看。他穿了一身崭新的毛料军装，上面没缀任何标志，就凭剃的板寸头，脚上的黑皮鞋，挺直的腰，一看就是部队上的，怪精神的。

顾远山是裁缝，眼睛就是尺子，只一眼，心中已经有数：小伙肩宽一尺六寸，袖长二尺二寸，二尺三的腰，裤长得四尺二寸。男人的标准尺寸。他替女儿把过第一关，高兴地在院子走来走去，搓着手，不知干什么好。

媒人当然是小曼的小姨了，附近的媒婆都知道小曼的怪病，抢手的香饽饽如今变成了戈壁滩上的石头，做媒婆的还能没点儿眼力见儿，硬生生帮人牵一门长不了的亲？这不砸自己的招牌嘛。何婉云也明白，桑那镇周围大家都知根知底，谁也不会湿这个手，这才要妹妹往远点的地方寻，也不求人家的长相和家境，只要能过得去就行。

小姨带着朱明明去东屋见姐姐。何婉云眼睛一亮，心里别说有多满意了，至于别的，她不考虑，人家在乌鲁木齐当兵，见多识广，长得又这么精神，她开始担心人家瞧不上小曼。小姨从姐姐和姐夫的眼神里，已看出他们对朱明明的满意来，心里狠狠地松了一口气。

来到小曼的西屋坐下说话时，朱明明的姑姑见小曼长相不赖，脸细嫩光洁，眉毛又细又长，眼睛又大又圆，不说话时，安静得叫人心疼，朱明明的姑姑心里反而不踏实了。这么漂亮的丫头，家又在镇上，怎么会没定下婆家，反要寻到他们坎儿沟那个穷地方？她顿时起了疑心，铺开摊子问东问西，有些话不能直说，就旁敲侧击，想从话里套出真相来。

小曼的小姨还能不清楚人家话里的意思，赶紧说："我说他姑，你回头打听打听，我家小曼从没出过门去城里混过。丫头这么俊，怕她在外面学坏不是，上门提亲的当然不少，可惜咱没摊上个好家庭，你也看到啦，就这么个烂摊子，小曼她妈又摔伤了腿，多了个拖累，小曼高不成低不就，一直拖到现在，年龄有点偏大啦。"

　　"这倒也是。"朱明明的姑姑还是将信将疑，但话说得有点意思了，"如今啊，家境差点儿其实没啥，我家明明也是苦出身，情况你们都知道，从小没了父母，当然，也没后顾之忧，少了负担。眼下，他又在大城市的部队，整天跟首长们在一起，有吃有穿……看我扯到哪儿去啦，这些都不是主要的，关键，得看他们俩的意思。"

　　"是啊，是啊！"小姨高兴了，她也不是第一次做媒，经验还是有的，对方有意无意的一句话就道出了他们的想法，这样的话比正式说到桌面上好接受一些。她便给朱明明的姑姑挤眉弄眼道："噢，他姑，看我这记性，忘记告诉你一件事啦——走，出去给你一人说。"

　　小姨扯着朱明明的姑姑躲出去，小曼心里慌乱起来，不知她们要说什么，才刚刚见面，肯定与他们的事有关。小曼心里没底，觉得与朱明明单独相处很不自然，她是第一次面对陌生男人，不知怎么办才好。

　　朱明明在大城市当兵五年，见过世面，眼睛瞄着小曼。他的眼神已经表明对小曼的态度。小曼微有些苍白的脸上绽开两团红晕，眼帘低垂，感觉出朱明明一直在看她，更加局促不安，头越发低垂着，根本不敢抬眼看他一眼。朱明明看出小曼的窘迫，心里喜欢她的这份羞涩，于是，主动说："要不，我们去镇街上转转，刚过来时看到超市的门已经开啦，去看看有什么要买的。今早地烟大，天气肯定错不了，这会儿太阳升起来，外面也不冷。"

顾小曼觉得这人长得还行，不是招人烦的那种，就是眼睛略小了点，可说话大方，到底是待在大地方的，一点儿不像桑那镇的人畏畏缩缩。凭第一印象，小曼对朱明明有了些好感。对他的意见，小曼刚想点头，又觉得不妥，几乎全镇人都知道她今天相亲，第一次见面就跟着人家去超市逛，叫别人怎么议论？她摇摇头："我不去超市啦，得去厨房准备晌午饭……"

母亲受伤后，这是小曼每天必须做的，父亲不会做饭，她没人可依靠。

"那好，我帮你做饭。"朱明明倒会见风使舵，说道，"部队每逢休息日，首长叫我到他家吃饭，推不过，就去了，有时帮阿姨择菜切肉，学了几手，我也能炒几样简单的菜。复杂点的，我没机会学，一般都是和首长去饭店吃。"

顾小曼受炮仗震荡的右耳又嗡嗡乱叫起来，她揉揉耳朵，竟然跟着朱明明的话题说道："饭店多贵呀，每个菜得十几块钱吧……"

朱明明不屑地说："大饭店哪有十几块钱的菜？哪个菜不是几十上百，一碗鱼翅就得二百多块，每人一碗——这样给你说吧，再贵又不要我掏钱，白吃就是了。"

"那钱是首长掏？"

"哪能叫首长掏钱？没这规矩，吃的都是公家，个人哪吃得起。"

小曼悬着的心放下了。

朱明明跟着小曼来到厨房。

过年还剩下肉馅，顾远山正在厨房笨手笨脚地择菜洗菜，见女儿进来，后面跟着朱明明，他知趣地对朱明明笑笑，说声"我忘了买酒"，赶紧溜出去。

太阳出来后，外面的地烟一团一团地涌动，像一群顽皮的孩子欢腾地奔来拥去，却一直散不开。厨房窗户小，上面的玻璃烟熏火燎，透明度越来越差。后来有块玻璃不小心打碎了，顾远山嫌玻璃贵，又不结实，就找块塑料薄膜钉上，薄膜禁风又耐雨，透光性当然不如玻璃，夏天把窗户打开，透气又透亮，冬天不能开窗，窗户朝北，光线就不够。因为有地烟，厨房不太亮堂，小曼打开灯，15瓦的白炽灯，就是个意思，没显得有多亮。要是没有朱明明，小曼才不会大白天开灯呢，平时只有天完全黑透才开灯，半上午的，开灯和不开灯的效果差不了多少，大白天能暗到哪里去，还能把生米当成熟饭不成？

厨房的光线实在有点暗，朱明明下意识地抬头看了看灯。灯泡的瓦数低，又经过长久的烟熏气蒸，上面黏附一层油腻，微弱的、暗黄的光线散射开来，并没给厨房增加多少亮度。小曼心里后悔死了，年前打扫卫生时，她故意没擦灯泡。她不喜欢亮堂的灯光，把人影得太清晰，映在地上任人踩着多不好，说白了，她爱那种照不出影子的灯。所以，在她的坚持下，父亲将每个屋子都换成了无影的日光灯，只是厨房装日光灯不值当，再说，普通灯泡已经被烟熏得像无影灯一样，照不出人影了。

再微弱的灯光也会刺激眼球，朱明明的小眼睛从灯泡上移开，眼前一片漆黑。等适应了光线，能看清东西了，他看到，厨房不大，锅灶和案板占了一大半空间，锅台、案板、水缸、碗碟都擦拭得干干净净，摆放得井然有序，就连灶口的柴火，也收拾得整整齐齐，给人的感觉很舒服，一看就是平时的习惯使然。

这时，朱明明发现了盆里的凉搅团，凑近看了看，叫道："我的天，打这么多搅团啊。"

小曼扯过一条餐布，慌忙盖在搅团盆上，红着脸说："今天是'破五'，得吃搅团……"

"太好啦。"朱明明不顾小曼的尴尬，两眼发光，"我最爱吃搅团啦，能不能给我凉拌一碗？"

小曼的脸更红了："……这是我们乡下人吃的粗粮饭食，你就别取笑啦。"

朱明明喉结滚动一下，咽着口水说："我是真的爱吃。这在城里吃不到。"

小曼见他是真心，便不再难为情，取出一块搅团，说："那我给你炒吧，拌的太凉。"

"那最好不过，"朱明明说，"不过……一块有点少，能不能给我炒两块？"

小曼心里咯噔一下，又取了一块，切成条状，点着灶火。锅里的油热了，小曼往里放葱花、蒜苗时，问朱明明要加辣椒吗？炒搅团放点辣椒好吃。

朱明明摇头："不要，我吃不了辣，不过，可以放点醋。"

小曼滴了些醋，麻利地炒了一碗香喷喷的搅团。朱明明双手接过，迫不及待地吃了一口："好吃，真好吃！好几年没吃过这么香的搅团啦。你真能干，不像城里的女孩，到你这个年龄，好多连煤气灶都不会点，烧开水都不知道啥是水开。我们首长家的女儿就是这样，大学都毕业了，除过嘴勤快，整天摇头晃脑唱个不停，一点儿活都不干，自己屋子搞得像个驴圈，根本不收拾。"

小曼在电视里看过，那些城里女孩个个打扮得光鲜靓丽，原来她们都是驴粪蛋子，表皮光亮，里面糟。这下，小曼有了底气，毫不胆怯地说："她们现在有父母靠着，将来——结婚了怎么办？总不能嫁给厨师，天天侍候着她做饭吧。"

朱明明说："那倒不至于，现在城里流行雇钟点工，上门给你做饭打扫卫生，一个小时才十块钱，也不算贵。"

"好端端的人，不缺胳膊少腿，雇人侍候，那成什么啦，动物园的猴子、老虎啊！"

朱明明笑了："你这话说得准确，不像别人说的，什么寄生虫，一点儿都不解恨。看来你除能干外，还很有文化啊。"

小曼羞红了脸，心跳加快，还好，屋里光线不好，朱明明看不清她的表情。小曼洗把手，端起盆子从面缸里挖出三碗面粉，舀大半碗凉水，拎起暖瓶往碗里掺些热水，又撒点盐，指头在水碗里搅搅，开始和面。面得多揉，揉好了醒一阵儿才有筋道。和好面，再剁馅也不迟。

来女方家相亲，和去男方家不一样，得吃顿饺子。男方要是相中女方，就把碗里的饺子全部吃光，相不中，只象征性吃几个，起身走人。看似简单，其实复杂着呢，所有的态度都在这顿饺子里，心照不宣，又不伤及脸面。

小曼懂这个规矩，母亲给她唠叨过不知多少次。可是，朱明明刚吃下一大碗炒搅团，还能吃得下饺子吗？小曼和面时心里像敲鼓，咚咚响，手上没了轻重，放多了水，面软得黏手。又去挖了碗面粉，没敢全部倒进盆子，怕面又和硬了，慢慢地一把一把往里加。朱明明在一旁目不转睛地看着小曼和面。她心里更像揣只小兔，不敢抬头，怕撞着朱明明的眼神。但也不能老低着头，叫人看着显得自己多胆怯似的。为掩饰自己的慌张，小曼揉着面，不时把头抬起转过去望窗外。

外面的地烟比早晨薄了许多，太阳光从地烟气中透出来，隐隐约约。小曼的小姨和朱明明的姑姑站在光秃秃的沙枣树下，其实也没话可说，为打破尴尬，小姨踢开地上的炮屑，寻找没炸的炮仗。正月里过年不能扫地，否则会把一年的福气全扫光。所以，红红绿绿的炮屑铺了一地。小曼的小姨在炮屑里找到几个没炸的，弯腰捡起，摊在手心里，对朱明明的姑姑说了句什么。朱明明的姑姑很配合地笑着，也说了句什么，小姨应了一声，收拢手心，一会儿又把炮仗扔回炮屑里。

开始稀薄的地烟在她们身边飘浮，两人不约而同地伸手拍了拍走开的地烟气，而后，相视一笑，再无话可说。两人不时抬头看看秃秃的树枝，枝杈上挂着一缕阳光，像一束黄毛线，在光秃秃的树枝上缠绕着。

两个女人脸上的表情像时间一样平淡。

小曼揉面的声音成了厨房里唯一的动静。朱明明站在一旁看的时间长了，有些不好意思，想帮着洗菜，刚端起水盆，小曼回过头，强硬地说道："厨房的活不是大老爷们儿干的，你不要插手！"

朱明明诚恳地说："城里大都是男人做饭，你到饭店去看看，厨师都是男人，就没见过女人掌勺。还是我来帮你吧。"

顾小曼对这个人的印象又好了一层，她把和好的面倒在案板上使劲揉，低垂着头，不看朱明明，却说："这里不是城里，真的不用你帮忙，我一个人习惯了做饭，你帮忙，我倒做不来啦。"

顾小曼直起腰，望着朱明明。透过昏黄的光线，朱明明看到她的眼神认真而执着，他内心的那根弦被这种认真的眼神拨动了，认为这个丫头就是自己要寻找的那一个。忽然间，朱明明有些不安起来，好像面前有件让他心动的东西，他不知道该不该拿，或者不一定拿得过来。

他微微凝笑的表情，小眼睛里透出的温和，有些无措地拧绞着的手……如此近距离地看这个人，小曼比朱明明更显慌乱，刚抬起来的眼睛又低垂下去，更加用力地揉已有些筋道的面团。

本来，朱明明还想和顾小曼扯扯闲话，可厨房太狭小，容不下沉淀了太多心思的一对男女，已有些负重，他都能听到厨房在气吁吁的喘息声了。他往窗外看去，那棵沙枣树下，顾小曼的小姨和自己的姑姑已经不在那里，地烟也散得差不多，阳光快挂到半天上了，却还是一副软塌塌提不起精神头的样子。朱明明想，与其这样难堪，不如趁着这个空当到外面走走。跟小曼招呼一声，他退出厨房。

小曼迅速扫了一眼朱明明离去的背影，舒出一口长气，用手背擦去额头的细汗。她竟然出汗了。这么冷的天。小曼的面揉得又光又滑溜，够好了，她把面团放回盆子，扯过蒸布蘸湿，盖在面盆上。父亲已把白菜、大葱和韭菜洗好，水也控干了，小曼把几样菜先细细切一遍，然后混在一起剁馅，案板响起极有节奏的声音，像在唱歌。

四

从顾小曼家出来，朱明明在镇街上闲走。说是镇街，其实就是一条宽不过七八米，长不过两百米的马路，路两边的平房和二层楼交相排列，有眼光远点儿的，早早把街边房扩成店面，卖些小零碎，食品、文具、针头线脑什么的；屋子宽敞点儿的，挂了各式服装，变成了服装店。桑那镇地方小，从电视电影里看到大城市的人一般都去超市买东西，去外面见过世面的人回来，手里拎着的大都是印有"××超市"的塑料袋，觉得超市是一种时尚潮流，于是，经济实力强的，开了超市，货办得齐全，还大气、时髦，随你挑选。没两年，镇街不大，大小超市竟开了三四家。那些开不成超市的小门面，只能瞅准超市里没有的犄角旮旯的小东西来卖，或者呢，把价钱压得比超市低一点点，这样，基本赚不了几个钱。可不这样，又能干什么呢？

朱明明还没想好是进超市呢，还是沿镇街随便走走。本来他昂首挺胸，走得一本正经，样子像是带了目的性，一直向前。可他的一身装束很扎眼，让见到他的人总会多看几眼。也难怪，桑那镇就这么点儿人，大家彼此都非常熟悉，谁脸上多长个痣，都清清楚楚，猛然出现个陌生人，多看几眼也没什么。朱明明倒没有被人瞅得不自然，觉得很正常，他是来桑那镇相亲的，女方又是长相不错的顾小曼，他不引人注目都不行。但他明白，自己绝不能端架子，显示与这里的人有所区别。朱明明把挺直的腰塌下来，冲看他的人点头，微笑一下。这样，他走过去，后面瞅他的那些人立马聚在一起，悄悄地议论开了：

"这就是给小曼相的女婿啊？"

"小伙不赖呢，懂礼貌，有教养。"

"小曼也不赖啊，配他绰绰有余。"

"小伙就是眼睛小了点，不过，看着精神，听说在部队整天跟首长出出进进，将来肯定有大出息。"

"精神？小曼以前的男友看着也精神啊，有啥用？遇着事就跑得不见人影。"

"咳，小曼这病……不知她与这个小伙有没有这个缘分。"

"顾远山一家老实本分，老天有眼哩，它不会亏待小曼这个好丫头的。"

……

朱明明从镇街的这头走到那头，在众人狐疑而友善的目光里，看出了他们对自己的满意程度，他心里有了底气，往回走时，听到他们的议论也当作没听到。但他也不能走来走去，像专门出来展览似的，这样不好。朱明明看到跟前有家小商店，便掀开棉门帘钻了进去。

这是何利民家开的杂货店。早晨放过"破五"炮，吃过搅团，何利民认为正式的年就算过完，便开门营业。等了半上午，也没见个人影进来买东西，正围着火炉感叹，都"破五"了，就没哪家缺包盐、少瓶醋什么的。他心里埋怨那开花一样到处都是的超市，东西不过就是他杂货店里的那些东西，因为摆放在"超市"，身份和身价便尊贵起来，其实他和那些开超市的人家是在同一个地方进的货呢。唉，真是人心不古，连买东西都跟娶媳妇似的，要挑那门面光鲜的。

一身军装的朱明明猛然进来，虽然没有军衔，可还是把何利民吓了一跳。他忙起身，认真打量这个陌生的年轻人，一时拿不准是谁家的亲戚。

因为顾远山还欠着何利民的几十块油盐钱，年前他没讨着，又不好和顾远山撕破脸皮要，可他心里一直不舒服。何利民经营的是小本生意，得上下操心，他顾不上惦念顾小曼相亲的事，不知道这个陌生人跟谁家有联系。不管是谁，反正是新年的第一个客人。何利民是桑那镇出了名的小算盘，以前很会做生意，自从桑那镇出现超市，他的生意还是一落千丈，尽管他的货物比超市低一两毛钱，可薄利不见得能多销，好多人还是愿意去超市亲自挑选商品。能到他小商店来的人，大多别有用心。他这儿能赊账，超市绝对不行。

今天上门的第一个客人是外地人，不可能赊账。何利民脸上堆满笑，热情地招呼道："来啦，外边冷吧，到炉子跟前烤烤。"

朱明明点点头，往货架上扫了一眼，指着排列整齐的香烟说："没'云烟'啊？"

"小地方，摆高档烟卖不掉。"

"也没'芙蓉王'，"朱明明看着烟牌子说，"那只好来盒'雪莲'啦。"

何利民从货架取了一盒精品"雪莲"。

朱明明笑笑："还是凑合着抽'红雪莲'吧，精品抽着烧嗓子。"

何利民愣了一下，换成"红雪莲"递给朱明明。

朱明明拆了封，从中抽出一支先让何利民。何利民平时不怎么抽烟，没有烟瘾，推托不接，让了几下，见客人出于真心，便接住含在嘴里，两手在身上摸索。朱明明掏出打火机，给他点上火，然后抽出一支给自己点着，往火炉跟前挪挪，烟含在嘴里，两手搓着烤火。

"来走亲戚？"抽了人家的烟，何利民不能冷落了人家。

"哦，是啊，走亲戚！"朱明明把烟从嘴里拔出来，装着不经意的样子问道，"老板，西头顾家的那个小曼，你知道不？"

何利民点点头："一个镇上的，哪有不知道的。"

"她——人怎么样？没什么问题吧？我是说，她没去城里打过工吗？"

何利民这才猛然顿悟，面前的这个军人大概就是给小曼丫头介绍的女婿了。他嘴里冒出一缕细细的烟雾，熏得眼睛犯酸，一般情况下，他不把烟吸进肚子，只噙着任它慢慢燃完。这下，他吸了一大口，呛得咳嗽起来。半晌，才使咳嗽平静下来，说："我当是谁呢，就说没见过你，要说小曼啊，这个丫头倒没出门打过工，只是——"

他想起过年前，没讨到顾远山的账。顾远山本来答应年前清账的，可偏偏他老婆的腿又摔伤，有了这个借口，要他再缓缓，过完年开了春一准还。唉，谁知道他开春还得上还不上，年前顾远山忙了小半个月的活，多少总是赚了些钱吧，都还不上几十块钱的账，开春后他拿什么还？何利民的心头又不舒服起来。可是，小曼的那双安静温和的大眼睛在何利民眼前晃来晃去。他接着说道："只是小曼的——妈舍不得放女儿走，怕她去城里学坏。"说出这句话，像一块石头落了地，何利民长出了一口气。

朱明明脸上的笑意一点点漫开，想掩都掩不住，没抽完手中的烟，就道声谢，心满意足地走了。

在朱明明出来之前，他姑姑借口上厕所，出了顾家的门，从公共厕所出来，却拐进一家超市。超市的感觉就是比小商店舒服，所有的货物都整齐有序地摆放在货架上，看中哪个，拿下来放进购物筐，不想买，只要没交钱再放回去，哪怕你不小心弄烂包装，也没人跟你计较。难怪大家都喜欢到超市，这买的就是一个舒心啊。朱明明姑姑的心思不在买东西上，她这儿看看，那儿摸摸，四处打量，始终没往购物筐里放一样东西。超市看上去挺散，其实哪个货格都有专人负责，一个穿工作服的丫头原本远远地站着，这时跟了过来，用貌似漫不经心实则警惕的眼神瞅着朱明明的姑姑。

朱明明的姑姑很高兴有人过来，她跟丫头搭讪："这里东西的价钱，就是比我们那儿便宜。"

丫头长得圆头圆脑，脸上有两坨高原红，她很职业地一笑："我们超市的商品全是平价，你随便挑随便选。请问，你需要什么？"

"我还没想好呢，"朱明明的姑姑讪讪一笑，"先看看再说。"

"没关系，你慢慢看，看好了请到款台付钱。"

"那是当然——丫头，我能向你打听个人吗？"

"说吧，只要我认识，肯定告诉你。"

"街西头的顾小曼，你熟悉吧？"

胖丫头点了点头。

"小曼二十二岁啦，长那么俊，怎么还没找婆家？是不是她……"

胖丫头脸上明显怔了一下，两坨高原红更红了，她说道："你是说小曼——有什么问题吗?"

朱明明的姑姑赶紧摇头:"我没那个意思,只是随便问问,有人托我给她介绍个婆家,你看我吧,对她也不了解,就怕给她说错人家。"

"哦,是这样啊,那我告诉你,小曼人长得太漂亮,心高气傲呗,一般的婆家她根本看不上眼!"

朱明明的姑姑心里踏实了。她向这个胖丫头打听顾小曼,肯定能听到真话,因为她长得比小曼差。

五

正月里包饺子,肉多菜少,没多大工夫,小曼将菜馅剁好,与肉和在一起,正调味呢,小姨进来了,她什么也没说,两指拈起一点馅放进嘴里,咂咂嘴,满意地看了外甥女一眼,走了。她得去招呼客人,上趟厕所,该回来了。

不一会儿,顾远山像片树叶轻轻地飘进厨房,丢掉嘴里的烟头,仓促地洗把手,拖过面盆,要帮女儿擀饺子皮。

小曼从父亲手中抢过盆子,在面团上拍了两下:"爸,你去吧,我一人包就行。"

顾远山裁衣服行,他像桑那镇的其他男人一样,不会做饭,但他没走,站在一旁看小曼擀面皮。女儿手巧,皮擀得厚薄匀称,轻巧地往旁边一扔,饺子皮儿跟只小鸟似的,扑棱棱飞起来,又扑棱棱落下去。皮儿擀得差不多了,小曼放下擀面杖,两只手上下翻飞，一会儿，一排排饺子整整齐齐地码在案板上。看小曼包饺子的过程是个享受，顾远山看着看着，眼睛湿润了。要是小曼没那个病，该多好啊，像别家丫头一样结婚生子，他只等着当姥爷了。顾远山转过身，坐到灶间点火烧水，不时扭头看女儿一眼。在昏暗的厨房里，他看不出女儿哪点像病人。真是苍天不长眼，一个花红柳绿的丫头，咋就不能叫她过得健康无忧呢？顾远山心里酸酸的，眼里不自觉地泛起泪花，他怕碰到小曼的目光，赶紧低头烧火。

还剩三四张饺子皮时，小曼忙碌的手忽然停住，心里掠过那碗朱明明吃的炒搅团，她眉头紧了一下，抓过案角的辣椒罐，往剩下的馅里加了些辣椒面，包了几个带辣子的饺子。

这一切，没逃过顾远山的眼睛，他轻轻地叫了声："小曼……"

小曼装没听见，水滚了，端过来饺子往锅里下。

锅里的蒸汽腾起来，把小曼淹没在水雾中。

朱明明与姑姑相继回到顾家，因为有小曼的小姨在跟前，他们没法交流，只是趁着给他们杯里添水的空隙，相互交换了一下眼神，两人心照不宣地点了点头。朱明明心里有了底，高兴地对姑姑说："我去厨房看看，还有啥忙要帮的。"

小曼的小姨扯住他说："看你说的，哪能让你帮忙。我家小曼能干，她一个人把饺子全包好啦，可能都出锅了，我这就去端。"

饺子煮好后，顾小曼将那几个有些发红的饺子捞到一个碗里，单独放在一边，见小姨进来，端起一碗递给她，叫父亲端碗给东屋的母亲。母亲伤腿有药味，怕影响客人，坚持自己一个人在东屋吃。小曼则端了有辣椒饺的那碗来到西屋。果然，小姨将那碗饺子递给朱明明的姑姑。

这时，顾远山急急地跟过来，眼巴巴地望着刚刚递到朱明明手里的碗，趁小曼出去拿大蒜的工夫，抓住朱明明的碗边说："来，叔给你加点醋去。"不管朱明明要不要醋，从他手里抢过碗，端出屋子。往厨房走的路上，顾远山顾不得烫，两指在碗里拨拉，找到那几个发红的辣椒饺，慌忙塞进嘴里，滚烫的饺子烫得他直翻白眼，接着，辣得直哈气。顾远山顾不得烫和辣，去厨房给碗里补了几个饺子，拿了醋瓶回到西屋，口吃似的哈着气说："我把醋拿来，吃多吃少，还是你自己放吧。"

朱明明接过来，往碗里倒了点醋，全然不顾大家看着他，盯着碗里的饺子，个个饱满圆润，散发出诱人的香气，他不由自主地咽着口水。

小曼低着头拿大蒜进来。朱明明喉结部位轻微的动作，除小曼外，没逃过大家的眼睛。小曼埋头剥蒜，当着众人面，她不敢正眼看朱明明。她也没有将剥好的蒜直接递给朱明明，而是轻轻放在他面前的碟子里。她做得很有分寸。

顾远山显然很激动，点上一支烟，夹在手指间哆哆嗦嗦，顾不上抽，不断说道："吃，吃，吃啊！"

朱明明已等不及了，抓起一头蒜，呼噜呼噜吃起饺子。其他人都象征性地拿起筷子，夹着饺子，却没真吃。朱明明吃得很香，几乎一口吞一个。大家都望着他，每吃完一个，每个人的心都往紧里缩一下。尤其是顾远山，头随着朱明明的咀嚼，一抖一抖，像帮人家用劲似的。朱明明的姑姑也不例外，刚开始她有点拿不准侄子，吃饭前，没机会与他交流，只是点个头，用眼神交流了一下，可一个眼神哪能说尽她的内心？这会儿，她见侄子吃得这么急，心里头的动荡慢慢平静下来，她不急了，踏实地细嚼慢咽起来。

小曼一直不敢看朱明明吃饺子，她心跳得咚咚响，挑起一个饺子放在嘴边，小小地咬了一下，慢慢地嚼着，她本不想太在意朱明明的动静，可他香甜的咀嚼声像被扩音器放大数倍，直往她耳朵里灌，她受过震荡的耳朵里面又响起来。其实，她心里比谁都紧张，也比谁都矛盾。到了这种时候，朱明明会把这碗饺子吃光还是会留下？她这根"冰挂"，究竟是继续挂在那里，还是在太阳下融化？

因为紧张，顾小曼的额头冒出了细密的汗珠，脸色也更加苍白，她的心在胸腔里越揪越紧，慢慢地，她觉得饺子在碗里旋转起来，速度越来越快，她想喊，可是潜意识又把她的喊声压抑了下去。

还是小姨清醒，没有被暂时的胜利冲昏头脑，及时发现外甥女的细微变化，赶紧撂下碗，扯起小曼的胳膊说："小曼，随小姨给大家端饺子汤去！"

小曼虚脱似的，往小姨身上一靠，几乎被小姨搀扶着来到的厨房。紧跟上来的顾远山额头也出汗了，他往身后看了一眼，上前扶女儿，却被小曼轻轻推开："爸，我没事，你去吃饭吧。"

外面惨白的阳光终于变得红艳起来，太阳像成熟的辣椒，红彤彤地挂在半天上，把最后一点儿若有若无的地烟气彻底驱散开。在通透阳光的照耀下，一切都变得清晰起来。

六

中午的阳光照了一阵，气温回升了许多。何婉云半趴在窗口，望着院子里洒得满地金黄的阳光，心里像揣进一个热乎乎的太阳，脸上毫不掩饰地神采飞扬。她想出去晒太阳。虽然才"破五"，却有这么好的阳光，简直跟春天差不多，不出去照照真是浪费。顾远山不同意，说看着太阳好，其实外面挺冷的，你心里高兴，但不能这时候添乱。

何婉云轻轻揉着自己的伤腿，想想也是。本来就是个穷家境，再摊上走不成路的她，人家要是把小曼瞧不到眼里，也就揉不进心里。她这个老娘拖着条伤腿在人家眼前摇来晃去，还不给人家心里添堵？刚得到确切消息，好不容易把心放回肚子里，可别乱中出错，再闹出个什么岔子来。罢了，还是趴在窗口看看太阳算了。

趁着天气尚好，顾远山去拾掇厨房旁边的那间厦屋。吃完中午饭，小曼的小姨心里高兴，顺口说了句客套话，要朱明明别走了，留一宿好好拉呱拉呱。朱明明一点儿都没有推让，顺着小姨的意思留下来不回去了。

这完全是个意外，出乎顾远山的意料，一点儿准备都没有，平常住人的就两间正屋，一间住着他们夫妇，另一间归小曼所有。再就是两间偏厦，一间做厨房，另一间堆放杂物，顾远山心里发愁，看了小姨子一眼，也不是怪她多嘴的意思。朱明明吃光了碗里的饺子，预示着人家相中了小曼，他们对朱明明也很满意，这已经有准女婿的意思，人家要住，也在情理之中。可就是觉得没准备，小姨子的客气叫他措手不及。

还好，朱明明的姑姑认为大功告成，侄子留在顾家住下也好，免得他回去一人冰锅冷灶，大过年的，还得她挂念着。再说了，她还得操心自己的家，哪有心思留宿在外，她丈夫在外打工一年，好不容易回来过年团聚几天，眼看着十五一过，他又得走，一去就是一年，他们得珍惜在一起的每一刻，平白无故落下一个金贵的夜晚，多可惜呀。

送朱明明的姑姑走时，小曼被母亲唤到东屋，打开箱子，取出一条不知搁了多少年的大红被面。这是谢媒人的礼物，朱明明的姑姑没多推辞，接了过来，她抚摸着绸缎被面，在蛇吐芯子一样的嗦嗦声中，说道："我看出来了，两个孩子没啥意见，要是觉得合适的话，初十那天，给孩子把亲定了吧。"

看似商量的口气，却一锤定音。

小曼没料到会这么快，见面才几个小时，终身就定下了。那一刻，她的脑子竟然一片空白。

小姨看了外甥女一眼，像是累了，把手搭在她的腰上，其实是暗暗扶住外甥女，生怕她会犯晕，关键时刻出什么闪失。

还好，小曼看上去只是神情有点恍惚，脸色不是太白。

小姨赔着笑说："这当然好啦，明明（称呼都变了）过了十五得回部队，走之前把事定下再好不过。"又把脸转向顾远山，"姐夫，你说呢？"

顾远山也没想到事情会这么快，他措手不及，说话都结结巴巴："好，好，是，好！"他装作眼里进了异物，眯起眼，背过身偷偷抹去涌出来的泪水。

顾远山、小曼、小曼的小姨，当然还有朱明明，浩浩荡荡地将朱明明的姑姑送到汽车站。上车之前，朱明明的姑姑有几句话想给侄子交代，一路上没机会，眼看车要走了，她下来硬着脸把侄子扯到车后，悄悄告诫他，说话一定要小心，该说的说，不该说的千万不要多嘴。

朱明明使劲点头，他姑姑拍了拍他的头，丢下一个意味深长的笑，跳上车，心急火燎地走了。

回家的路上，朱明明说，他想去买个东西，可人生地不熟，不知会不会找不到回家的路。

就是瞎子在桑那镇走一圈，也走不丢的，小曼的小姨听出了朱明明的意思，却不敢做主，看着姐夫。

顾远山点点头，说："让小曼陪着去吧，没事的，她闭着眼睛都能找到桑那镇的每一个角落。"

小曼看上去，也没有不愿意。

两个年轻人走了。顾远山和小姨子急急回到家，他得收拾屋子。小姨也认为大功告成，该回自己家了。

太阳西斜，顾远山两口子没多作挽留。何婉云抓住妹妹的手，泪水涟涟："这次，多亏妹妹你啊，小曼的事如果不出意外，我算搬走了心头的一块巨石，真不知怎么谢谢妹妹呢。"

妹妹笑道："说了一场媒，磨穿了几双鞋底，你却连个被面都舍不得给，还说这话！"

何婉云号啕大哭。顾远山埋怨老婆就知道哭。小姨子说："让她哭吧，我苦命的姐姐，是该好好哭一场了。"说毕，她也忍不住抽搭着，从姐姐手里硬拽出手，抹着眼泪走了。

顾远山送小姨子出来，根本跟不上她的步子，干脆立住不送，望着她走得不见影子，才回来拾掇住的地方。按说，两间带土炕的屋子能住下一个朱明明，大不了叫小曼腾出她的屋子，和母亲睡，顾远山和朱明明睡小曼的屋子。可是，朱明明在交谈的时候无意中说，他在部队睡惯了床，回来第一夜在土炕上死活睡不着。还好家里有张床，半夜爬起来支好，才一觉睡到天亮。说白了，这也不是坏习惯，人家在外见过世面，习惯床是应该的，那就在厦屋给他支张床吧。其实，厦屋收拾一下也能住人，可正月里，这种气候晚上不好对付。

收拾完厦屋的杂物，打扫干净，又把床架好，顾远山过来给老婆说，厦屋太冷了，他干着活，还冻得打哆嗦，晚上朱明明怎么睡呀？就是两床被子怕也扛不住冻，何况家里还没有多余的两床被子。

何婉云说："那可得想办法，没炉子也没煤，去借也没地方借去。再说，烧炉子还不保险，屋子太小，万一漏煤气怎么得了？"

顾远山为难地看着老婆："那怎么办？这可将就不得，不能叫人家住一晚就冻病喽。"

何婉云瞪了丈夫一眼："亏你还是裁缝，这点事就把你难住啦？去买张电热毯铺上，不就解决问题啦。"

"人家说睡不惯炕，电热毯与炕有啥区别……"

"他还不是睡炕长大的？再说，给他准备的是床，不是炕！"

顾远山无话可说，心里却犯了难，他不是没想到买电热毯，而是没能力买。他身上一点儿现钱都没有了。顾远山出门来到镇街一头扎进超市，胖丫头迎上来笑容满面："是远山叔呀，那个军人是小曼姐的女婿啊，瞧着就带劲，可不像一般人。晌午饭前，就是你们刚送走的那个女人，还找我来打听小曼姐……"

"你是怎么说的？"顾远山打断胖丫头，神经一下绷紧了。

"看你紧张的，你不想想，我还能怎么说？说小曼姐长得漂亮，心高气傲，才一直没寻婆家！"

"哦。"顾远山松了口气，想想自己真是的，晌午饭后朱家都把话说死啦，显见没起什么异心，胖丫头肯定不会使坏的。他由衷地给胖丫头深深地鞠了个躬："谢谢你！"

胖丫头吓了一跳，消受不起，笑着跑开了。

顾远山在电热毯跟前挑挑选选，价钱全在四十块钱以上，他囊中羞涩，四十块钱都掏不出来，本想给胖丫头说些好话，欠下一条，都拿到手上了，转念又想，她只是个营业员，做不了主，还是不要给她出难题。他把电热毯放回去，含糊打个招呼，出了超市，在镇街上走来走去，想着几家超市肯定都不赊账的。最后，硬着头皮进了何利民的杂货店。何利民的店里也有电热毯。

顾远山只剩下这条路可走了。

何利民没听顾远山说完，就连连摆手："不行，不行！年前的账你没还，不能再给你赊了！再赊，我连进货的本钱都没啦，这样下去，我就得关门喝西北风啦。"

顾远山自知理亏，又拉不下脸死缠硬磨，默默地挑起门帘，走出来。站在何利民小店的门前，望着空荡荡的街道，顾远山像只失群的鸟，没了方向感。他心里的悲怆就像此时的阳光一样，慢慢地暗淡了。

这时，何利民却从店里出来，将一条电热毯塞进顾远山怀里："拿着，看在小曼的面子上，我欠给你！"

顾远山两眼顿时模糊了，他对着何利民深深地鞠了一躬："谢谢，谢谢！"

何利民说："你是得谢我，晌午饭前，那个当兵的来我店里打听小曼的情况，我记着你没还钱这档子事，可还是说了小曼的好话。小曼——不容易啊！"

七

小曼不爱在镇街上走动，她怕跟人打招呼。那样，她会听到别人同情的问候，看到人家怜悯的眼神。她选择到叶尔羌河边走走，冬天这里几乎没人来。

没有轻浅流动的水，没有水流动时泛起的微微水浪，以及水浪里倒映的岸边红柳和白杨，结冰的叶尔羌河看上去比水流最丰润的夏季宽阔得多，也安静得多。夕阳的余晖照在坑坑洼洼的冰面上，光芒四射，如同某个女孩做给情人的鞋垫，把千丝万缕的丝线一根根精心绣在上面，美得不忍心垫在鞋里。

小曼的眼睛被冰面反射的绚丽光芒照耀得睁不开，她不敢看河面，怕自己被那种惊心的美丽蛊惑住。她把目光投向不远处的桑那镇。镇子在叶尔羌河的南岸，地势偏高，就有了仰望巨人的感觉。此时，黄昏下的这个巨人却像个垂暮的老人，沉稳、安静，不过那份安静里，偶尔会蹿出一两声小孩子放散炮仗的声音，沉闷而遥远，像老人打盹时不小心发出来的呼噜。

小曼喜欢这种感觉，一切都是昏黄的，天空、大地，没有过去，没有未来，没有波动，没有伤感，也没有痛，更没有与她的病情有关的一切。她觉得自己的生活就像这黄昏。

不一会儿，余晖在平静安宁中一点一点不动声色地收敛起它的光芒，伴着远处烧炕的烟雾升起，暮色铺开，昏黄中一如之前的平展和安谧。

小曼的思绪飘得很远，一旁的朱明明滔滔不绝，说什么首长想把自己的女儿嫁给他，那个女孩也有这意思，是他不情愿，嫌首长的女儿娇气，不懂得生活；假如他做了首长的乘龙快婿，提干肯定没问题，可那样别人会把他看扁，云云。朱明明说东道西，如清晨被鞭炮震荡出的耳鸣，嗡嗡地在小曼耳朵里打着旋，让她生出了一丝烦躁。怎么回事，中午的时候，耳鸣怎么没了，现在却又响起？小曼被耳鸣吵得心烦意乱，她揉着耳朵。耳鸣时断时续，朱明明的话也时断时续。

从大半天的接触中，小曼觉得朱明明这人还是不错的，在镇街上碰到有人跟小曼打招呼，尽管不认识，他会站定，微笑着主动跟人家打招呼，问声"你好"，与镇上的人一下子拉开了距离，像大城市的人，文明又讲礼貌，有涵养。小曼从别人的目光里，读出了赞赏，心里还是挺受用的。可是，朱明明刚说的那些话，使小曼心里不舒服起来。

接下来说的话，更叫小曼对朱明明有了看法。八字还没一撇呢，只吃了一顿饺子，接触不过半天时间，朱明明竟然对小曼说，等他们结婚了，她就是军属，他要把她带到乌鲁木齐去，过上几年，再把小曼办成乌鲁木齐户口。

小曼心里立马掠过一丝阴影，心想，你自己的前程还悬在空中，不知是啥结果呢，倒替我考虑上了。谁不知道，只有军官才能带家属随军，办成城市户口。这点儿常识，小曼还是懂的。

虽然没揭穿朱明明，但小曼对他的好感却打了些折扣。朱明明从小曼的表情上，看出了她的不相信，解释道："我话还没说完呢，你别不信，我的意思是，不是叫你随军，我能不能提干，还不好说，但有首长在，没办不成的事。就凭咱和首长的关系，给你办个户口不算什么，你还有啥担心的？"

小曼揉着嗡嗡叫的右耳，朱明明的话让她恍如进入一种梦境。可这梦境又是那样让人容易清醒。她闭口不语。

朱明明有点不高兴了："我给你说正经哩，你好像心不在焉，揉耳朵干什么，你不是不爱听吧？"这种时候，不高兴是正常的。

"不，不是！"小曼赶紧说，"我在听哩，只是——我的右耳早晨放炮仗时，给震坏啦，里面像钻只苍蝇，嗡嗡叫哩。"

小曼垂着头低声解释，她的脑子里一闪而过的是父母充满期待的眼神，是那个夜晚月光下在母亲脸上流淌的悲伤。她的心像走路时被石头绊住趔趄了一下，很快，又稳住了。她告诫自己，别不识趣，人无完人，谁没说大话的时候呢，将就一下吧！

"哦，原来是这样。"朱明明又眉飞色舞地说起来，"来，我看看你的耳朵要不要紧。实话对你说吧，刚当兵时，组织安排我去学医，虽然时间不长，但一般的病还能瞧个一二。要我说呀，可能是耳膜受了冲击……"

小曼耳朵里的嗡嗡声越响越大，大到她几乎无法忍受，她用力揉着右耳，往边上一躲，甩开朱明明的手："没事，我揉几下，里面就不吼叫了。"

朱明明把举起的手收回，讪讪道："那就好。你别不信我的医术，我们首长平时有个头疼脑热，不去医院，都是我给他拔火罐或者刮痧。按说，以他的职务去趟医院，院长都得出门迎接亲自把脉，首长嫌烦，说不如我做起来省心……"

"那不是医院院长得听你们首长的话，"小曼强压住心里的别扭，打断朱明明的话，敏感地问道，"看病很便宜呀？"

"院长当然得听我们首长的话啊，首长一句话，别说便宜，医药费全免都行。"

"那你们首长得是多大的官啊？"

"这个——不能告诉你，保密！"关键时刻，朱明明却闭了嘴。

小曼立刻不高兴起来。不高兴的似乎没有道理。她抱紧胳膊，说："走吧，回去，我觉得冷！"

"天气还可以呀，再走走吧？"

"我得回去做晚饭了。"小曼有些强硬地说道，"我想你也不会迷路啦，要不愿回，一个人再慢慢转。"

说完，小曼也不看朱明明的表情，兀自往前走了。朱明明匆匆跟在后面。夕阳在背后推着他们像专心赶路的路人，天黑前要到达目的地似的，再顾不上说话。

叶尔羌河的冰面上，那千丝万缕的丝线随着夕阳的陷落，也消失殆尽，惨白的冰在微暗的暮色下，散发着清冷的寒气。

八

吃过晚饭，小曼心情不是太好，推说头疼，昨晚老想着今早放"破五"炮仗起不来，一夜没睡好，她困了，要早点儿休息。

今天留下的可是特殊客人，小曼这样做，肯定不好，可别叫朱明明心里有想法。就是有天大的事，这种时候也不能怠慢人家啊。知女莫若母，何婉云已经感到有些不妙，肯定是他们下午的交往出了点小摩擦，虽然她不知道朱明明对小曼说了什么，还是做了什么不该做的，但她看出来了，他们从外面回来后，小曼的情绪一落千丈，跟午后简直判若两人。何婉云瞪了女儿一眼，心里骂道，死丫头，有什么大不了的，值得你在这种时候变脸？过了这个村可就不一定有这个店了，你还以为是媒婆踏破咱家门槛那会儿？真是不懂事！

何婉云迅速看了朱明明一眼，见他张张嘴，一副欲言的样子，她赶紧与顾远山的目光碰了一下，笑着抢先说道："看这傻丫头，你爸平时把你惯坏了，真不会说话。妈知道你害羞，找借口干吗？好啦，去吧去吧，明天早点儿起，去小林家端些羊杂汤回来，再到隔壁梅花家买几个芝麻烧饼，要死面的，泡羊杂汤给明明尝尝，桑那镇最出名的就属这几样。"

小曼如释重负般回自己屋睡觉。其实，她哪里睡得着，心里像团麻，加上右耳里的嗡嗡声停了又响，烦得她都真想拿扦子把鼓胀的耳膜戳穿。小曼不是故意要冷落朱明明，是怕他再说那些话，要是说给她一人听倒也罢了，她可以当他为逗她一乐，可是当着父母的面，她的脸可没地方搁。本来，她就对这场相亲没抱什么希望，她的病瞒着人家已经叫她心生不安，她倒希望坦白地跟人家说清楚，没有隐瞒，哪怕人家看不上呢，她心里也不会这样藏着掩着，躲躲闪闪的，如今这样反倒叫她如履薄冰。上午的接触，她对朱明明的印象挺好，越好越不踏实，就怕哪天被人家发现自己是次品，会将她直接摔到地上。可下午的交谈，让形势发生了逆转，她心里对朱明明有了些看法，觉得这人说话不是太靠谱。做晚饭时，朱明明蹭到厨房，说是给她帮忙，其实是为解释他在河边说的那些话。如果不解释还好点，小曼凑合着能想得通，可朱明明的一番表白，使她生出了反感。一个叫人反感的人，就像一个你不喜欢的东西，拿了也属多余。所以，整个晚上，小曼没与朱明明搭一句腔，任他一个人絮叨个不停。最后，他还算有自知之明，尴尬地住了嘴。

躺在床上，小曼的心里打起了退堂鼓。

耳朵里的嗡嗡声浪潮似的涌上来，又退下去。小曼听到从东屋传来说话声，那是母亲的，又脆又亮，时不时地，还伴随着她的几声笑和父亲的应答。没听到几句朱明明说的话，小曼支起耳朵，想听听在自己父母跟前，朱明明会说些什么。可右耳偏偏跟她作对，待到朱明明说话时，又嗡嗡叫唤起来，剩下一只左耳，隔着两道厚厚的棉门帘，根本听不清朱明明说了些什么。小曼知道，父母跟朱明明说话肯定很小心，尽量回避说她，他们肯定会问朱明明在部队的一些事，除过这些，还能问些什么。可是，这个朱明明会像在河边时那样说话吗？

其实，小曼一走，像是屋里一盏最亮的灯熄灭了，朱明明看不见亮光，一下子没了劲，对顾远山两口子提出的问题，有一搭没一搭地应付着。

何婉云看出了朱明明的心不在焉，但她还是尽量找些话题，陪朱明明拉呱。人都留下来了，只能往好的方向努力，哪能半途而废呢。再说，小曼也经不起这种打击了，她可是一件易碎的瓷器，经不住一摔。

顾远山坐在炕边，闷着头一根接一根地抽烟，不说话也不提问题，何婉云看着火起，突然拉下脸，冲他道："看你都赶上烟囱了，一根接一根抽，连口气都舍不得歇。你要再不停下，就到院子抽去，别在我面前制造污染！"

也抽着烟的朱明明脸上挂不住，赶紧撮灭烟头。

何婉云的意思，想要顾远山跟朱明明多说说话，男人之间，话题总要好找些，别叫她一人硬撑着。她没顾及太多，见朱明明忙不迭地撮灭烟头，觉得不好意思，摆着手冲朱明明道："你抽，你抽你的，没事的。"

朱明明瞟了一眼小曼睡房方向，讪笑道："不抽啦不抽啦，我平时也不怎么抽烟，不过来个人的时候才陪着抽几口……"

说着，他忽然停住，拧着手指一副很羞涩的样子。

何婉云忙接过话："我理解，你这是身不由己嘛。在外面比不得家里，啥事都由不得自个儿。"

"可不是，在外面，人活得可真不自由，混得再好，那也是别人的地盘，哪像在老家，有啥事大家都帮衬着，日子再穷，可以由着性子，过得快乐。真是金窝银窝，不如自己的狗窝啊。"

听朱明明说到家，何婉云不知哪根神经出了问题，不顺着嘴问人家在外面的情况，竟然要朱明明回他山村的家后，顺便打听一下，他们那里谁套旱獭，有旱獭卖。

这下，朱明明来了好奇心，问要旱獭干什么。

何婉云一时哑了。越忌讳越忘了避讳，就跟刚才骂顾远山抽烟却忘了朱明明也在抽烟一样。她一时没想好怎么应对。

顾远山像被烟呛了一下，咳嗽几声，道："是我吃的药里需要。其实，我也没啥病，常年抽烟有点哮喘，听人说，旱獭能治哮喘，我想试试。"被老婆骂了一顿，顾远山的反应灵敏多了。

好险啊！何婉云长舒一口气，给老头投去感激的一瞥。顾远山装没看见，抓过烟盒掏出两支，扔给朱明明一支，自己理直气壮地也点了一支。

朱明明点上烟，抽了一口，慷慨激昂地说道："既然是治病，我明天就回去，找人套到后送来。"

第二天，小曼还是起了大早，去小林家买羊杂汤。小林家店门口已围了一大堆买早点的人，他们见小曼过来，纷纷让开一条道，叫小曼先来。小曼受不了这种照顾，转身要走，小林从店里已跑出来，抢过她手中的盆，盛了满满一盆羊杂汤递过来。小曼不接，结结巴巴道："我只要三碗，这多了吧……"

小林硬把盆塞到小曼手中："就打了三碗，多了点汤，快端上，后面的人还等着呢。"

小曼只好放下钱，端着盆，又绕到梅花家买了五六个芝麻烧饼，回到家撕碎泡上羊杂汤。

小林家的羊杂汤果然名不虚传，香辣可口，梅花家的死面烧饼柔软筋道。朱明明喝着香喷喷的羊杂汤，嚼着烧饼，感叹从没吃过这么有咬劲的泡馍，喝过这么地道的杂碎汤。

小曼对他的夸赞无动于衷，她把头埋在碗里，细细地喝汤。她不是成心冷落朱明明，要是那样，她就不会起早准备早餐了。

朱明明看不到小曼的一丝回应，一直坚持到吃完饭，也没见小曼说一句话，他的心凉了半截，吃下去的可口饭食在胃里也不香了。他心里直打鼓，照此下去，顾小曼绝不会对他再生热情，这样对他十分不利，怎么办呢？他被胜利冲昏了头脑，忘记了姑姑的告诫，在心里告诫自己，不能失去这个机会，不能多说话，言多必失，小曼不像那些爱慕虚荣的女孩，他准备的那一套话打动不了她。

因为昨天已经定下日期，朱明明在顾家再待下去，只会把自己的弱点暴露得更多，干脆，回家去筹备定亲的事，努力把眼下的不利局面扳过来。

吃过早饭，朱明明搭早班车走了。何婉云要小曼去送送，小曼本不想去，车站离得又不远。可看到父亲母亲眼巴巴的，她于心不忍，就当待客之道吧。一路埋着头，没和朱明明说一句话，连挥手告别的姿势都极其勉强。小曼明白，自己心底里已经起变化了。

九

这几天，小曼与父母像玩游戏，他们避而不谈朱明明，也不提初十定亲的事，似乎把这么大的事给忘记了。

小曼不提，是不想与父母发生言语上的不快。她心里很明白，父母对朱明明这个人，不仅仅是满意，而且只要他能看上她，他们几乎是感恩戴德了。而小曼心里对朱明明这人的自以为是颇为不满。说句实话，他们真正的接触加起来就两三个小时，可看定一个人，小曼认为两三个小时已经足够。可是，她能跟父母说她对这个人的不满吗？偷偷出走的那个男友，倒是和人家处了近两年，她对人家满意，可最后呢，还不是在她最需要的时候，给她心上狠狠地插上一刀。小曼的心猛然抽搐起来，像是那把刀又插进来，她的血流干，那个伤口的疼痛还在，依自己目前的情况，她还能找个什么样的男人？她从父母的眼神里已经看到，这个世界没有了她挑剔的余地，她能不识好歹？你以为你顾小曼是谁，健康的正常人啊！

顾远山与何婉云两口子不给女儿提及朱明明，自有他们的打算，小曼对朱明明感觉不好，如果面对面谈，小曼肯定会说出令他们失望的话来。万一和小曼谈崩，她固执起来不愿与人家定亲，他们的努力不全泡汤了，过了这个村，哪有这个店？再说，整个桑那镇人都知道小曼相过亲，小伙子不赖，好多人见过，懂礼貌，有气质，关键还是军人，在乌鲁木齐，条件这么好的女婿，上哪儿找去！小曼一旦不同意，传出去怎么得了，就你家小曼现在的状况，这么好的女婿都看不上，你到底想找个什么样的？以为你是金枝玉叶，满眼花花绿绿？

顾远山夫妇只有一个念头，关键时候不能由着小曼，他们绝不能失去这个宝贵的机会。

在这种念头的促使下，一家人客客气气，保持平静度过了难挨的四天。正月初十这天终于到了。

这天早晨，顾远山夫妇还是闭口不提定亲的事，小曼更装不知道。反正，朱明明那边也没消息传来，小曼只当没有过这事。表面上，她仍是平平静静，毫无心思的样子，其实她心里还是有点忐忑，她那天的态度，确实很能说明问题，朱明明当时虽碍于情面不好说什么，说不定拿今天不上门这事来表明他的态度呢。如果他真的不来，她该怎么办？人家不上门，那是对她不上心，不是她的错，父母不能责怪她。可是，他们又该为她感到难过了。还有，桑那镇的人全都认为主动权握在朱明明手里，到那时，大家会说，朱明明是被她的病吓跑的，她以后怎么面对大家更加怜惜，还有同情的目光？

这样一想，小曼有些自责，是不是她对朱明明有点过分了？人家要长相有长相，又在乌鲁木齐当兵，见过大世面，能看上她——小镇窝里的女子，何况她还有病！

这下，小曼的心里很矛盾，她钻在厨房不敢出来，怕看到焦躁不安的父母。他们肯定担心，朱明明今天不来怎么办。父亲已经来过厨房不下十趟，每次进来，一副欲言又止的样子，不知怎么开口，干脆不知所措地又走开。他站在院门外，向远处观望过好多回了，为掩饰他的情绪，还自言自语地说上一声："今天这地烟拉得，真够大啊！"

这天的地烟的确够大，快把天与地连接在一起了。

母亲在东边屋里的动静整得很大，连咳嗽声都透着虚假的成分，一听就是干咳，她在窗户趴着往外看时，好几次头磕着玻璃，"咚咚"的响声，震得小曼心里一下一下起着回音。

其实，何婉云跟顾远山一样，什么也看不到，外面除了地烟还是地烟，一团一团，把桑那镇包裹得严严实实。

父母的情绪使小曼的心情越来越糟糕，她受不了这种煎熬，思前想后，她选择了逃避。

　　可是，顾远山早就关注着女儿的一举一动，他是个裁缝，眼睛毒着呢，给人缝衣服量尺寸前，他都拿眼睛先给人量一量，那尺寸跟软尺量得差不了多少。小曼一早晨的表情，他都瞧在眼里，还能不清楚女儿会有什么想法？像在田塄山道上蹦跳的野兔，顾远山从小曼身后跳过去，抢先一步把唯一的出口——院门堵上了。

　　浓得化不开的地烟，使桑那镇变得极其安静，连狗的吠叫都被地烟淹没了。院外镇街上的路灯不知是故意没关，还是忘记了关闭，在涌动的地烟中若隐若现，像挂在遥远天界里迷离的星星，零落孤寂。

　　真正身处地烟中，却觉得地烟远不可及。小曼向地烟抓去，浓烟后退，眼前却又一动未动。地烟为她的双手分开让路。小曼双手空空。她看到，地烟在父亲背上显得很沉重，压得他腰都直不起来，他背负着满天满地的地烟，佝偻着身子拦在院门口，花白的头发像丛干枯的茅草，在地烟里摇晃，一双被皱纹拥挤得变形的眼睛，可怜巴巴地望着一脸怒气的女儿，他的双腿在清晨的寒气中弯着不停地抖动，随时都有跪下去的危险。

　　小曼不敢再往前走，真怕父亲腿一软，跪在自己面前。她怔怔地望着父亲，地烟从父亲的脸上缠过来绕过去，他的头发、眉毛，连睫毛上都挂满了晶亮的地烟珠。小曼的腿迈不动了，她的心被父亲乞求的样子搅碎了。

　　"曼啊，恁大的地烟，就……别出去了，有啥事，说给我去吧。"

　　父亲的话跟地烟一样，不过是一小团一小团的雾气，堆在一起，却浓得化不开。小曼喘不过气来。父亲也像不堪重负，在地烟中慢慢委顿下去，变成一个木头桩子。

太阳要升起来了，地烟越涌越欢，越涌越薄，但涌在小曼面前的地烟却浓重得像堵墙，让她连父亲都看不到。

僵持了一阵，小曼的眼里慢慢涌出泪水，她含泪拉起委顿的父亲，答应不出去，就在家里，哪儿也不去。

顾远山看到女儿坚定的目光，像刚从沟底跑上坡顶的旱獭，歇了口气，疲惫不堪地拖着一团地烟，蹿回屋子。

不一会儿，从屋里传出何婉云压抑的哭声。听得出来，她哭声里的兴奋多于悲切。随之，小曼看见玻璃窗上贴了个白发蓬乱的头颅。何婉云的腿受伤后，头发似乎也受到牵连，怎么梳，都梳不顺。小曼什么招都试过，蘸清水、抹头油，顺不了多久，又恢复成荒草，杂乱、枯零。后来，小曼偶然从电视上看到，头发也需要营养，母亲整天卧躺在床，连阳光都照不到，还谈什么营养！头发倒也罢了，最叫小曼受不了的，是母亲的眼神，像失去水分的枣子，皱巴巴的，浑浊而又干枯，被泪水浸泡涨后，红皮红瓤，却能看进人心里去。

小曼抵挡不了母亲的眼神。

"曼啊，"何婉云隔着窗玻璃，瞪着泡胀的红眼睛，扯着哭腔唤道，"进屋来吧，外面冷……你也该拾掇拾掇了！"

小曼不能反悔，纵使内心有一千个一万个不舒服，她也得面对随之而来的一切。小曼望着身上挂着霜一样的地烟珠，她不忍拍掉，反正一会儿回到屋里，它们都会蒸发掉的。她真希望自己是一颗地烟珠，晶亮亮地出现，悄无声息地散失，至少不用像个次品一

046

样，被人挑拣不说，还要担心没有买家。

如果不是得上这个怪病，她何至于不堪到如此地步？可就算是一个残次品，让她安安静静一直摆放在那里不也挺好吗？难道非要让别人摔打？小曼有些怨恨，可很快就平息了这种怨恨，父母都是为她好，如果不是为了让她像其他丫头那样过正常人的生活，他们哪会活得这般悲凉，她怎么忍心叫他们伤心呢！

小曼在心里叹口气，这时候，无论父亲还是母亲的情绪如何，首先得让自己的心情平静下来。她为自己的行为感到害臊，为自己盲目的做法，以及如此的束手无策感到羞愧。她低着头走进东屋，听从母亲的嘱咐。

在母亲的恳求下，小曼往苍白的脸上擦了些润肤霜，照镜子时，也没发现增了多少光泽。

何婉云抱怨如今买不到胭脂，不然，抹上一些，脸立马变得红润，能掩饰住呆板。女儿家的，要定亲了，免不了羞涩。羞涩是要的，不然显得轻狂，可呆板就不好了。

眼看日上三竿，还不见一点儿动静。小曼平息下来的情绪又急躁起来。她没法掩饰，只好用干活来打发自己的慌乱。回到厨房，她将案板、碗橱，凡是能擦的物件，擦了一遍又一遍，把那盏无影灯一般的灯泡都擦得锃亮，连灯线上的苍蝇屎都擦净了。可这有什么用？挨到后来，她心里都希望那个人这时候在她身边，能惹她心里烦乱也罢，就是别这样煎熬人了。可是，那个人就是不见影子。

怎么办呢？小曼没了主意，她站在窗前，透过玻璃上的霜花，看见院子里沙枣树顶的太阳掩映在绯红的地烟中，正奋力往出钻呢。她竟然傻愣地看着，无奈地笑了。

十

院子的地烟晃了一下。一个人影出现了。

"来啦!"

小曼听到父亲惊喜的叫声,她知道父亲心里的石头落了地,他的叫声是惊喜的、舒坦的。小曼也听到自己长长地舒了口气,像卸下什么重物,减轻了心上的重负。

朱明明背着大包小包,一件件摊开在东屋的炕上:四床绣有龙凤的大红缎子被面,四条红黄蓝绿色的纯棉床单,四条与床单颜色搭配的枕套、枕巾,还有香烟、茶叶、红糖、蜂蜜等定亲礼物。他这次是一个人来的,他姑姑家里有事,来不了。反正,他的姑姑已大功告成,来不来都一样。

朱明明一个人来足够了。除定亲礼物,他还带来一只活旱獭。

在父母的欢笑声中,小曼始终没出厨房。母亲扯着嗓子喊,父亲来叫,小曼不答应,也不出去。她默默地将擦得洁净的灶具,一遍又一遍地擦拭,好像,除此之外,她没事可干。

终于,朱明明忍不住,拎着装旱獭的蛇皮袋子,到厨房来找小曼。他将旱獭放到地上,抬手擦了一把额头的汗。

他竟然出汗了。

"路上出了点小意外,口袋没绑紧,旱獭钻出来跑了,我追了好久才追上。这下,我把它的腿捆住,再也跑不了啦。你不知道,在我们那儿,这玩意儿还不好捉,我想了好多办法没捉到,最后,只好从套猎的人家那儿搞到一只。"

小曼吃了大半年旱獭肉，却没真正见过活旱獭，每次都是父亲从山里买人家宰杀好的回来。听说旱獭皮比肉贵重，捕捉的人大都奔着皮毛去的，不会将活旱獭卖给你。朱明明买个活的回来，不知花了多少冤枉钱呢。小曼忍不住扫了旱獭一眼，它脸长得有点像猴，身子却像猫，两只圆眼珠滴溜溜地正瞅着她呢。小曼心里一紧，干呕了一下，赶紧低下头不敢再看。

朱明明的话刚开了个头，见小曼不接话茬，他看着小曼的目光有点闪烁不定，试探了几次，似乎鼓足了勇气，突然压低嗓门说："我想告诉你，旱獭不是治哮喘病，而是治——那种——病，你爸他是不是……"

小曼猛地抬起头，瞪大眼睛道："什么意思，我爸说旱獭是给他吃的?"

"是啊，"朱明明依然压低嗓门，像地下党接头，"我找人问过了，不是我自己胡诌，你爸隐瞒了，他的病——不轻!"

小曼的心跳到了嗓子眼，呼吸急促起来，她没好气地说道："你才病得不轻哩，告诉你，旱獭是给我吃的!"

"你是说……"朱明明将本来就不大的眼睛瞪得快裂开了。

"是——我有病!"小曼尽量想克制自己，保持镇定，一切顺其自然的。可是，她无法忍受朱明明惊讶的口气和表情，怒不可遏地叫道，"这下，你该明白我为什么还没找下婆家了吧，趁现在还来得及，你把定亲的礼物带上，滚吧!"

朱明明目瞪口呆，半晌才回过神来，结巴道："我就说呢，怪不得你长这么好，却……"

"滚！滚回你的乌鲁木齐！滚回你们首长的女儿跟前去吧！"小曼没容朱明明把话说完，歇斯底里地吼叫。

顾远山跑到厨房门口，小曼和朱明明的表情告诉他，坏事了。他的心往下直坠。像好不容易才盖起的一幢房子，却叫一阵风轻易吹塌了，望着那堆废墟，顾远山嘴唇哆嗦着，不知说什么好。他看看这个，又看看那个，鼻翼耸动，一句话都说不出来，使劲揪头上黑白相间的头发。

小曼一把摔上厨房的门，把父亲关在门外，她蹲在地上捂住脸号啕大哭起来。这么久了，小曼还是第一次哭得这么响亮。

顾远山在门外也哭了，他抽搭着跌跌撞撞地离开厨房门。所有的希望都毁灭了。他知道，此刻谁也劝不住小曼，让她好好哭一顿也好，但他得去陪着老伴儿，这个时候，经受不住这个打击的，还有老伴儿。她所有的心思都在小曼身上，如今又拖着个伤腿，还不知会伤心成什么样子呢。

朱明明站在厨房里一直没动，小曼声嘶力竭的哭声像把锉刀，锉得他的心也疼痛不堪。他跟着小曼也哭起来。他面向小曼站着，处于一种微妙的屈从位置，好像她是范本，而他是模仿者。他的哭是压抑的，无声无息，眼泪流得满脸都是。

待小曼的哭声慢慢变弱，朱明明抹把泪，怯怯地小声说道："小曼，你能不能听我说几句话？"

小曼明知不能生朱明明的气，但她情绪纷杂。她没理会朱明明。

"如果你不嫌弃，我愿意——给你到山里去抓旱獭。"朱明明竟然慢声细语地说道，"我要抓好多好多，直到把你的病治好！"

小曼不哭了，她抬起头，泪汪汪的双眼盯着朱明明，过了会儿，才哽咽道："你到哪儿去抓，乌鲁木齐大街上能有旱獭吗？"

"我已经不在乌鲁木齐了。"朱明明的声音小得像蚊子嗡嗡叫。

"部队的大院里能有旱獭？"

"我——从部队退伍了，两个月前……"

小曼忽地站起来，气呼呼地吼道："那你的首长不把你留在大城市，办成乌鲁木齐户口？"

朱明明低下了头："我在部队当五年兵，烧了五年锅炉，哪能认识什么首长……"

小曼狠狠地瞪着朱明明。

朱明明避开小曼的目光，小声接着说道："怕你看不上我，我家那里情况差，没有女人愿嫁到山里，才给你说我没退伍，我心里虚，就编瞎话糊弄你……"

小曼抹了把泪水，依然瞪着朱明明。他说出这些话，小曼心里反倒不那么难受了。可是，她感到他们之间的距离一下子又拉大了。一盏灯灭了又明，明了又灭，悲哀如清晨散不开的浓地烟，厚厚实实地堵在她的心里。她的泪水再次泛滥汹涌。

朱明明不知所措，又不敢靠小曼太近，他摇着手对小曼说："小曼，你别哭呀，如果你看不上我，我也不怨你。你放心，只要有机会，我会留意我们那儿套猎的人家，谁套到旱獭就给你送过来……"

小曼哭得更响。过了半晌，她才抽泣道："我哪里看不上你，是不愿意把你扯进来，我的病是治不好啦，会拖累别人的。算啦，你走吧，依你的条件，可以找个比我强得多的——健康女人。"

"我到哪儿去，回坎儿沟？"捅到伤心处，朱明明已泣不成声，"回到家两个多月啦，你根本不知道我是怎么度过的。我再也不想一个人待在那个破家了，冰锅冷灶，心都是冰凉的——自从第一眼看见你，我觉得心开始热了，就怕你看不上我……小曼，我不怕你的病，我有的是力气，可以去挣钱，给你治病！直到把你的病治好。"

此刻的朱明明是真诚的，他不像桑那镇的那些人，对小曼只有同情、怜悯。

小曼又哭了。这次是无声的。

朱明明慢慢平静下来，也不劝小曼，由着她放任着自己的情绪。直到小曼不哭了，他才轻轻扯了扯小曼的袖子，细声说道："早上走得急，饭都没顾上吃，饿了呢！"

小曼依旧低垂着头："我这就去——给你打搅团吧！"

外边的地烟渐渐散退，像电影后的散场，喧腾过后，开始变得清静起来。镇街上的路灯不知什么时候熄灭了。太阳从薄薄的烟霭中探出头来，精神头十足地挂在中天。

地烟彻底散去后，天地间将清澈透明起来。

锦　瑟

一

赵依依在共用厨房里忙碌得不亦乐乎，客厅的茶几上，已摆上了几个菜。这有点难得，一般来说，赵依依对一日三餐没太多讲究，不是不讲究，是没时间和条件讲究。她拿什么讲究？除过每月必需的开支，一日三餐能有的吃、能按时吃已经很不错了。日常的生活，她都是恨不能一分钱当成一块钱来花，在北京哪样不都是钱打头阵，每一笔开支，又哪样不得精打细算？她每天过得像打仗一样，只要瞅着哪样事情能额外挣上一笔，哪怕几十块钱，她也争着抢着做，丝毫不顾及旁人的感受。她的身上完全没有了小城生活的痕迹，就算曾经她有一份悠闲自在，不为生活东奔西走，她也不想回去再继续那种平静枯燥得让人发疯的日子。她的人生，注定是不平静、不平淡的。

米诺是北京本地人，还在上研究生，学校离家太远，与同宿舍的学姐不和，便出来租房，基本上置身于厨房之外，她经常在外面吃，很少自己做饭。冯娟娟老家在南方农村，父母去世早，她被叔父养大，家境一般，她经常自己做饭，但吃得简单，平时煮个挂面，热个馒头。这套三居室租给她们三人，每人占据一间卧室，厨房、客厅和卫生间共用。赵依依在厨房丁零当啷了好长时间，硬是不让冯娟娟入厨房一步，说是今天晚上她请客，不叫冯娟娟和米诺自己做饭，也不许她们叫外卖。"为什么请客？"冯娟娟和米诺几乎同时问道。赵依依高声笑道："不为什么，只想要你们尝尝赵姐的手艺，让你们见识见识我的妙手生花。"

自从搬到这套出租房里，赵依依吃饭几乎没招呼过她俩，都是做完饭即和丈夫齐志忠在客厅埋头苦吃，连假装客气一下的意思都少有。反而是齐志忠，逢了冯娟娟和米诺谁端了自己的饭出来，会把自己多余些的菜盛些放到她们跟前，不好意思地站起来要她俩品尝。每当这时，赵依依也不闲着，挥舞着筷子道："哎呀，瞧你们大哥，他可真不嫌砢碜，就我们这粗陋的饭菜，都不好意思让你们尝，他倒热情地推广，也不怕你们笑话。"这话一出，甭说两人本来就无意品尝，想礼貌性地回应一下，也觉得不合适了。只能笑笑，端了饭碗进自己的屋。自赵依依夫妇占用客厅吃饭以后，她俩都是各自回屋吃饭，虽说客厅是公用，但实质上，已属赵依依夫妇专用，她俩似乎就是"借过"。冯娟娟和米诺也能体谅赵依依两口子的难处，她们到底还是形单影只，除了厨房和卫生间，一间卧房已经足够她们安顿好自己了，所以两个人有时候聊起来，都互相这样安慰。天大地大，人就那么点体积和面积，能占多少地方？一间小屋，能遂了自己的心意，也不见得有多局促，罢了。最多，只是偶尔的不方便而已。

事事都计较的赵依依居然请她俩吃饭，能不是一件大事！

又端出两个菜之后，赵依依开始招呼大家入座，齐志忠从屋里拿出两瓶红葡萄酒来。连酒都有了，看来是有重大事情。茶几上的菜倒也不是多精致，不过在赵依依的手里，这些普通的菜就有了活力，红是红，绿是绿的，品相不一般，可见是对厨艺有兴趣的人才能把菜做得如此美艳。冯娟娟想起以前齐志忠做的菜，乌黑黑的一团，一看不光是缺了经验，也是缺了耐心，真是白费了工夫。

齐志忠给大家把酒倒上，赵依依举起杯，这才把谜底揭开：今天是她和齐志忠的结婚纪念日，也是齐志忠的农历生日。今年这两个日子凑到一块儿，正好趁着冯娟娟和米诺都在，小小地庆祝一下。

"八年啦，已过了七年之痒！"赵依依感叹道，"可是，岁月是把杀猪刀，瞧瞧，这把刀把我们都剐成什么样了。"

也确实，才三十五岁的赵依依，怎么看都像四十挂零模样，穿衣没穿出她精明能干的气质来，而她白净的脸上，细细的眉眼，柔润却略有塌陷的鼻梁，厚薄匀称的双唇，一看就是美人儿的底子，但不施粉黛的她，却让一层细密的皱纹诋毁了她天然的美。等她的表情再丰富的时候，落到旁人眼里的，就像眼瞅着一条行将枯竭的溪流，流水没了，剩下的只是附着在泥土中那薄薄的水分。倒还没有那么不堪，只是叫人有些不忍。再看齐志忠，却仍是一片春色，花是花，柳是柳。岁月是把杀猪刀，但这把杀猪刀却是如此厚此薄彼，若非齐志忠一身的颓废气息，他简直可以被称为花容月貌，或者玉树临风。在赵依依强有力的衬托下，越发显得"杀猪刀"的不怀好意。

齐志忠是这套出租屋里唯一的男人，却在强势的赵依依背后，影子一样存在着。他像是没有自己的生活目的，纯粹是下意识地生活，就像人在某种不明就里的情况下，出于本能地说一些话，做一些事。也许因为赵依依太能干，把他们夫妻间的一切都全权打理下来，连带着齐志忠本人一起，这才使他成了一个影子。也或者，是他们这种特殊的群居生存方式，使这个唯一的男人只能以这种飘忽的状态存在着。

赵依依的一番感叹让齐志忠有些心酸，他看着当年那个抛弃安逸生活，执意与他携手，如今被艰辛的日子磨损得不再光鲜靓丽，甚至已显出沧桑的妻子，端起酒杯说："依依，是我没用，没能让你过上好日子。这么多年，辛苦你了！敬你！"

　　借着一杯酒，齐志忠道出的一句心声让刚才还兴致盎然的赵依依一下子红了眼眶。她抛家弃业，从满城是非的小县城来到北京，从舒适的悠闲自然到枉然的疲命奔波，其中的艰辛与苦楚并非一句"辛苦"能道得尽，但是她自始至终都未曾向齐志忠说过一句后悔的话，她尽可能像一把伞把齐志忠遮盖严实，是她的执意，才使他们的小城悠闲生活变成如今的居无定所，生活又如此尴尬。从他们的恋爱到婚姻，赵依依都是强势的一方，齐志忠变成了尾随者，尾随她的想法，她的意识，也尾随她的生活。赵依依不曾松懈，也不敢松懈，她知道，自己一旦松懈，齐志忠会先于她而垮塌，这个让她拼尽全力的男人，她不但爱他的风度年华，爱他的心思浅显，甚至也爱他的毫无斗志。她未曾想过放手这个男人让他再次成长，成长为她的庇护，让她在这种庇护下享受一个女人的轻松自然。可是，赵依依习惯了扮演争强好胜的角色，她像时时处于临战状态，随便什么情况，她连过渡都不需要，扑上去就可以直接投入战斗。若让她收起自己张开的羽毛，褪下身上的锐刺，去过那种纯粹的小桥流水人家的生活，她还不能忍受呢。

　　赵依依的情绪变化只在瞬间，她是一个强硬的人，这种强硬在外人的眼里更是旗帜一般鲜明。冯娟娟和米诺无从知晓这对夫妻的过往，她们的眼里，只有赵依依的精明和齐志忠的温和。

　　八年啊，米诺想，八年的时光凋败了赵依依，却盛开了齐志忠。可是，凋败的却在努力盛放，而盛开的却在颔首萎缩，到底是种什么样的生活，造就了这样的男女？

没经历过婚姻，对两人世界还处于幻想阶段的米诺和冯娟娟，出于礼貌端起酒杯，敬这对在她们眼里有些另类的夫妻。

赵依依的厨艺果然了得，几个普普通通的菜在她的妙手之下不仅看上去生动，还有味道，米诺原只想坐下来意思一下便罢，反正是晚餐。没想筷子一伸出去，倒使她有欲罢不能的感觉，南方人的精巧细致就像他们的外表一样，能把丫鬟的简单粗陋整成小姐的优雅精致。

喝过酒吃过菜，气氛就没那么冷清了，葡萄酒暖胃也暖心。但所谓没那么冷清，也只是相对之前的气氛，终究是几个各自为政的人坐在一起，平时也没过多的交集，就算是有，也不过一些鸡毛蒜皮的事引起的小龃龉，想一下子走近彼此总是有些困难的。如冯娟娟与米诺，虽然一见如故，交情甚好，却也是茫茫人海中的相碰相撞，然后相视一笑，浅浅地言上一句"你好"！就是一路同行，在某个未知的路口再挥手道别，而已。

一瓶红酒不够四个人喝，何况赵依依有了酒瘾似的，半杯酒每次都是一口咽下，爽直得让米诺和冯娟娟有些吃惊。冯娟娟不胜酒力，才小半杯下肚，脸颊已经一层绯红。冯娟娟是那种一眼看去不见得能入眼的女孩，气质不惊人，相貌也不惊艳，却得了江南温婉水质的滋养，肤色细腻白皙，加上她的安静，一副邻家女孩乖巧、讨喜的模样。

赵依依看着冯娟娟脸上的红晕，由衷地说："娟娟妹妹真是个美人坯子呢，不显山露水，耐看！"

见米诺和齐志忠也都看了过来，冯娟娟脸更红了："赵姐真会说笑，我哪里好看，就是一乡巴妹。比不得米诺，皇城根的姑娘，漂亮又大气，惹人得很呢！"

"您少来，我最多也就占了个大气——身高体胖。哪如您的小家碧玉范儿，温婉可人。"米诺也跟着夸起来。

"你俩都是美人儿。"果然是日子好心里甜，赵依依的话也像糖心巧克力，"娟娟妹妹，我再多问一句，你没男朋友吧？要没有，赵姐给你介绍一个？"

赵依依不但轻而易举地夺了话语权，还夺了包括齐志忠在内三个人的注视。

也许是话题转得快了些，冯娟娟没防备，几个人就那么几句话，内容却从这个山头一下子跃到了另外一个山头，而且还叫她端坐在山顶上。赵依依真是霸气啊，她总是毫不费力地掌控着各种局面。可她的这种猛然转折让冯娟娟心里有些不快，这个话题对她比较敏感，二十六岁的女孩没有男朋友并不是什么了得的事，可二十六岁没有过男朋友，说来总是件令人心酸的事，何况还是她这种漂在北京，内心还很渴望有个家的女孩。

没人说话，屋里安静得如同旷野。茶几上的菜自然没剩下多少，都凉了，颜色不再那么诱人。葡萄酒比白酒易下肚，瓶子里只剩了一薄底儿。

良久，赵依依想起听说过冯娟娟家里的一些遭遇，便发出一声感叹："我以为我的生活够狼狈够艰难的，想不到娟娟妹妹年纪轻轻，却是跋过山涉过水的人。我真是自愧不如，来，妹妹，姐姐敬你一杯！"端起杯子，发现是空的，她拍一下齐志忠的肩说，"老公，想什么呢？你这酒保一点儿都不合格，我都没酒了……剩下的那点儿给我，我要敬娟娟！"

齐志忠将剩底儿的酒倒进赵依依的杯子里。

"妹妹，都过去了，生活正一点点变好。你不但在北京读完大学，还在北京有工作，赚的钱也不少。你看你现在，多好，咱们这三家，就你住的屋子最大气了，一个人还拥有一个阳台。瞧瞧我和你齐大哥，比你们大近一轮的年纪，却只混得个一日三餐饱……"赵依依本想安慰一下冯娟娟，却不料倒把自己说得伤感了，酒忘了敬，杯子一提，酒兀自入肚。

齐志忠和米诺赶紧端起杯子，和冯娟娟碰了碰。

赵依依觉出自己的唐突，不好意思地笑笑。米诺趁机说："赵姐果然豪爽！您刚才不还说要给娟娟介绍男朋友嘛，说说看呗，我们帮着参考下。"

赵依依迟疑了一下，说："是这样，我的同事有个熟人，据说条件还不错，家在北京，有房有车，就是年纪大些……"

"年纪大些是多大啊？"米诺问，她对冯娟娟一直怀有怜惜之感，这个女孩脸上永远荡漾的是那份安静，她的目光安静，她的神情安静，甚至，连她略显单薄的身子都呈现出一种静美来。她和冯娟娟走得比较近，就因为这个，她也未曾听过冯娟娟一丁半点的曾经，冯娟娟就像一枚蚕茧，把自己包裹得严严实实。可是细想想，谁又不是一枚蚕茧呢？都把自己裹缠在茧壳里，只要不打开，那茧壳或者狭小，但对自己是安全的！如自己，不是也一样不肯轻易向人打开心扉。她其实也希望冯娟娟有个男朋友，她太柔弱了，需要个能倚靠的肩膀。

赵依依还在支吾着要给冯娟娟介绍的那男朋友年龄："大概……好像，是……三十五？不对，是四十岁左右……"

没有人说话，重归于平静。

"我……吧，觉得年龄是大了些，可咱考虑的是给娟娟找个能安顿下来的地儿。我也不懂你们年轻人的想法，反正我想得比较现实。"赵依依从大家的反应里也明白自己的不合时宜，但她还是给自己找底气。

"赵姐，您是够现实的。我看您不是介绍男朋友，是给娟娟介绍爹吧。齐大哥看上去可是还年轻得很呢，这要有房有车得有多高的眼光。"米诺的劲儿又上来了，貌似打趣，却把赵依依说得脸色一变，齐志忠低下了头。

冯娟娟也有些愕然地望着赵依依，她觉得有点不可思议，她在赵依依的眼里究竟有多寒碜多可怜？虽然具体年龄都没弄清楚，却肯定是三十五岁以上的老男人了，赵依依或许连这个男人是什么情况都没弄清楚，就坦而然之地要介绍给自己，她才虚岁二十六啊，离四十岁左右还有一大段距离，况且她也没到饥不择食的地步。不过，米诺虽然是戏谑，却也说得她忍不住一笑。

"是啊赵姐，真谢谢您这么关心我。我不拘是不是北京人，家需要房子，但房子并不等于就是家。这么多年也都漂习惯了，有个志同道合的人，两个人一块儿漂也未尝不好。您看您和齐大哥，妇唱夫随的，不也挺温馨的嘛！"

"嗨，娟娟你这想法早该变了，早变了说不定你现在都不用和我们挤在这么小的屋里了。什么叫漂习惯了？这都没办法被逼的，谁习惯居无定所？谁习惯在这样的城市没有属于自己的地盘、亲情和爱情？在这里，家不是房子，但房子就是家！北漂族的辛酸苦楚咱还用说吗？都说农民工苦，你说咱们跟农民工有多大区别？咱俩可比不了米诺妹妹，她是身在福中不知福，你说你一北京人哪里懂得我们这些漂一族的艰难，我们就想有个安稳的家，有个能安身的地方。你看你，家里好好的不住，学校有宿舍不住，非要跑出来租房住。你说，不是自己瞎闹腾，钱多得闲不住嘛。"

赵依依的话跳跃太大，从冯娟娟说到了米诺。米诺笑了："赵姐英明，我就是瞎闹腾。人不折腾鬼不闹，生活多没意思。再说，我要不折腾，不住进这屋里来，也就尝不到您这顿饭菜的香了，您说对不对？"

一直不言语的齐志忠这时忽然来了一句："你说米诺瞎闹腾，咱们不是一样闹腾嘛，好端端的在老家，日子过得也宽裕，没这么辛苦劳顿。偏要辞职出来，连个后路都没留。现在，想回去也没法回了……回不去，回不去喽！"

齐志忠摇着头，语音越来越低。

赵依依平静地看着齐志忠，说："志忠啊，咱不说丧气话，行吗？你要真想回去，那就回，回到那个憋闷的小城里，你去看别人的眼光，你去让人家看你的笑话，你去踏那些流言蜚语。不管怎样，我是绝不离开北京，我就漂在北京。无论多苦多难，开弓没有回头箭，我这支箭既然已经射出了，就不能回头！"

"北京也只是一个地方，一个地名，和全国各地任何一个城市能有什么区别？只是大小而已。"

"可它就是北京，不是随便哪个城市。北京永远都只是被敬仰的城市，而不是被俯瞰的。这就是它和所有城市的区别。"

"我们只是需要一个地方用来安放自己，我们不需要被敬仰。这么大的城市，我们连根汗毛都算不上，充其量就是这个城市表皮的一粒尘屑。"

齐志忠的话听得冯娟娟心里一动。他们只是城市表皮的一粒尘屑，城市只要随意抖一抖，他们这样的尘屑便纷纷而落——她记得，在上个租住地被麻脸租婆催着搬家的时候，她也哀叹自己是黏附在这个城市的一粒微尘。北京多高傲啊，却又让无数个也曾高傲也曾自命不凡的人心甘情愿地黏附着它，纵使在这个城市的坚壁与冷漠中遍体鳞伤。

齐志忠也怪了，平时很少言语，在赵依依的背后他像个影子似的存在着。也许是喝了些酒的缘故，也许，是平时闷在心里的话无以释放，才借着淡淡的酒意来诉说他的委屈吧。

赵依依不容许齐志忠动摇她在北京的信念。她从来都喜欢把自己逼到没有退路，没有退路才能一直向前，哪怕前面是高山、大海，甚至悬崖，上了绝路才能有出路。

米诺装没懂他们夫妻话里的对立情绪，前面齐志忠还敬自己的老婆，怎么才喝了一点儿酒，那敬意就变成不满呢？她打着哈哈道："齐大哥够义气，这是帮我正名呢。您从老家出来闯北京，我也从家里出来闯社会，咱们性质都差不多。来，咱就一起为咱们的闯劲干了吧。"

"酒都没了，干什么呀！"赵依依有些不满齐志忠。

米诺的调和自然是微波荡漾式的，赵依依和齐志忠纯属内部矛盾，到底能有多深有多纠结，外人又怎么轻易看得出来。不过米诺到底活泛些，跑回自己的房间，拿出一个包装精致的小正方形盒子来，待拆开盒子，居然是一个没有多大却极其精美的蛋糕，蛋糕的表层被涂上一层厚厚的并不规则的草绿色奶油，像一片盛极的青草地，青草地上，一对淡绿色的天鹅深情凝视，优美细长的脖颈交合成一个"心"字，天鹅的羽毛也是丰厚的奶油做成，精细得如同梳理过一般，逼真得不像蛋糕，倒像是一件精雕细刻的工艺品，天鹅的两侧，一大一小两朵桃红色玫瑰绽放得如同暗夜里盛开的烟花，绚丽得无与伦比。这根本就不是一般的蛋糕，而是一件艺术品，在并不明亮的灯光下，闪耀着优雅却又妖媚的光芒。

几个人都看愣了，这个充满艺术气息而又魅惑人心的东西竟然是用来吃的，这该是花了多少心思才把那些厚厚的青草、茸茸的羽毛，还有细腻浪漫的玫瑰花雕镂出来呀，谁舍得将它仅仅作为一种食品，毫无美感地一口吞咽，将这所有的匠心、所有的用心，和这份美丽与浪漫，变成糟糠在胃肠里蠕动？能吃进肚里的人简直太残忍了！

米诺不是第一次吃这样的蛋糕，她可没有舍不了这份美食的意思。再用多心思，也只是蛋糕，最终目的就是为了让人吃下去，做得这么精美，除了食者的愉快和赏心悦目，还为卖得更高的价钱而已，所谓一分钱一分货，都是等值的。不会有人花十分的心思却只要一分心思的钱，没有人会。就像导师舍得花这个钱买来这种价值不菲的蛋糕，那是因为他知道物有所值，甚至是物有所超。但对米诺而言，再怎样费尽心思，也不过一顿美食——也许，连美食都算不上，人总有喜好，不喜欢吃的人谁拿它当美食？怕是连赏心的意义都没有。

米诺拿着塑料切刀。这真是蛋糕最败的一笔了，连心思都用尽了，却舍不得配备一个好的工具，而这些工具原本是可以计入成本的。就像进这种高端的蛋糕店一样，在里面买个所谓的天鹅蛋——实际上就是用焦皮面包包裹的黄色奶油，却是用那闪着冷峻光泽的金属长柄小刀，既高贵又雍容。一点儿都不像这个塑料切刀，轻飘飘的，这本身让吃蛋糕过程少了种仪式感，变得随意而敷衍。塑料切刀从两只深情的天鹅中间切割下去，瞬间两只天鹅分离开来，米诺左右开弓，在两半蛋糕上各执一刀，把两只天鹅端给了赵依依和齐志忠，嘻嘻笑道："伉俪总是情深，你们伉俪就对付它们伉俪吧。我和娟娟，算是花季，就吃花吧。"

一幅美丽绝伦的画就这么被杀戮了。冯娟娟端着闪耀着细腻光泽的玫瑰，一副快哭的表情，她还是第一次这么认真地喜欢上一个蛋糕，其实那些普通的蛋糕也千姿百态，以她次数不多的吃蛋糕经验，应该是喜欢的，可这种喜欢仅仅是对一种美食的泛泛爱戴，却不是这样一见心动到心跳。原来这世上万物，什么都有可能一见钟情。

米诺戳戳冯娟娟的胳膊，问："怎么了？这么为难的表情。"

"不忍心吃。这么美的东西吃下去简直罪过。"

"不吃才叫罪过！"米诺说，"它美不仅是为取悦您的感官，更为了诱惑您的器官。您说您要不吃，让它的美丽最后变质、腐败掉，就像是一个绝世美人，您不记住她最盛美的时候，却一心等着她耗掉所有的青春，看着她最后枯萎、残破、凋落，您说这是不是世上最残酷的事情？是不是罪过？您能够忍心？"

赵依依边吃边嘟囔："娟娟你赶紧吃吧，这蛋糕味道极好的，瞧这天鹅体态丰腴，青草纯香，私心想着若再配一朵香甜美丽的花朵，那一准是极好的——哎，小姑娘就是矫情，吃块蛋糕嘛，再不吃，我可不客气了。有啥忍不忍心的，又不是叫你去杀人。"

米诺憋着笑，道："娟娟瞧您，把赵姐激动的，'甄嬛体'都出来了。"

"别伤春悲秋的，林黛玉一样。你要不吃，拿来，姐替你灭掉！就当你送姐的礼物了。"赵依依女汉子的气概果然又迸发了出来。

冯娟娟赶紧端了盘移开："赵姐您和齐大哥吃的是情侣套餐。我的花您就别打主意了。"

大家都笑起来。难得有坐在一起的机会，气氛还这么融洽，米诺心里一动，觉出一种久违的感动，这就是家的感觉。不是有多热闹，多奢华，而仅仅是一份融洽，一份彼此心灵的相依。

二

这阵子，赵依依倒是春风得意，进进出出嘴里都哼着歌儿，来来回回全是马玉涛《马儿啊你慢些走》里的那两句"马儿啊你慢些走哎慢些走哎，我要把这迷人的景色看个够……"听得冯娟娟和米诺两耳起茧，一副作势要吐的表情。

冯娟娟实在受不了，央求道："赵姐，求您了，换一首，换一首吧！"

米诺也帮腔："就算专场也不能老这两句，要人命啊！"

"别人唱歌要钱，赵姐唱歌——要命啊！"赵依依也不恼，难得如此欢愉，她也调侃自己。

"赵姐遇上什么好事了？"

"还真是好事，跟你们说一说。不是我，是你们齐大哥遇上好事了！——对呀，你们也好些天没见着他在家了是吧？嘿嘿，他呀，这次进了一个电视剧剧组，已经去外拍了，可能要一个多月呢。三十集的电视连续剧。导演以前也是做摄像的，就跟——张艺谋，还有蒋雯丽的老公顾长卫，他们并不是一开始就做导演，而是跟你们齐大哥一样搞摄像的。你们齐大哥虽然还是以副摄像的身份进组，不过挂名正摄像的是人家导演。这等于你们齐大哥间接地做了正摄像啊。搞摄像的人懂搞摄像的人，知道副摄像辛苦。其实做导演遇个好摄像不容易，有点儿小能耐的吧，嘿，他不听导演的调度。你们齐大哥不是我跟你们吹，以前在我们省城电视台都是有名气的，还差点儿调到省台呢，他脾气也很好的，导演挺器重他的，跟他说，等拍完这部剧，下次还要再用他，不再做什么副摄像了，下了力吃了苦还没有名头，工钱也低，就直接做他的摄像，他就专心做导演！哎呀，你们齐大哥听得那个心花怒放，在北京待了这么久，他那个行当太专业，想进电视台连进去的门都找不着，一直东奔西跑串各个剧组，给人家当副摄像，有些说副摄像还是好听的，根本就是替人家打杂。拿到手的钱有一出没一出的，他都多久没开心过了……"赵依依笑着开头，说着说着，眼眶却红了。

齐志忠心中的郁闷她又何曾不知道，但她安抚不了他，她只有每天像跑步一样奔起来，能挣一点是一点，能省一点是一点。挣出来省出来那薄薄的一点纸币，存进银行，她让齐志忠看存折上一点一点递增的数额，她觉得这样能让无望而隐忍的齐志忠心里多少有点安慰。可是齐志忠的眼神始终是空洞的，他的目光扫过存折，只是扫过，像微风穿过密林，滑过水面，然后留下一大片漠然的空寂。齐志忠的萎靡消沉，让她心里时不时泛起一阵阵酸楚。可是她做不了什么，只能咬着牙，依旧先于齐志忠埋头往前冲，她往前冲上一步，对齐志忠的歉意就会弱那么一分。在小城的齐志忠多么意气风发啊，他像一朵正在盛开的鲜花，有着最绚丽的颜色，最芬芳的味道，还有着露珠的润泽，和太阳般耀眼的光芒。是她将他拔了出来，非要栽插在北京这块肥沃的土地上，却没想到再肥沃得土地也不是什么植物都受用得了，营养过剩，水土不服，甚至是南橘北枳。

现在可好，齐志忠一颗将死的心又开始复燃，他本来就是一颗珍珠，做了太久的砂石，被湮没于沙海之中，终于盼到发光的机会了。这比赵依依自己是一块翡翠，而且还绿成了一片汪洋，价值连城更叫她高兴！齐志忠有盼头，她的生活就有盼头。

赵依依的强与硬是多方位的，如同一块花岗石，落到冯娟娟和米诺眼里，就像被贴了硬与冷的标签。此时，她的标签没了，花岗石也不是一点儿温度没有，只是外表的冷覆盖了她炽热的内里，外界的风侵雨蚀使她只能表现出冷的抵御。

"怪不得这几天没见着齐大哥，赵姐还这么开心，这是要夫荣妻贵了呀。"米诺开着玩笑。

赵依依"扑哧"笑了，她不好意思地一抹眼睛说："啥夫荣妻贵，只是开了个头好不！只要你们齐大哥能有个好发展，我就什么都不愁了！"

每个强硬的人，其实内心都会有他的柔软之处，而赵依依，看上去这么刀枪不入的一个女人，却为齐志忠有着另一种质地的柔软。这就是爱了。

米诺不由自主地想，自己的柔软又在哪儿？

米诺的萧索赵依依看进眼里，她没太多顾忌，当了冯娟娟的面脱口道："米诺妹妹，还在为怀孕的事纠结啊？"

话一出口，惊了一旁暗自沉思的冯娟娟。她猛然抬起头看着米诺，一脸来不及掩饰的讶异表情："米诺……你——怀孕了？"

米诺微蹙了眉，心里不快，这个赵依依，口无遮拦，她后悔当初不该给她倾诉内心的苦闷。但她也知道这事冯娟娟迟早会知道的，不光是娟娟，还会有更多的人。她倒不知冯娟娟会以什么样的眼光看她。

米诺点点头，垂下眼睑，不看冯娟娟。

冯娟娟意识到自己的神态有些过度了。可是她还是没法相信，米诺跟她坦言过她的爱情历程，那个叫胡斌的男孩早投到别的女人怀里，米诺不可能会怀上他的孩子，那么，这人是她的新男朋友？她从来没提过有新男友啊！怀孕是件私密的事，看米诺的模样，是不想提这事，冯娟娟也就不再问。

赵依依却又大大咧咧起来，一副真心为米诺欢喜的模样，"嘻"了一声，笑道："米诺妹妹本事大着呢，把她的导师搞定了，从此她导师可不得对她言听计从？"

冯娟娟一点儿没觉着这是件喜事儿，赵依依的喜气倒让她觉着像是一种幸灾乐祸，难怪米诺这些日子经常一脸的愁云惨淡，也不怎么与她谈天说地，她还以为是自己心情不好，对很多事与人有排斥心理造成的，现在才明白了，米诺这是遇上大事了。冯娟娟心下顿感沉重起来，看赵依依的样子，想必早就知道此事，娟娟一时倒不太清楚米诺到底是怎么想的，她真的如赵依依所言，怀孕不是结果，而只是目的——把导师搞定？

米诺没防备自己的眼泪这会儿忽地涌出来，像要应某种景似的，这把她自己都吓了一跳，原来自己脆弱至此，一点儿触动竟然就忍不住。是真的忍不住，好像开了闸的河水，挡也挡不住，她索性不挡了，任泪水在脸上恣意地淌着，再打湿胸襟。冯娟娟终于明白，米诺和她瞬间的想法是一样的，怀孕对她是煎熬，是无措，是不知所以，并非赵依依那般淡然超脱。冯娟娟的心里现时疼痛起来，眼前的这个女孩，她初见她时的阳光、不羁、爽朗，甚至神情中时不时飘忽过的不屑，都欢欢喜喜地吸引着她，让她这个对萍水相逢的人总心怀一份戒备的人放下了戒备。这就是缘分。冯娟娟没犹豫，往米诺身边靠了一步，抱住了哭得梨花带雨般的泪人儿。

这一抱，米诺越发不能自持，半个身子趴在冯娟娟身上，也不管眼泪是不是把娟娟的肩头打湿，她寻来找去，不就是这种可以让她依靠的感觉吗？一度她以为拥有胡斌的感情，这世界于她美好而温情，然而他却在一路相伴的行程中折身退却，背离了她的情感；导师呢，纯粹就是被她敷衍的人生过客，但就是这个过客，留下的却是她最大的精神负重，别说倚靠，连承担的力气都软弱不堪。

冯娟娟虽然没有一句安慰的话，却叫米诺空旷的心有了充实感。这阵子无处诉说的米诺像被人扔弃在暗夜里的某个岔路口，毫无方向的她只能面对四面八方张皇着、心悸着，在空荡的夜里颤抖着、绝望着。赵依依是隔岸观火型，她用她的见识挑起了米诺内心的不甘，也放大了自己的无能（米诺多么不愿意承认这个词啊），却又像孙悟空似的跳出三界外，袖手作壁上观。有什么好观的呢，自己在她眼里或许就是个笑话,是她生活的一种作料吧,自己当时怎么就脑子一热,将事情告诉她了?以为她是过来人,见多识广,可以帮她拿个主意的,结果是正经主意没有,倒把她的火给烧起来了,烧到现在,她自己都不知该如何熄火了。米诺内心的委屈越来越大,在她的想象里,赵依依简直像夏日正午时光扯着嗓子叫得撕心裂肺的知了,喊着"知了知了",却终不知知了什么。

冯娟娟轻轻抚着米诺的背,像母亲安抚受了极大委屈的孩子。赵依依这下显得有些尴尬,她想笑笑,以缓解刚才表现出欢喜的不当,但此时没人注意她。她不知所措地嚷嚷道:"哎呀妹妹们,有什么大不了的嘛,咱们要学会把不好的事变成好事。你要老沉浸在坏情绪里,真的就什么都是坏的,这样可不得把你累死啊!"

不得不承认,赵依依有时候说的话确实是有道理的,她像个智人似的,让你无可辩解,只是当你的修行还没达到那种境界时,那些道理就如同海市蜃楼,美且美矣,总归不是现实,无法润泽焦渴的双唇。

米诺只是一时的情绪冲动,待平静下来,又恢复了她的自如。她擦着眼泪,扯扯嘴角,勉强露出一点儿笑意来。

三

赵依依的猜测与分析是正确的,导师确实在等米诺的决定,但他没有赵依依想象的那般镇静与狡猾,他等不了米诺的主动缴械,这场耐力的比拼没见烟火他就想投诚。投诚的行动就是替米诺争取到一个高额奖学金，并且他还与学校相关人员沟通交流过，准备申请本专业明年的公派留学名额给米诺。当导师将这个消息用微信告知米诺，让她赶紧做好一些功课时，米诺惊呆了：公派留学，还有高额奖学金，这是她这种普通学生梦寐以求的。以她这么偏冷的专业，又是如此的本土，公派留学几乎是不可能的，由此可见导师要争取到这样的名额有多么不易。这么一想，米诺为自己这段时间与导师的僵持有些难为情，觉着自己确实是太不懂事，她根本都不知道自己想要什么，只是这么执着地不肯去医院，折磨自己，更折磨着导师，她一度认定了导师的自私，因着这份自私她越发想以此来抗拒他。想不到的是，他在背后却在替她操持着，她想也没想过的命运，居然就在这种懵懂不堪中将要发生改变。

愣怔过后，米诺的心像雨露滋润过的花骨朵，在阳光精心的照耀下，忽地就盛开，绽放了，还有了妖媚的劲头。数月的郁闷如同暴热的地表上温暾的水滴，瞬间被蒸发。米诺忍不住笑了起来，手不经意地抚了下肚子，肚子略鼓，其实是脂肪厚了些，跟她往日并没有明显的分别，里面的那枚小小的胚胎，只是刚刚发芽吧。

这天，米诺比平时要早些离开学校，她抑制不住内心的兴奋，王宝钏十年寒窑苦守，才守得云开见日月，迎来属于她的春天，而她米诺，守了还不到四个月，就春暖花开了。这样比较不对，不过米诺也懒得计较，反正导师总算给了她一个答案，而她原本就没想过会是这种答案。这使她对与导师的关系有了新的理解，无论她的情感归宿在哪儿，至少，她在导师心里，总还是有一席之地的，不然，他怎肯下大力气替她争取这种多少人难得一遇的机会。

米诺跟赵依依说要请客，赵依依瞪大了眼，认真地打量着她。"怎么了，赵姐？"米诺莫名其妙，她搓了把脸，脸上圆滑，和她已经隆起来的肚子一样，这让她有些烦躁，她的体形本来就偏胖，脸又总是先于身体而圆，有时明明是瘦了，脸上却不显，依旧一副欢天喜地的样子。赵依依非常感慨地说过她的生活真是滋润！词用得很妙，叫"滋润"，夸了米诺，也夸了自己。米诺只能笑笑，发作不出。明明就是胖，跟"滋润"一毛钱关系都没有。

　　打量够了，赵依依才说："妹子哟，有什么好事啊？怎么无端端地要请客？"她也不知道想起了什么，眼神瞟过米诺的肚子，神情有些紧张，"你不是……要搬走吧？"

　　米诺笑道："什么呀，您和齐大哥请我们吃饭，这次我回请你们，咋就要撵我走？我这个邻居就这么不受您待见？"

　　赵依依舒了一口气："嗨，倒把我惊了一下。请客干吗要去外面啊，贵了吧唧，还不如你说个标准，我来替你操持……"

　　米诺打断她，说："赵姐您可真是操心的命，咱去外面吃，啥事不费，吃完走人，多舒爽！"

　　"你这丫头，赵姐这不是想替你省着点嘛！"

　　"姐，放心吧，不差钱！有人给咱出！"

　　赵依依又瞪圆了眼睛："你导师？"

　　米诺下意识地摸了摸肚子，说："嗯，摊牌了。"

　　"怎么个说法？"

　　米诺叹了口气："还能怎样，他只有这么大能耐，再拖下去，谁也没个好。他不能娶我，我也不可能嫁他，这种事，没人找我麻烦，我已是庆幸。还是早了早好，无恩也无怨最好。"

"哎哟，我的傻妹子，你怎么就不开窍呢？身子骨是你的，你不能就这么轻飘飘地放他一马。你现在想无恩也无怨，日后就有漫长的怨了。吃亏受苦的是你，那什么奖学金、公派留学不都还没影儿嘛，你倒是替目前的你考虑一下，问人家要点儿补偿啊。"

米诺没吭声。约导师见面之前，她就想好了，赵依依提醒得没错，拿奖学金、公派留学不是她揣着肚子能等的事，而等她解决了那枚成长的胚芽，说不定承诺的这一切就变成了海市蜃楼，那她真的连哭都没机会了。所以，她先要导师用最实际的行动来保证她的现在。什么最实际？米诺不得不用赵依依的理论来武装自己：钱！说到钱，她是羞涩的，她没很多女孩对物质追求的癖好，简单安宁她认为是对生活最好的诠释。可若依了自己的这份简单，她就不是简单的女孩，而一定是很多人口中的"傻×"了。

这顿饭气氛挺好，三人围着一个紫铜火锅，吃得满头大汗。"东来顺"连锁店保留着炭火涮肉的传统，羊肉据说是从河北坝上草原直接运来的，红里透白，肥而不腻，配"东来顺"自制的佐料，口感极好。她们边吃边听服务生介绍"东来顺"历史。在北京待了这么多年，冯娟娟除了学校的食堂和单位的快餐，再就是自己做的饭菜，即使在外面吃，也简单，最多是麻辣烫，方便快捷，还有就是肯德基、麦当劳，已算她的奢侈了。她没正儿八经吃过羊肉，她只是听人说，羊肉膻味大，想想那种"膻"，她就不爱吃。"不爱吃"只是她自己的臆想，或者说是自己给自己一个不吃羊肉的借口，因为羊肉也贵。但等吃过羊肉后，她忽然不知道这些年的"不爱吃"是委屈了自己还是委屈了羊肉。她从没进过"东来顺"，还是第一次听说"东来顺"以前为解决肥羊不腻口，从坝上草原把活羊一路赶到京城，好让羊多走些路掉膘而长肌肉。她觉得新鲜，问服务员现在的羊还是走路来的北京，一群羊，怎么进城呢？服务员大概见惯了这种疑问，不言语，只是微微笑着，忙而不乱地帮她们上来新菜，撤下空盘。

赵依依这时候已喝了不少啤酒，听到冯娟娟的话，再看服务员职业的笑容，一下子笑得花枝乱颤。

来的时候说好不喝酒的，就三个人，冯娟娟一会儿还要去兼职的培训机构带班。这大热的天涮锅不喝酒总有些不对气氛，米诺就说喝点喝点，不然我请客这么冷冷清清。赵依依觉得三个女人围着一个火锅子东拉西扯些不闲不淡的话没劲，也说喝酒就喝酒。连米诺自己都要喝，她有什么理由不陪着！

冯娟娟比她俩冷静，她只喝了一杯啤酒就不肯再喝，喝酒误事，吃过饭她还要去带班，不能让那些孩子闻到她一身的酒味，既为师，则为表，她虽不是正经的老师，却是那些学生眼中的辅导员。赵依依一听，不乐意了，挥挥手，像赶苍蝇，表情嫌恶得不行："啥叫为人师表？现在的老师有多少知道为人师表……"话已出口，赶紧刹住，偷瞄了眼米诺。

米诺心里不舒服，这种感觉又不好说出来，端起酒杯不言不语，只顾往嘴里倒。

见米诺一人喝着闷酒，冯娟娟有些担心，这可身怀有孕啊！再不宝贝，伤的总是自己的身子。她欠起身要夺米诺的酒杯，米诺偏开身子，说："娟娟你别管我，让我醉了吧！"说到醉时，心里又一阵难受，当初就是缘于一场宿醉，才落得现在不尴不尬的境遇。她一直未想过那一场醉，自己本来对导师有惧怕心理的，平时都是能躲则躲，就喝一场酒，就醉进了导师的怀里？她不知道自己是不是怨恨那场酒，所有人都能安全地离开，为何偏就是她头重脚轻，一路跌撞，整得浑身都是暗伤？她在泪光泛起的那一刻突然明白，自己从不去想那场酒，是她假装忘记，因为它误了自己，让从前的她自此不再。那场酒是一个分界线，她不想让界线那么分明地闪现在她的记忆里。淡忘让她的心保持着表面的波平浪静。

"酒不是什么好东西，这会儿喝坏了身子可不好！"冯娟娟把米诺的情绪变化看了眼里，再次欠起身强夺了她的酒杯劝道。

米诺强忍的眼泪倏地落了下来，她轻轻一笑："留个好身子有什么用？反正都是糟践过的。"

"糟践？"赵依依不屑地一笑，"放眼望去，谁不是糟践？被生活糟践，被命运糟践，还要被自己糟践。米诺妹妹你是身在福中不知福呢，北京女孩哪里见识过什么是真的糟践……"

冯娟娟一看坏了，豁出去的是赵依依，把酒喝得跟水一样，已经红头赤脸的模样，但比米诺好些的是，她倒一脸的揶揄。

"谁不是糟践？"赵依依把酒杯往桌上一蹾，竟然嬉笑起来。她与前夫离婚时，正与齐志忠爱得死去活来，双方家人从老的到小的，全都反对，甚至以脱离关系威胁都没能阻止他们这场如火如荼的爱情剧。前夫起初死活不离，不是他多么爱她，对她感情有多深，而是为了拖住她，拿自己的时间来耗损她和齐志忠，他想要看看，赵依依和齐志忠的爱情到底能耗多久，他想要笑到最后看她的求饶，然后再高傲地一脚把她踢开。但他真小看了她，她才不是那种轻易被打败的人。面对那么多的嘲笑、谩骂和打击，她依然高高地昂着头。跟前夫打了多少场架赵依依不记得了，只知道自己那时候浑身总是青紫，脸上也新伤叠着旧伤，她的笑却从没因此而暗淡，在那场婚姻战争中，她只是越来越强大，越来越蛮横，她的气势最后竟把前夫逼得完全失去了信心和耐心，反过来避之不及地要和她离婚来撇清关系。女儿被前夫带走的时候哭得几乎断气，不到两岁的孩子，却生生被父母之间那种非仇即敌的对峙情绪给惊吓住，伸着手一脸鼻涕眼泪地哭叫着妈妈。赵依依那会儿心也真硬，看着女儿被前夫拖拉着离开，她竟连一句要留下女儿的话都没说。说了也没用，女儿那时也是前夫的筹码，他以为带走女儿就可以消耗掉她更多的心力，至少会让她心生不安，他想让遗憾像棵草一样，植在她的心里，慢慢地成长，慢慢汲取损耗她的快乐。她没让前夫得逞，痛快地将女儿交与他，也痛快地应承了前夫提出的给女儿高额的抚养费。

当赵依依和前夫的婚姻终于完结时，她不顾一切和齐志忠的姐弟恋在那个小城里已经沸沸扬扬，每天都被无数人演绎着不同版本，在各种版本里，她都是最妖孽的那一个，面目可憎可恨可恶。她一路荆棘而来，没有人看到她由内而外的累累伤痕，她也不屑把那些伤展示给他们看，无济于事，谁都认为她这是自找的，不能同情。她昂着的头于是再不肯低下，就算齐志忠最后要选择退却她也不许，她努力地支撑着，将他们的爱情之花用一种妖媚的姿态炫耀——她要让所有歧视他们的人都看到，他们的生活和爱情就是这么丰姿绰约，就是这么千娇百媚，想要嫉妒就嫉妒去吧！

刻意地炫耀总是累人的，齐志忠没有她的坚硬，更缺少她越战越勇的斗志，他的郁郁寡欢落进旁人的眼里就成了她的狼狈，他们夫妻的笑柄——有爱情又怎样？日子不照样过得张皇挣扎而且盲目！齐志忠真的就像一棵经不住风雨的弱苗，在小城铺天盖地的各色目光中，他竟就一天一天萎靡了，先是不停跟身边的人发脾气，嫌人与他配合得不好，再是他的镜头感没那么敏感了，总是空洞洞的，看不到内涵，曾经的才气就像被炽烈阳光炙烤过的土地，呈现出龟裂的干渴。单位领导尽管爱惜人才，善解人意地提出让齐志忠休假，待调整好状态再恢复其主摄像的位置。这对齐志忠却成了不小的打击，他的理解是领导意图要他下岗，从一个优秀的摄像到下岗，这中间的差距几乎大到无穷，他没法承受这样的落差。

赵依依又怎忍看齐志忠的消沉，他本是她的骄傲。她瞒着齐志忠直奔他的单位，闯进领导办公室，质问为何要拿下齐志忠？连省台都有意留下的人，怎么在这个小小的县级电视台反而弃之如草芥？这是齐志忠太善良没有后台好欺负你们才敢这么做，换了有后台的，你们一准拿人家当人才来供着吧……

领导一脸茫然地听她发泄完，瞅空隙挤进去几句话，只这几句话，把赵依依一下子说哑了。领导说："只是让志忠休个假，调整一下，怎么就搞成这么大事来？谁让他下岗了？我们台就这几个摄像，动不动就让下岗，我们还要不要工作了？你让志忠自己来说！"

看着领导脸上的愠怒，赵依依第一次傻眼了。她愣了许久，才小心地问了一句："不是要志忠下岗？"

"是志忠这么说的？"领导反问道。

"我……"

"你这个同志，志忠多优秀的摄像，你们风风雨雨走到一起不容易，做个好后盾是你的事，不能撺掇他，跳出来净帮他倒忙，这于你们有什么好处？"显见这个领导是知道她和齐志忠的事，不知道攒了多少力气借了这个机会来说她一把。

"志忠休完假还是摄像？"赵依依一咬牙，咽下领导的责备，她只想确定齐志忠的工作性能没变。

"那要看志忠的状态调整得如何。各行各业都会有疲惫期，志忠这时正处在这个疲惫期，他要是正常度过，自然还是我们台的摄像，毕竟他是我们台唯一的科班出身，不然——机会也不能总这么让人占着，想做摄像而且有天赋的人也不是没有……"

话没说完，赵依依已转身离开，她自认尚不能忍受这样的敷衍，何况心高气傲的齐志忠。她的眼里，齐志忠就是一株葳蕤生长的植物，要的是毫不吝啬的阳光和雨露，怎能遇了干旱又要他再受严冬呢？赵依依走出电视台大门的那一刻便下定了决心：要和齐志忠离开这个小城！

离开，成了她最大的愿望。她可以无视各色人复杂的眼神，在含意不明的笑容里高高地昂起她的头颅，但她绝不能让齐志忠在这种气氛中萎靡下去，她要的不只是众人眼里那个相貌俊美的男人，更要他耀眼的光辉。远离小城，让他们曾经神话一样的爱情和光环留驻在这个狭小的城市里。

就是赌着这一口气，她毅然决然地辞了职，扯着不情不愿却又不忍拂她意的齐志忠北上，成了如今苦苦挣扎在京城的一员。离开时心里暗暗发誓一辈子都不再回去，也是心里憋着那一口气呢。可是现在看看，憋着一口气又怎样，就算她再精打细算，日子还是过得局促，在这种局促中，说没有一点儿懊悔自己的冲动，那是骗自己，但腿已经迈出来，再往回收是无论如何也不能的。所以再狼狈、再惨淡的日子，她也要咬着牙经营起来。她赵依依的生活里，只有进，没有退。

四

齐志忠提前回来了。然而，人回来了，情绪却并不怎么高涨，根本没有赵依依想象中的那样，被导演看中即将要开始另一种新生活的舒展和开心。回到家，他倒头闷睡，根本未曾发现这房间里有过什么变化。赵依依把整个屋子重新归置对他而言与往日的拖地抹桌子没什么两样，就是不一样又能怎样？反正一个窝而已，说成是家，只是一种慰藉罢了。

赵依依以为齐志忠这次回来会带给她新奇感，他要跟她说剧组里发生的很多事，他要跟她说这个导演对他才华的欣赏，还有，他这一段时间的薪酬交给她的时候，他的表情是一如既往的羞赧，还是自此要平步青云的得意？赵依依并非对生活有太多想象的人，她对眼前的现实更为热衷，因为现实才最需要她严丝合缝地应对，无论如何，她都不敢懈怠。但是，生活并未能让她有过多的期待，她也想把这乱麻一样的生活理顺，只是好多事都是由不得自己。以她的理解，只要齐志忠工作走上正轨，他的才华肯定是要再放光芒的，齐志忠不是庸人，他只是性格比较软弱，容易受挫而已。在剧组里，正摄像如同一朵缓缓开放的花，不仅盛开在齐志忠的心里，也撩拨得赵依依心波荡漾。若说赵依依有梦想的话，齐志忠便是她最大的梦想，不风情万种，却平和质朴。没料到的是，齐志忠这次从剧组一回来，并未如她所愿的满面春风，他的疲惫他的落魄，让他看上去更像是从一部惊悚片里刚走出来，这叫她不免心怀惴惴。

好不容易等到齐志忠从沉睡中醒来，赵依依还未来得及问话，齐志忠却说道："依依，咱们回去吧！回那个小城！"

齐志忠语调平静，声音清朗，一点儿都没刚从沉睡中醒来的模糊昏沉的样子。不用看他那不知落在何处的迷蒙眼神，仅凭这清朗的声音，赵依依就知道，齐志忠的这个想法并非一梦之后的烦躁或是冲动，他在心里不知道转了多少弯绕了多少水呢。他这个时候如此郑重其事地跟她说这句话，一定是下定了决心的。北京，宽大无私的北京，它张开怀抱拥抱所有来自全国各地的人，无论男女老少，无论贫富贵贱。但所有并非每个来过这里的人都喜欢它，它只是貌似大气地张开怀抱，它的温暖却不可能传递给每个被拥入怀抱的人。齐志忠清楚地知道，从他来到这里的第一天起，都未曾热爱过这座城市，他的心从没真正放下过。他怀念小城的生活，生动、灵秀、鲜活，即使在他和赵依依被小城人的唾液淹没，被各色眼光包围的那些日子，他也是忐忑中有平静，波涛中有温存，每一个日子都过得踏踏实实。哪里会像在北京，他像汪洋大海中的小舟，既无方向，亦无岸地，一任漂流。看着赵依依拼得那般辛苦，他的心更是酸痛，一个男人，不说让自己的女人过那种光鲜的生活，连最基本的生活他都无法保证，只能由着她像头狮子在这个人潮涌动的城市里狂拼猛打，看着她从心高气傲的女子变成患得患失、斤斤计较的女人。他也是一个心高气傲的男人呢，怎么肯甘于躲缩在赵依依的翅膀下不管外面的风霜剑雨？

赵依依不知道齐志忠怎么了，他不是被导演允诺以后由他来做正摄像吗？这个机会多难能可贵，简直是从荆棘一步越到锦绣，怎么他反倒想要回到小城去？那个狭小、肮脏的小城，人也狭隘、固执，有什么值得留恋的，而且他离开时是辞了职的，没有工作了……

　　"为什么要回去？回去干什么？"赵依依显得很冷静，面对自己的男人，她第一次失去了愧疚之意。也或者，让她终于意识到自己是个女人，需要袒护与呵护。

　　"不为什么，就是不想在北京待了。这地方水太深，我怕最后会淹死在这个陌生的地方。"齐志忠这次没有躲闪赵依依。

　　"要回，你自己回好了。我不回去，那个地方没有我的容身之处。我就待在北京，哪里都不去，哪怕穷死在这里，也好过闷死在那个地方。"赵依依了解齐志忠，他只是思乡，真要回去，不再是电视台的摄像，他在那个熟悉的地方一样不会有归属感。荣归故里才是人生，华服出门，布衣归家，谁会拿正眼瞧你？不搭台戏来嘲笑一番已经是宽容了。

　　齐志忠沉默了。赵依依的态度他能想到，她对小城的憎恨与厌恶深入骨髓，并不轻易能剔得出来。北京是一件粉饰的华服，裹着她贫寒的身躯却高贵的心，她用这件华服向小城示威，也用以自我宽慰。人在北京，就像是端坐山顶，看山顶下面的人都弱小如蚁，忘了自己其实并不比那些人高大，反而觉得自己真的就是高大，就是气场。齐志忠默默叹了口气，憎恨与厌恶，说白了又何尝不是赵依依的一件外衣呢，用以抵挡小城对她的侵扰，小城对她不是没有一点儿诱惑，而是她不可能狼狈地逃离，又灰头土脸地回去，假若，他们现在一夜暴富，那急于回小城的，一准是她赵依依，她会用一种迫不及待的接近让小城认同和追捧。

"我累了！"齐志忠终于长长地叹出这口气，他和赵依依，已许久没有了诉说和聆听。夫妻之间，并非没有关心与爱，只是这种关心与爱，似乎变成了与他们彼此互不相关的东西，如同身上的挂件，挂着未觉累赘多余，摘下也没有空落之感。

"累了？这不是刚睡起来吗！"赵依依有些不满，齐志忠一睡醒来就说要回小城的话，他这一个多月的薪酬连提都不提，难不成他心里有其他事？这么一想，赵依依心里抖了一下，影视圈里有潜规则一说她是知道的，报纸网络，铺天盖地炒一些被潜规则过的明星，不过齐志忠只是副摄像，纯打工者，这份工作都是今天有明天无的，还没资格去潜什么人吧！

想是这般想，赵依依还是心里不踏实。齐志忠比她小好几岁，她现在是人未老，色已衰，已不复与齐志忠初识的那份娇美与艳丽，在与生活打拼的这些年，她的容颜与越斗越勇的精神距离越来越大。她不在意自己的容颜，这种随着岁月渐失的东西是你怎样追都追不回来的，索性不追，反正只要齐志忠在她的身边，她的心就是满的，除了钱，她觉得他们再不需要额外的东西来衬托。很多年前，她看过的一段话，大意是一对生活久了的夫妇，就像两片叶子，不管你把它们拿到哪里，隔了多远的距离，还是一看就知道是一棵树上的。她觉得她和齐志忠就是一棵树上的两片叶子，每一根脉络，每一丝纹理都那般相像。可是再相像的叶子在时间的淘洗之下，是否也慢慢会变得越来越不一样了呢？当年他能有勇气跟她这个有夫之妇在一起，难保他现在不会跟别的女人再闹一出，齐志忠还年轻，不说他身体的渴求，单是他未有多少变化的外表，就已让赵依依有些担心了。连冯娟娟都隐晦地说过，齐大哥是才俊呢。

赵依依的心思一动，就静不下来了，女人天生比男人敏感，齐志忠一个多月回家的第一件事是睡觉，睡觉起来说的第一句话是要回小城，根本就无视赵依依满心满肺的期待之情，更不要说怜惜她的辛劳和委屈了。再能干的女人，在自家男人面前也愿意是只依人的小鸟，赵依依喜欢护着齐志忠，那是因为齐志忠懂得体恤和安抚她，而一旦她得不到这份主动的体恤和安抚，她的心便火烧了一般，腾起一股烈焰。她狠狠地盯着齐志忠，想从这张依然英气的脸上看出什么端倪来。

"你怎么了？看我的眼神这么凶狠！"齐志忠不傻，看出赵依依的情绪来。

"我还想问你呢，这是怎么了，你是累得慌？这一个多月到底是怎样透支身体的？"

齐志忠似是被击中，他的脸阴沉下来："岂止身体透支，还有精神透支……"

"怕是把你赚的钱都透支完了吧？"赵依依几乎咬着牙说，她一门心思在"身体透支"上，她把齐志忠所说的"身体透支"与自己想象的"身体透支"合二为一，心里的委屈和愤怒一瞬间就像决了堤的河水，浪涛滚滚，汹涌而来。

齐志忠沉浸在自己的悲愤中，根本没在意赵依依临近崩溃的状态。

五

　　齐志忠参与拍摄的三十集电视连续剧，起初说是外拍一个月，因为跟一个主要演员的档期有冲突，外拍时间就延长了。齐志忠无所谓，摄像是他的全职，他又不是演员，可以同时跟进两三个剧组，等就等呗，反正吃住都是剧组的，多耗几天剧组还允诺给开一半的工钱呢。外拍时间差不多二十天时，导演对齐志忠的勤恳自然赞不绝口，不停地说今后齐志忠就是他的搭档了，以后无论他接什么片子，都由齐志忠来做摄像。这样的话说多了，齐志忠真觉得自己是导演钦定的摄像了，他不能不为遇到这样一个慧眼识英才的导演而感恩戴德，几乎像马仔似的紧跟着导演，就差侍候他吃喝拉撒睡了。外拍回来，在北京拍摄的戏不多，加上演员、场地、道具都准备得充分，很快就拍完了，拿到合同中签订的部分酬金，也到了齐志忠跟剧组说再见的时候。但导演不肯，拉着他非要一起去放松放松，载着他到了怀柔的一个山庄里。怀柔的青山绿水让齐志忠一下子有了感触，他对家乡小城的怀念越发强烈起来。住了几天，导演要先回去一趟，因为后期的剪辑制作有些地方他还需要再补充一下意见，两三天就回来，他要齐志忠再住几日，说反正费用都是提前交过的，不住下来，倒是浪费了。齐志忠想现在回去也没什么事情，再去找其他剧组不见得有机会，何况导演说了以后由他来做他的专职摄像，这比他东奔西走打杂强，也就安下心来，继续在山庄里住着，每天爬爬山，游游水，倒乐得个逍遥。也是齐志忠心地单纯，这么逍遥自在的日子他竟没有一丝怀疑，还真以为遇上伯乐贤友了。就这么又过了几日，见导演还没回来，齐志忠才有些心慌，联系导演。导演说后期制作出了点麻烦，看来他是回不了山庄，陪不成齐志忠了，让他在这涤荡心灵的地方再好好放松放松。齐志忠说他是来陪导演放松的，既然导演来不了，他也不住了，还是回家去吧，离家都一个月了。导演在电话里大笑道，说你这么顾恋家，果然是好男人，不想住就不住吧，我一时半会儿回不去结账，你把我住的那几天账一块结了吧，下次再见面我还给你。齐志忠当时心里咯噔了一下，他记得导演走时说过费用是提前交过的，怎么临到这时又让他去结账呢？导演已经挂了电话，他也不好意思再打电话去问，也许导演忙晕了，忘了提前交过的费用呢？他去服务台一问就知道了。

谁知到服务台一问，根本就没有提前预付，只有两百块钱的押金。服务员把账单调出来，齐志忠吓了一跳：两万八千八！他前后只住了一个礼拜，加上导演的三天，也就十天时间，怎么要这么多钱，简直是抢啊！齐志忠这会儿顾不上形象与风度了，直接跟服务员叫嚷起来。

服务员一点儿都不惊讶，把账单明细给齐志忠看，齐志忠一看蔫了，导演的三天太充实了，山庄里有的服务他几乎都享用过，其中还有一项特殊服务。齐志忠没明白这特殊服务指的是什么，问服务员，服务员掩嘴一笑说，大哥您连这都不知道啊？就是本垒打啊！

这一说齐志忠更糊涂了，本垒打？这里还有棒球？居然比泰式按摩还贵出几倍，这运动的成本也太高了。

服务员笑得几乎直不起腰来，看齐志忠真是一副懵懂不知的样子，这才明说就是招女人上门服务。

齐志忠嚷不出来了，刚来的时候导演暗示过他，他也接过那种女人打来的电话，只是他不知道，原来这样的服务都可以这么明目张胆地计入服务项目。他终于意识到自己上了导演的套，什么来放松一下，根本就是导演找可靠的买单人，他所谓的正摄像、专职摄像，其实都只是幌子！一个名不见经传的导演，跟他这种四处飘荡的摄像其实有什么实质的区别？都是看投资人的脸色，都是看菜下碟，有什么吃什么的那种人。唯一比他强的，是做导演骗人的概率更大，其身份的分量更足，也更容易唬住人。导演是算定他这种人对他没有威胁、撼不动他才这样，他一准不是第一个上导演套子的人，肯定也不会是最后一个。齐志忠不想做这个冤大头，他不仅仅是没那种一掷千金的派头，而且确实没有那么多的金可掷，他觉得导演选中他来做这种冤大头简直可笑至极，他一身的寒酸难道还不够让人避而远之吗？

预料之中的，导演的电话再没打通，齐志忠最后的离场有点儿悲凉——他把在剧组结算的钱一分不剩地给了人家，最后还欠下两千八百块钱，身份证被扣押在服务台，他背着包几乎是在服务人员鄙视的眼神中跌撞逃离。原以为是一场只有清风明月、青山绿水相伴的行程，却落幕成齐志忠的一个轻悲剧。一路辗转返回北京城，路边未着秋意便已经开始疏落的银杏黄叶，正值盛绿却被染上一缕一缕红灌木，在齐志忠眼里，都是空洞的，他内心的悲愤正似狂风骤雨，将这人间天成的景致刮得七零八落，残破不堪。

齐志忠不知道怎样回到家的，他心里从没把这个背阴的蜗居称为"家"。家是一个很宽泛的概念，齐志忠的文艺范儿与赵依依的现实主义在对"家"的理解上是不一样的。赵依依只要有能让她容身的地方,只要有齐志忠在身边,哪里就都称之为家,家就是油盐酱醋,就是今天吃饱明天不会饿着。而在齐志忠的心目中,家不仅仅是个窝,还是一份支撑,是寂寞的一个微笑,是寒夜里一盏为自己亮起来的灯,是雪花飘荡的旷野里生起的炉火,是彼此读懂又铭记的一个故事。而他们现在住的地方,除了容身的功能,还有什么?赵依依一门心思只为攒钱,她为存折上每一次数字的增加兴奋不已,对越来越颓废的齐志忠的内心渴求已近漠然,她曾经觉得这世界最枯燥的东西就是数字,那时她是一个统计员,她厌烦数字的不停重叠和累加,而当她不再重复那些数字,当数字的累加变成一种渴望时,数字在她眼里已然成了世界上最美丽最绚丽的东西。

当赵依依得知齐志忠不但失去从剧组拿回来的工钱,还欠了山庄近三千块钱的时候,几近暴怒,我在家辛苦劳作,想尽各种办法来省钱挣钱,你倒好,跟着别人去什么山庄度假,你一个连生活都在贫困线上挣扎的人,有什么资格去学人家有钱人的做派?放松下心情——简直是狗屁!有钱你才有心情,没钱什么都是奢谈枉论。人家导演都离开了,你怎么就不离开?早些离开也不至于一直消费下去呀,是乐不思蜀吧!什么山清水秀,这北京的山水有哪一处比得过老家的山水,那时候怎么没见你对山水这样钟情?分明是给自己找借口!谁知道那些特殊消费是导演的还是你自己的,有几个人能傻到被人坑了还乐颠颠地在坑里不肯出来?……赵依依停不下来,她脑子已经乱了,整个人像气球一样飘忽着,着不了地。十天就两万八千八百块哪,你齐志忠一年能挣几个两万八千八?随随便便就给消费没了。你在外面昂贵消费,我在家早出晚归,受尽委屈一个人扛着，就想多攒点钱为我们的将来，我哪样不是事事想着你，你怎么就不能为我想一想？我一个女人家，不是铁打钢铸，我就不想放松，不想玩儿吗？我还想什么都不干，撒开手脚只逛街买东西，躺在美容院让人给松筋舒骨，往脸上敷各种护肤品，想开宝马戴劳力士呢，可我，有那个条件吗？

赵依依彻底无视了齐志忠，她的脑子里只剩下一团糨糊，乱糟糟地散发着冲天的酸味。

齐志忠更说不出话来，他的绝望不比赵依依少，这个缺情少义的城市，这个只会榨取人血肉精气的钢筋水泥城堡，他觉得自己像个囚徒一样被禁锢着，没有自由，也失去了力量，连呼吸都变得困难，残存下来的只有微弱的生命。

赵依依再怎么发怒，却不能不让齐志忠赎出他的身份证来。没身份证，在这个城市你就什么都别想干了——每一种职业都需要身份认定，没有身份证，就缺失了某种特定的保障，你都没法证明你是谁，别人又如何去判别你？还有最重要的一个环节，齐志忠与剧组签订的合同，到期领报酬是要有身份验证的。生过气后，赵依依陪齐志忠去了一趟怀柔，虽说她没出面，却轻而易举打听出了这个所谓的山庄，导演是有股份的，说白了就是他与朋友合伙的，他从不同剧组带过来像齐志忠这样的冤大头可不在少数，也是吃定了这些人有求于他，又因为最后的消费额度发生在那些人身上，这种哑巴亏吃了也只能吃了，也是想着或许后面真的还要在他导演的片子里再接着挣钱呢。这样一来，赵依依没话可说了，齐志忠的受骗是被蓄谋的，哪里有两百块钱押金便可以随意住宿若干天而不催要的？

多住一天未交房费也得赶出来。导演设的套，齐志忠若不钻，在赵依依那里又说不定会变成一种不开窍呢。至少，她确证了齐志忠没有主观上的刻意，不是为了纯享乐而来享乐的，她的心也就安定了下来。人在江湖漂，哪能不挨刀，挨过刀才更有闯荡江湖的资历。

只不过，赵依依并不知道，挨刀攒经历只是她的一厢情愿罢了，等着她和齐志忠的，还有更加残酷的事情。

六

几场细雨之后，天气寒了，薄薄衣衫抵不住秋寒。街头的银杏叶营养不良似的枯黄成一片，图片里磅礴的金黄总像是现实中的一个梦，以为触手可及，却是差距甚大，让你渴求而不得。较之夏季，秋天要温和许多，阳光没那么炽热，风没那么黏稠，连雨都下得细腻绵长了。只是秋季注定不是个多情的季节，许是要收获的东西太多，要摧毁的东西也太多，它无暇顾及，或者多情。

赵依依要疯了。

齐志忠参与拍摄的电视连续剧政审过不了关，反复修改不下十次，最后还是被广电总局毙掉了。投资两千五百多万元，对于大手笔的投资人来说，两千五百万实在算不上什么，热热身的费用而已。而对小成本制作来说，已经足够一大串的人倾家荡产了。被毙掉的片子没法卖给电视台收回成本，光演职人员的酬劳就欠了一千八九百万。制片方想走二级、三级市场，卖给那些小地方电视台，结果哪个电视台都不敢要。谁愿掏钱买个广电总局通不过的片子？

既不是一线演员拍的，又不是迎合现在观众胃口的片子，买回来没有收视率，拉不到广告，那不是作死又是什么？制片方老板接受不了这个残酷的结局，两千多万，就这么打了水漂，钱又不是天上掉下来的，他投资是要获得回报，没有回报的事傻子都不会干。老板四处联络求救，这种事大家都一清二楚，谁吃饱了撑得慌去救这种急？救了别人空了自己。什么古道侠肠、铁汉柔情，那就是写书搞编剧的人意淫的东西，真摊上事儿，侠肠早成铁肠，柔情变为烂泥了。制片方老板无辙可走，选择了最能逃避的捷径——跳楼自杀。不过没死成，脊椎骨断成几截，瘫痪了，现在连句完整的话都说不成，只剩躺在床上等死，算是殊途同归，只是绕了个大弯，这对他才更为残酷呢。

就是说，齐志忠这个副摄像，每集三千元共计九万元的劳务费，除了刚签订合同给的两千块订金，还有拍摄结算时的五千块钱外，剩下的八万三千块钱彻底泡汤了。八万多块啊，以他和赵依依目前的生活水准，够他们生活几年了。这比挖心割肉还让人痛！齐志忠与一帮演职人员疯了似的跑医院，想多少要点钱回来，老板亏是亏自己的，不能让这一帮子帮他干活的人都亏啊。可他们一窝蜂跑进医院，看到的要么是浑身插满管子的老板昏迷不醒，要么醒来睁着两眼空洞地望着天花板，对面前的人头攒动压根儿无动于衷——也不是不想动，是无力动了。他们只得默默地退出病房。

跟个失去了行动能力，甚至连生命都已经不屑的人再叫嚷有什么用？他想拿命来偿还所有人，只是命太不值钱，阎王都不想要，只好苟延残喘地为难活着的人。

齐志忠越发心灰意冷，他觉得自己快要步老板的后尘了，心思这般重，活着这般累，生命还有什么可留恋的，倒真不如一了百了的好。

赵依依是预想中的生气，她可以接受齐志忠没有工作的袖手旁观，却无法设想齐志忠勤劳辛苦之后的空手而归。如果说齐志忠在山庄莫名的消费能让她找到一个理由来说服自己，那现在她无论如何也不能平静下来。一个大男人两年来几乎没事可干，让她一个女人承担全部生活费用，这叫什么世道！她顾不得理会自己对齐志忠才华的肯定，再有才华，你憋着忍着没有施展的余地，又有什么用？她一直一厢情愿地撑着他，可你倒是能被撑起来呀！什么时候都像落水狗一样蔫头耷脑，好像被亏欠了多少似的，就算是被亏欠，也是你亏欠了我赵依依，放眼望去，一个家有几个是靠女人来撑持的？

一直以齐志忠为傲的赵依依，终于发现她的傲其实不堪一击。

她挥着手里的协议，要齐志忠到法院起诉，既然当初签下合同，就表明合同上所述一切都具有法律效应，不能因为人家一跳楼，合同就变成一张废纸，他们的钱就变成一阵风。

齐志忠说："起诉有什么用？官司打赢了也只是一场官司，有了声势，没有实质。钱还是没有。"

赵依依说："你怎么知道没有实质？瘦死的骆驼还比马大呢，他有投资的能力，就会有预估风险的能力，起诉了他，我们多少能要回一点儿钱。他有家人，我们这点钱他家里不能一点儿拿不出来；再说他还有公司，有房子，以物偿还也可以呀。"

齐志忠从赵依依手里拿过协议书，慢慢蹲下来，把协议书放到膝盖上，将褶皱的地方抚平，意兴阑珊地说："没用的！他现在躺在医院，半条命都没了，剩下的半条命已经是他家人的累赘。更别谈什么公司了，他真有偿还能力，何至于跳楼，人能活到不想活，那就真没路可走了。你是没见，他那生不如死的惨状，最可怜的是他老婆，听说还不到四十岁，头发一夜全白了，坐在病床前跟个木偶似的，直愣愣地看着我们拥进去，一句话都没有，只是让到旁边。我们十几个人哪，谁都不忍再闹，太造孽。其实往开阔处想，我们这帮人也就是白干了一个多月的活，四脚都健全着呢，可他呢，该偿还的拿命还了，没还清的，还要攒在心里，痛苦比我们大多了……

"依依，我不是不想要回这笔钱，是真没力气了。老板家里的房子已卖掉给他交了住院费，也不知道他还能不能最后挺过来，他孩子都不上学，没钱了。就这样的人家了，我们再去起诉，能要回什么？还有欠比我更多钱的人，好几十万上百万呢，他们不比我们更惨？我不想跳梁小丑似的任人看着表演。"他的声音无力地黯淡下去。

赵依依已经听不进齐志忠的话，喊道："他惨，那是他的事，这跟你有什么关系？他投资拍电视剧，不是为赚钱？是他自己倒霉，没眼光才弄成这样，要是他赚了钱，难不成会给你多发钱？八万多块钱，不是个小数目啊，咱们要怎么挣才能挣回来？你怎么就不想想我，我这些年是怎么辛苦熬过来的，我恨不能分身有术，一天打四五份工，挣下钱来为我们将来好好过日子……可你又怎么做的？你净替别人考虑，为什么就不能考虑考虑我？"

齐志忠静静地望着赵依依，泪水慢慢地溢出眼眶，他无力地说："我知道这些年你很辛苦，是我没多大用，没能让你过上好日子……"他无法再说下去，哽咽得难以自持。他闭上眼睛，只觉得荒凉感如狼烟四起，从四面八方向他弥漫而来，他被围困其中，左冲右突，却无法挣破。

忽然间，齐志忠捂着脸，放声大哭起来，泪水从指缝间渗出来，慢慢挂在指头上，凝成大颗粒，又沉沉地滴落到地上。

齐志忠怎能不知这八万多块钱不是小数目，这是他到北京以来签的金额最高的协议，拿到协议时，他们多开心哪，缩在屋里商讨着这钱怎么个用法。以赵依依的一贯做法是直接存入银行，但那次，不说存银行的话，她趴在齐志忠的肩上柔声说，她想要在北京买套房，小点儿没关系，只要能拥有自己的房子，属于自己的真正的家。齐志忠心里酸涩，笑说咱们就找一找正好可以用这笔钱付个首付的房子。赵依依说楼盘她早都看好了，回龙观有一居室的二手房，这笔钱拿上后他们去付首付。可是现在，钱没了，在他们面前一直闪烁的星光彻底熄灭了。希望原是个肥皂泡，色彩再斑斓也不过是虚幻，破了，连破的碎片都寻不到。

真是可笑！看着齐志忠痛不欲生的号哭，赵依依顿觉万念俱灰，她绝望的不仅仅是失去的八万块钱，还有被消磨得什么都没剩下的齐志忠。此刻的齐志忠像个断了线的木偶，她想提起来都没下手的地方，他成了一堆再也缝合不起的碎片。

一堆碎片！赵依依心生厌烦，堂堂一个大老爷们儿，遇事只会躲，不自己想招儿，还有脸在这里大哭，哭有什么用？哭不是他的职业，又不能解决问题，浪费这感情干吗？她越发觉得胸闷，气不打一处来，怒斥道："号什么号？号死也不会有人同情你。北京从来就不相信眼泪！"

人在脆弱的时候，是需要安慰的。齐志忠的号哭是攒了多少伤心与烦闷、无望与不甘，更有对赵依依的愧疚，希望幻灭的悲恸与无助，他的内心如莽莽荒野，一望无际的荒芜与萧索。他哭，只是无可诉说的悲凉，是内心积万箭攒心而无一报的疲惫与孤独；他哭，是一种宣泄。赵依依的情感是急风暴雨式的，她眼里只有赤裸裸的现实，只有现实的暖流才能淌进她的心，让她的心变得温润而饱满。当她只看到现实的残酷时，顾及不了齐志忠的感受，更不懂什么叫作安慰。

赵依依的话像刀子一样，尖锐地扎进齐志忠的心里，他清晰地听见心被刀子刺中时血汩汩流淌的声音，听见更大的悲伤在体内迅疾开放然后将他淹没的声音。他突然间不哭了，慢慢挪开湿透的双手，被泪水浸过的脸苍白惨淡。是的，哭没用，北京不相信眼泪，她赵依依，更不相信。齐志忠不属于这个坚硬无比的城市，他的温和与柔软只会是这个城市的垃圾，被随意丢弃在某个阴暗的角落，兀自发臭或者腐烂。

七

日子一旦有了起伏，就再也没法平静下来。要不回来的八万多块钱成了导火索，自此以后，赵依依与齐志忠的争吵成了家常便饭。大多时候，是赵依依挑起事端，她像个火药桶，只要见着一点儿火星，有时甚至不见火星也要爆炸。齐志忠没有赵依依的泼辣劲，他更多时候像一只受尽委屈的小狗，在嗓子眼里呜呜几声之后，便蜷缩一旁暗自神伤。

赵依依逼着齐志忠还去要工钱，齐志忠无奈之下又去了。他只能去医院，期望着老板的情况能有所好转，多少可以替他们这些人解决一点。这只是他的期望。老板身上的管子没少过一根，他醒来的表情都如同复制粘贴在脸上一样，这样的情况，齐志忠怎么可能再找老板的妻子要他的工钱？

赵依依可不管这些，她只知道自己有多亏，从到北京，就一直没停歇过，无论做什么行业，她的前提都是钱，钱才是她的生命、她的意志、她的追求，她人生的辉煌点只能靠钱才能叠加出来。她鄙视齐志忠的软弱和仁心，这世界，弱肉强食，你弱就只能等着被强食！可惜她心比天高，命比纸薄，无论她怎么强悍，却并不如预想的那般顺当。原来多少还有点盼头，齐志忠是个副摄像，挣得不算多，但比她东奔西颠强，而且说不定哪天就像当初张艺谋给陈凯歌、顾长卫给张艺谋当摄像一样，不小心能成为影视行当的大腕儿呢。因为心里存着梦想，所以之前的不顺当赵依依都可以承受。可谁知道，眼瞅着齐志忠的情况有些好转了，这个没心眼的先被导演骗，紧接着拿不上钱，这日子怎么往下过！让她怎么应对这一桩接一桩的打击？在北京漂了这么些年，仍是连脚跟都站稳，她还说什么"辉煌"，真是痴人说梦！

赵依依决定自己去要工钱。她拿着齐志忠的合同来到医院，找到老板的病房，进去后，看到病房里人不少，有医生还有其他一些人，都在忙乱中，看来是出事了。赵依依抓住一个满头白发的女人问情况，女人神情呆滞，木然地盯着她，指着那帮人说："这屋里的人，全是来要账的！您呢？"

赵依依心神不宁地说："我也是来要账。我老公齐志忠是副摄像，我们家就指望他呢，现在好，一分钱拿不着，我们全家都要喝西北风了。"

女人漠然道："您还有西北风喝，我们家连西北风都喝不着了。"说完，眼圈一红，落下泪来。

赵依依看着女人，她没明白女人的意思，但她已经从屋里的忙乱中意识到情况不好。

老板死了。跳楼没死成，把家底拖干净后，死了。白发女人是他的妻子，面对留下的这么多债，她目光空洞地对面前要债的人说："除了我和儿子，再什么都没了，你们谁要觉得我们母子可以卖钱，拿去吧！"

这债再要下去，非逼出人命不可。

赵依依不能不咽下这口气。

在赵依依的催促下，满是烦恼的齐志忠只得又出去找事做。无论多么不如意，生活总得继续，要继续，就得赚钱。赵依依不能在失去梦想中的一大笔钱后，再叫齐志忠浪费时间闲待在家。齐志忠的工作没那么好寻，跟剧组拍摄的工作可遇而不可求，他一门黄金技术没有机遇时还不如一个体力劳动者，辛苦是辛苦，但不至于落空。毫无经济来源的齐志忠这时成了赵依依心中的一根刺，看到他默然的身影，她感受到的不再是相守的安慰，而是莫名的烦躁。她把更多的时间和精力都用在与齐志忠生气上，好像不与齐志忠生场气，她的一天就不完满。屋子里每天回响着她吵嚷的声音，就连吃饭，她也不清闲，能把脾气超好的齐志忠逼得摔掉筷子。

有时，为吃什么饭、炒什么菜、喝什么汤，为换电视频道，为穿的鞋发出的声音，哪个墙角尘土的积攒，甚至楼上人唱歌，门外有人经过，赵依依都会像个时刻支棱着耳朵、动作敏捷的猫，扑过去抓住话题，不到一两句，就夹枪带棒，连讽刺带挖苦，一股脑儿兜到齐志忠头上。齐志忠由忍气吞声到忍无可忍地接上几招，还几句嘴，这是出于招架的本能。可在吵架这块阵地上，赵依依的段位比丈夫高得多，齐志忠往往才接完一句，她能噼里啪啦扔出来一大串，重磅炸弹似的，一个接一个地爆炸，炸得齐志忠晕头转向，根本不知道是何招数了。

　　在这样的高压态势下，齐志忠索性以静制动，不再接赵依依的茬儿，完全像个木头人似的，任赵依依手指头戳到他脸上，唾沫星喷他一身。他的漠然在赵依依眼里，不是躲避，不是懦弱，更非涵养，而是烂泥扶不上墙的稀松，是死猪不怕开水烫的无赖，她宁愿自己的男人跳起来跟她大干一场，哪怕是动手呢，那也是男人血性的一种表现。齐志忠的骨子里却缺少这种血性，他只有日复一日的沉默，像墙一样厚实，把赵依依的叫嚣与哭闹严严实实地隔离开。

　　这对夫妻的闹腾可苦了好静的冯娟娟，身处一室，完全无视根本做不到。赵依依不是那种能让安静随处可有的人，她人在哪儿，声音就到哪儿。以前她的话题还是漫无边际的，米诺买的菜、冯娟娟口味的清淡、米饭和面条的营养、厨房的油烟、房东大妈的性子，还有米诺的怀孕、冯娟娟的交友，没有多少顾忌。如今倒好，所有的声音都针对齐志忠，她对齐志忠的声讨简直像一片汪洋，也把冯娟娟淹没其中，她想张口呼吸一下，却要担心被呛着。

冯娟娟对齐志忠深感同情，不是因为赵依依的喋喋不休，而是齐志忠的隐忍不发。一个男人，无论他的性格如何软弱，面对赵依依如此强势的指责和打压，那也是无法忍受的，何况齐志忠还是个心高气傲、偶傥帅气的男人，这样的男人一旦事业有成，怎么会受赵依依这种女人的气！他只是性子淡雅，英雄气短，而不是赵依依口中的无能和懦弱，否则，赵依依怎么能为了这么一个男人而割舍她的家庭。冯娟娟心里很奇怪，赵依依和齐志忠，根本就是两种类型的人，他们当初怎么会走到一起，而且还轰轰烈烈的？

因为空闲的时间多，加之也不需要像刚搬进来时那般躲闪，齐志忠经常在厨房帮着择菜洗菜，也清理打扫客厅和卫生间，与冯娟娟照面的机会多了起来，每次他的招呼就是淡淡一笑，连个声音都不肯发出，仿佛他所有的感受和感觉都只在他那一笑之间。冯娟娟在赵依依的声讨中同样保持着默然不语的态度，他们夫妻间的事，哪需要旁人说三道四。所以，冯娟娟偶尔应承一下，说句"赵姐这么辛苦，齐大哥都在心里记着呢"，或是"齐大哥对你的好也是没的说"这样轻淡的话。

更多的时候，冯娟娟还是缩在自己的小房间里，上上网，听听歌，她不是判官，判不了别人家的是非。只要赵依依的声音没锐利到揪心的地步，她就假装没听到，或者戴上耳机，也落个耳根清净。

其实，赵依依害怕齐志忠的隐忍，也恼怒这个男人一成不变的淡漠。生活的不如意压在她心里，让她充满了愤恨，也满是惶恐，她无人可以诉说，更不想让人看出她的惶恐。她没法和齐志忠沟通，只能在他面前发泄。而齐志忠越是沉默不语，她越是穷追不舍，有点像动画片《猫和老鼠》里的汤姆和杰瑞，表面上看，猫是强大的，老鼠才弱小，但事实是杰瑞时常把汤姆玩弄于股掌之间。赵依依自觉是汤姆，她的强悍在齐志忠的沉默里几乎无计可施。到最后，她几乎不需要什么理由，凡事都埋怨齐志忠，好像齐志忠浑身上下都写满了错，他这个人就是为了错而存在，她自己则是跟错绝缘的。

比如做饭时，明明是她往汤里放多了盐，喝一口太咸，吐到地上，责怪开了："看看，都是你给闹的，我的脑子原来多好使，现在你老气我，把我都气糊涂了，越来越不对劲，烧个破菜汤咸得像打死了卖盐的。"

齐志忠看一眼地上的汤渍，没理她，埋头吃饭，嚼饭时响声很大。

赵依依哪肯罢休："怎么，不服气？嫌我吐到地上了，我还不是你让变成了这样子的。我说错了吗？你把嘴吧嗒那么响，是猪吃食呀？"

齐志忠停住，冷冷地看了她一眼，没吭声。

赵依依不能一拳落空，她得寸进尺："干吗？凶巴巴，难道你还吃了我不成？"

齐志忠咬咬牙，欲言又止，接着吃饭。

"嗬，你真当自己是人物了，风雨不侵。我上班辛苦，回来还要做饭，你吃现成的倒连个屁都不放。"

齐志忠实在忍不住，把筷子拍在碗上："有完没完？"

"没完！"赵依依见齐志忠反抗了，怒火攻心，完全忽视了她想要从齐志忠身上看到的血性，她从沙发上跳起来，将筷子重重摔到地上，怒着吼道，"除非我看不到你，只要你在面前晃，我就完不了！"

"赵依依，你别逼我！"齐志忠盯着赵依依。

赵依依冷笑道："我逼你？齐志忠你说我逼你？你摸着良心说话，我逼你什么了？你被人骗是我逼的？拿不到工钱是我逼的？找不到工作是我逼的？我一个人养着这个家，跟你抱怨过吗，我这么辛苦还净是不是了？"

客厅的动静大了，屋里的冯娟娟没法装了，手机里的音乐都没办法阻挡住赵依依破门而入的声音。她只好摘掉耳机，拉开门出来。有个外人在，他们夫妻总要收敛一些吧。

不过，这次冯娟娟错了。

话一开了闸，赵依依再也收不住，也不管齐志忠涨红的脸色已变成铁青，她由一个话题扯到另一个话题，每一个话题里都含尽她的委屈，好像她和齐志忠在一起后受的就是人间百般的苦，过的就是非人的生活。

越说越伤心，后来竟泣不成声。

冯娟娟得了这空，把茶几上的饭碗收拾起来塞到齐志忠手里，让他拿进厨房。齐志忠看了一眼赵依依，还是没说话，端着碗筷进厨房去洗。冯娟娟安慰赵依依："赵姐，您也别难过了，齐大哥也没说什么，夫妻过日子，就是苦苦甜甜，甜甜苦苦，您也别光记着苦，我和米诺都看着呢，您和齐大哥的日子，和美着呢。您看，谁家过日子少得了磕磕绊绊？光溜溜的日子给您也看不上啊！"

赵依依一抹眼泪："妹妹，你就不知道，当初我真是瞎了眼，竟为了他不管不顾，闹得个众叛亲离，连女儿后来都不肯叫我一声妈！我算是看透了，以后啊，就别想着我给他做饭洗衣服了，老娘不侍候他了，我受够了！"

冯娟娟说："看您又说气话了，夫妻那是谁侍候谁呀，不就拌拌嘴，相互体谅一下，大家都少说两句就过去了。您和齐大哥都这么能干的人，能有什么过不去的坎儿啊！"

赵依依对冯娟娟的劝说跟没听到一样，继续痛心疾首地说："你是不知道，他那个人，是扶不起的阿斗，我现在算是看清楚了，甭看他以前多风光，一离开那块土地，他就是一根枯草，活不了。"

"既然这样，赵姐那你俩为什么不回去呢？再枯的草，遇到属于它的土壤，不就活了嘛。"

赵依依一听，脸色一下变了："回去？我有脸回去吗？当初，大家都以为是我勾引的他，连我家人都这么认为，我们俩年龄悬殊不小，可是年龄能说明什么？说句不好听的，当初要不是他齐志忠缠我，要死要活，我才不顶着那么大压力离婚，嫁给他哩。你不知道，当时有多难，走出去能被别人的白眼砸死，口水淹死。我现在要是回去，那是讨饭的，不让那帮人笑掉大牙，把我当糖给嚼了？我才不要回去！"

冯娟娟赶紧说："赵姐您快别生气了，气坏身子可是自个儿受罪。过去的事就过去了，您就别跟自己较劲了，日子是给自己过的，可不是过给别人看的。"

"妹子呀，你是没成家不知道，日子就是过给别人看的，你过得再开心，别人看着你寒碜，那就是可怜，要让人同情；要别人看着你好，再不好的日子也是说你好的。唉，想想我这真是自作自受，本来好好的一个家庭，家里人对我都挺好，什么事都顺着我，生怕我受委屈，我是鬼迷了心窍，自个儿找罪受呢……算了，不提了。"

"是呀，不提了。齐大哥人很不错，只是在北京压力太大，人的心态……"

"人好有什么用？"赵依依断然打断道，"一个大男人挣不来钱，不能让自己的老婆过好日子，算什么好男人？在北京压力大，谁不大？我也大，你娟娟难道就不大？有几个人像他那样压力一大就担不起来的？男人连点儿担当都没有还叫男人吗？"

赵依依这么一说，冯娟娟再也无语相劝了。

齐志忠收拾完厨房，走过来，看着赵依依，平静地说："依依，原来我没用到这种地步，竟然不知道你跟我从来就只有受苦，而没有过幸福。对不起！以前我都不能给你快乐，恐怕日后我依然给不了你。我不想让你再跟着我过这种苦日子了，咱们离婚吧！"

齐志忠的话像是丁零作响的金属，闪着冷冷的、尖锐的光芒，这光芒一散发出来，赵依依的世界瞬间安静到坍塌。

冯娟娟也被齐志忠的话镇到了，她不置可否地看着齐志忠。齐志忠脸上波平浪静，没有愤怒、没有忧伤，连那点儿总也消退不下去的茫然，也消失了。

八

齐志忠终于抛开所有的顾忌，单飞回到属于他的小城。赵依依没来得及修复她和齐志忠的关系，刚好老家一家电视台的朋友给齐志忠打电话，请他回去合作录档节目。反正在北京待着也没合适的事情可干，他也不喜欢北京，和赵依依提出离婚，他也有意要离开重新回到小城去，无论在那里干些什么，也比无度地在北京漂着强。朋友的电话正合了齐志忠的意，他也想趁这机会让他和赵依依都冷静一下，他提出离婚的时候虽也有过千头万绪，当时看着很平静，但毕竟是在特定的激愤情绪之中酝酿的，也许有了距离，把过去的生活和情感重新做一番梳理之后，他们会有新的认识，那时候他们就能确定彼此到底需要的是什么。他简单收拾了一下，临走前主动给赵依依招呼一声，说有事要回小城，多余的话一个字都不肯说。

赵依依这下理智多了，没有阻拦齐志忠，或是知道她再不能随心所欲地阻拦，就是拦，她也拦不住的。一个男人，所有希望都失去的绝地反击，那是多少头牛也拉不回的。赵依依第一次觉得，齐志忠也有心硬如铁的时候。

齐志忠径自一走，把赵依依的心彻底给走乱走凉了。无论她对齐志忠如何不满，那不过是一种无处可以宣泄的情绪爆发，对赚钱的渴望，不过是源于衣锦还乡的迫切，她无法理解齐志忠对小城的眷恋，亦如齐志忠不能理解她宁愿在北京卑微落魄地生活。夫妻俩截然不同的生活态度和对不同地域的情感，或许注定了他们感情的无法交融。

齐志忠回到小城后，与朋友合作录制节目顺风顺水，北漂的艰难经历让他倍加珍惜对小城的失而复得，他对工作的专注更甚于以往，投入工作中，他忘却了北京，忘却了他与独自漂在北京的赵依依正面临的状态。许是压抑太久，他所有的灵性都被调动了起来，他变得灵动和敏感，这使得他们录制节目的画面在视觉上有了不一样的感觉。朋友很感动齐志忠的倾情投入，诚恳地邀请他留下来与他进行下一步的合作。齐志忠也绝了再回北京的念头，在小城他重新找到了以前的感觉，被重视、被尊重，还有他撒开手脚可以狂奔的豪迈。他明白首都北京，不管如何大气与繁华，终归不是他的疆域，不能令他策马驰骋，他再也不愿回那个地方了。

元旦刚过，赵依依毫不犹豫地给齐志忠寄去一纸离婚申请，她不要他一点一滴的剥离，她要主动将这标签揭下来，哪怕揭时会生生扯下肉来。在寄申请之前，她给齐志忠打过电话，齐志忠并未动摇守在小城的心，他对夫妻情分的疏远只表现出若有若无的惋惜与不舍，这让赵依依心痛之后彻底心死。

当赵依依提出离婚时，齐志忠犹豫许久，在她的追逼下，才涩涩地说了一个"好"字，夫妻间既没了情，又没了分，缘也就到头了。赵依依若不痛，他亦不敢痛，散就散了吧。他们俩像看了一场谁都不喜欢的夜场电影，谁也没记住电影的剧情，然后就那么随着电影的散场而散场，散场后的黑暗中谁也无法看清谁的表情。真是无言以对的结局。齐志忠与赵依依没什么财产需要分割，他们这些年所有的财产都在赵依依手里的存折上，赵依依不提，齐志忠也没提。

孝　子

一

这次，庄晓然不回家不行，她父亲死了。

父亲的丧事，得庄晓然来张罗。芙蓉里的左邻右舍，谁不知道庄家老三才是他们家的主心骨。这两天，女主人黄雅琴心慌意乱地站在门口，张望着巷口，等着小三子庄晓然回家拿主意呢。

庄晓然在街巷口刚下出租车，街坊邻居们停下手中的活计，把脖子伸得比大雁还长，望着庄家的这个核心人物，他们在心里猜想着，庄晓然会给她父亲办个怎样排场的葬礼，能搞出什么新花样来。庄晓然在芙蓉里人的心目中，绝对不同于一般，她大学毕业后嫁了个省城的丈夫，成了真正的省城人，每次回芙蓉里，像个官太太似的旁若无人，看上去与大家、与芙蓉里保持着一定的距离。

这次，庄晓然叫大家很失望，没有锃亮的小轿车送她回芙蓉里，她是坐了四个小时火车，下火车后坐出租车回的芙蓉里。关键，还是没看到庄晓然的那个省城丈夫随她一起回来。这怎么行？老丈人去世，女婿怎么能不回来奔丧呢，这不符合芙蓉里的规矩。乱套了。更重要的是，庄家老三居然没穿白孝服，除过她那张脸有点白外，身上再找不到一点儿白色来。她穿着一身黑西装，还戴着墨镜，墨镜很大，几乎遮住她半张脸，这就使得没人能看清她脸上的表情。但芙蓉里的人猜测，一定是庄家老三过于伤心，不想让大家看到她哭过的肿胀眼睛吧。这还能叫芙蓉里的人理解。但庄家老三的打扮太过不同，这种黑色的孝子装扮，只有港台电视剧中才有，芙蓉里的街坊受传统观念影响太深，对此种孝子装束还不能接受，它甚至扎伤了街坊们的眼球，他们撇着嘴望着这个与众不同的孝子，从街道巷口到她家大门口，没遮盖住的半张脸还紧绷着。更要命的，是庄晓然没像别的孝子，一进街巷口就扯开喉咙大声痛哭，告诉家人孝子来了。庄晓然的沉着和冷静叫街坊们摇头不止，都什么时候了，庄家老三还要与众不同，要是修自行车的老庄头还能看到，不知是何感想？

不哭就不哭吧，庄家老三受过重点大学教育，如今又在省城科研单位工作，她的做派自然是省城人的做派，哪能和小地方的人一样呢。庄家的老五庄晓虎自然有不同于芙蓉里人的想法。庄晓虎性格温顺，说话细声细气，像个女孩子，他是庄家唯一延续香火的男丁，从小生活在三个姐姐的庇护下，他很本分，从来对三个姐姐言听计从，尤其是对这个上过重点大学的二姐，更是敬畏有加，从不敢说个"不"字。在众人复杂的目光中，庄晓虎恭敬地把二姐迎进家门。

庄晓然兄妹五人，只有最小的老五庄晓虎还没正式结婚，但已经和女朋友在外面买房，早搬出去同居了，另外四个都有了各自的安乐窝，他们不太喜欢自己的出生地，没一个随父母住的。父亲病重期间，庄晓然只回来过一次。当初她打算接病重的父亲去省城治疗，但父亲死活不愿意去，那时她和丈夫陈家豪的感情也出现危机，当时的心思全在怎样挽救自己的家庭上，都没能见上父亲最后一面。

母亲黄雅琴一见庄晓然的面，像看到救星似的，遂放悲声，三儿你可回来了，都等着你呢。说着一抹眼泪，往女儿身后看，哭声戛然而止，惊诧道，怎么，家豪没跟你一起回来？

问到女婿，见女儿脸色不好看，母亲意识到什么，忙转移话题，三儿，只要你回来就行，这下，妈心里就踏实了，这两天，老觉着有什么东西拽着我，要把我扯离这个家似的，我担心是你爸一个人在那边太寂寞，舍不下我，想我了，要我去和他做伴呢。母亲边说边哭，从床角扯过一件白孝衣，要往女儿的身上披。庄晓然没防备，受了惊吓，一把抓住母亲的手，不让给她披孝布。

还是披上吧。母亲抽着鼻子说，街坊们都看着呢，出出进进会有闲话的。你总算是从芙蓉里出去的。

庄晓然说，偏不做这个样子给他们看，爸爸活了一辈子，什么时候被他们瞧起过？我就是要用我的方式让他们去看去议论。我还要给爸爸办个厚葬，叫他们瞧瞧，庄家早就不是以前的庄家了。

听着这话，黄雅琴心里很宽慰，这个叫她一直引以为豪的小三子，没叫她失望。她止住哭，拧了把鼻涕抹到鞋帮，手正要往衣服后襟上擦时，庄晓然及时地递上纸巾。黄雅琴脸红了一下，换了别的人这个时候给她递纸巾，她脸上会挂不住，但这是在省城工作和生活的小三子，黄雅琴不敢有半点儿脸色或者怨言，小三子的生活习惯与她这个母亲，还有芙蓉里的人是有天壤之别的，不然，小三子怎么会成为芙蓉里标杆一样的人物呢？黄雅琴默默接过纸巾抹了抹手，又去擦眼睛。

庄晓虎跟在庄晓然的后面说，姐，爸爸的遗体还放在医院太平间的冷藏柜里，每天得交二百块钱冷冻费呢。出生在女孩多的家庭里，又被众多的姐姐压制着，庄晓虎的性格里少了些阳刚之气，说话做事优柔寡断，带点女孩的柔弱，就连说话都轻言细语，动不动还显出羞涩来。

庄晓然不满地看了弟弟一眼，不就二百块钱么，急啥？爸爸这辈子不容易，没享过一天福，刚六十出头就走了，太亏。生前咱们没为他好好尽孝道，这回可不能再亏他了，我想给他开个追悼会，搞个遗体告别仪式……

三儿，母亲打断女儿说，你爸只是个修自行车的，不是啥名人，更没当过一天官，咋能开追悼会？追悼个啥呀？难不成追悼他修这么多年的自行车？

庄晓然说，妈，我就看不惯你这样，总把自己不当回事，修自行车咋了？谁规定修自行车的就不能开追悼会？就不该受人尊崇？我偏要开呢！这事我来联系，你们开始筹备吧，该请的人都得请，可别漏掉谁。欸，他们呢？怎么不见老大呀，他不在情有可原，可大姐呢，还有四妹，她们干啥去了？自己的亲爹去世，疯到哪儿去了？

母亲说，三儿快别这么说，你伤心过了，糊涂了吧，四儿都七个多月的身子，挺个大肚子出行不方便。你大姐去给你爸看寿衣了，她走不快，你爸住院后，我啥心思都没了，就没好好吃过几顿饭，亮亮在我这里连口热汤都喝不上，我可怜孩子，叫你大姐带着照顾她，到哪里她都得带着亮亮，怕她出个啥闪失，没法向你交代。

一提到亮亮，庄晓然不吭声了。亮亮是庄晓然与第一个男朋友生的。他是她大学的同学，家在省城，条件比较优越，他父亲还是一个不大不小的官员。庄晓然当初就是看上了他的这个家庭，她一个小地方出来的女孩，家里父母没一点儿地位，从小她就对人情世故看得很通透，所以，对追求她的男孩，她一眼看过去，首要的是对方的家庭背景。那时的庄晓然端庄典雅，落落大方，一点儿也没小地方出来的自卑和敏感，加上她的勤奋好学，着实吸引了不少男孩子。当然，她也不是那种唯身世是从的女孩，如果没有一点儿感情基础，她也不会轻易和那个男朋友同居的。大学毕业，庄晓然通过恋人家里的关系，顺利留在省城，进了一家科研单位工作。她与男友同居了一年，两人的感情一直也很稳固，下一步顺理成章就是结婚生子过日子了，可就在他们开始谈婚论嫁时，出现了一些矛盾。说起来，很大一部分原因在庄晓然，她一直惦记着芙蓉里的父母，想着有朝一日把父母接到省城与自己一起居住，想叫他们离开那个肮脏、狭小的芙蓉里，让父母彻底脱离底层生活，过个高质量的晚年。可是，在芙蓉里住了大半辈子的父母却不愿意离开那个老窝，庄晓然没法说服他们，就想用另外一种方式报答父母：她要给父母重新盖座房子。这个想法父母没有反对，盖座新房子也是他们很久的愿望，但前些年，几个正在成长的孩子，一份低保，再赚几个修自行车的辛苦钱，能把全家的温饱和孩子们上学的费用解决掉，已经相当不易，至于盖新房，一直留在梦里。如今最值得骄傲的小三子要给他们实现这个梦，岂能不愿意？最重要的一点，就是芙蓉里哪有出嫁的女儿给老子盖新房子的？他们会成为第一个，看谁还敢再轻视庄家！

庄晓然刚工作还没多少积蓄，为实现报答父母的愿望，她把那点工资抠得很紧，一分钱也舍不得花，吃住全靠男朋友。以前男友没啥意见，知道女友家经济状况有限，而现在，你庄晓然也工作了有了收入，凭什么还要买瓶酱油都问他要钱？这还没结婚呢，就把他的钱抓得很紧，以后结婚了怎么办？为这事，男友开诚布公地和庄晓然谈过一次，她却认为这个男人不像个男人，对女人没有责任感，用了他几个钱也斤斤计较，心眼忒小。她心里有了想法，对男友就不如从前，不太理这个小心眼男人，更省了把存钱的真实意图告诉他的打算，两人过日子，她依然像以前那样不掏一分钱。这种不管不顾、一意孤行的态度，男友自然受不了，以他家的经济情况也不在意这几个钱，问题是庄晓然的做法叫他难以接受，如果她能向他解释一下，他也许会释然，心里不会存那么多的芥蒂，可她一副理所当然的样子伤害了他。他烦躁时曾想，自己不是养妓，他们是要谈婚论嫁的，如果要他一辈子在这样的状态下生活，任是谁也无法忍受。男友一气之下，提出要与庄晓然分手。那时候，庄晓然已经把自己的积蓄换成了砖头和楼板，堆在芙蓉里父母家院子里了。并且，她听不进去任何劝阻，坚持要盖座两层楼，她要让自己家在芙蓉里独占鳌头，出尽风头。没有人能理解庄晓然的想法，从小生活在芙蓉里，家境的贫寒使她看够了无数轻薄的目光，没人知道她年少的心里隐藏着一个什么样的梦想，她不喜欢芙蓉里，但她又避不开这个恶俗的地方，她唯一能做的，就是用自己的骄傲打败芙蓉里，打败那些曾经鄙视和轻贱他们家的那些人。

庄晓然没想到，这个时候和男友的感情会出现危机。说句实话，庄晓然不想失去这个男友，并不是她爱他深入骨髓，而是她在省城立足未稳，失去他便等于失去了将来的一切。再说，两人同居一年多，一旦分手，她在别人眼里就是个不折不扣的弃妇。不行，她不能轻易就叫人给甩掉。庄晓然为挽回住这段感情，也算是极尽了她能使的手段，果然让男友回心转意了。但感情有了裂隙，想要一如既往的完美已是不太可能，他们热一阵冷一阵，根本稳定不下来。在他们缓和的这段时日里，已足够使庄晓然制造意外怀孕，她想用孩子来牵制男友。等到肚子大到无法掩饰时，庄晓然才向男友摊牌，原想男友听到会是又惊又喜呢，没想到人家更生气，叫她立即打掉孩子。庄晓然蒙了，心里七上八下，费尽心思有了孩子，却要打掉，这不是亏了老本？

庄晓然一心只想用孩子来套住男友，压根儿没想对方会不要这个孩子。听到男友决然要她打胎的话，当下没了主意，拿不定到底是把肚里的孩子留与不留，她哭一阵气一阵，情绪很不稳定。熬了一段日子，见男友没有一点儿回心转意的意思，她熬不下去，绝望了，六神无主的庄晓然给单位请了长病假，于一天夜里偷偷溜回芙蓉里，躲到父母家里。当时，全家人给搞蒙了，待清醒过来，看着庄晓然的大肚子，都不知从何说起。黄雅琴最先反应过来，叫了声"天哪"差点儿晕死过去，庄达明瞪眼望着女儿，那隆起的肚子像一束激光刺痛了他的双眼，他嘴里"你你"叫了半天，也没说出一句完整的话来。

大姑娘没结婚肚子就大了，这要叫外人知道，不用屁股笑话庄家才怪呢。再说，小三子今后还怎么嫁人？哪个人家愿意要一个未婚先孕的姑娘？庄达明气得吹胡子却只能干瞪眼，这是他最喜爱的小三子，曾经给他带来无限荣耀的女儿，如今又给他带回无限耻辱，这是造的什么孽啊。庄达明又不能怪罪这个叫他荣耀一时的女儿，现在已经是大肚子的人了，再怪她又能怎样？那隆起的肚子又不能被怪罪下去。只能自己气自己，心上过拖拉机似的扬起满天灰尘，抖也抖不净，庄达明吃不下饭睡不着觉，又不能把内心的苦闷说给谁听。他整天攥着一瓶"二锅头",脑子一不留神拐到女儿身上,就猛喝一口,对生活没了一点儿劲头,修车铺也不去了,动不动就磨菜刀,声称要去解决了那个害死小三子的王八羔子。关键时候,还是黄雅琴理智,说事情已经成这样了,解决谁也不如想法子解决女儿眼下的困境,她连哄带吓,好说歹说,一天晚上带小三子去离家很远的一家医院流产。结果一检查,孩子月份太大,已经没法流产,如果强行引产会有一定的危险。"危险"这两个字吓住了黄雅琴,庄晓然可是她心爱的女儿,不管她做什么,她都不敢让女儿冒险。母女俩又秘密撤回家里。黄雅琴严格规定,不让小三子出门半步,吃喝拉撒全在屋里,由她侍候着,并且告诫全家人,严格封锁消息,不能向外说出一个字,否则,她就用老头子磨好的菜刀结果了谁,包括庄达明本人在内。熬到孩子产下,是个女婴,不久,发现有点不太正常,又秘密地去医院检查,结果出来,是先天性脑瘫,还好,不算太严重,但治好的可能性不大。这可能与庄晓然怀孕时的情绪不稳定有关,她接受不了这个打击,狠心要抛弃孩子。黄雅琴心软,哭死哭活不叫女儿丢弃,好歹是条命,她要留下孩子自己抚养。芙蓉里太小,就一条几百米长的街道,东头谁家做顿红烧肉,西头都能闻到香味,张家长李家短,谁个家里的情况大家不是一清二楚?庄家突然出现个孩子,还不知邻居们怎么猜测呢。黄雅琴费尽脑子,多少年了,她是个足不出户的家庭妇女,说捡个弃婴回来显然不现实,何况还是个女婴。黄雅琴给庄家一连生下三个女孩所受的痛苦经历,大家又不是不知道,她怎么会捡个女婴回来!为打消街坊邻居的疑虑,黄雅琴考虑来考虑去,不能给大儿子增添负担,就是想添,老大的那个母夜叉老婆也不可能接受，那只能给大女儿添了。黄雅琴给排行老二的庄晓丽做工作，把孩子交给老二抱回去，过些日子在外面声张说是晓丽捡的弃婴，她工作太忙顾不过来送给母亲代养。不过，庄晓然每月得给二百块钱生活费，这个钱当然得给老二庄晓丽，要不，平白无故，谁愿多养个孩子？就是庄晓丽愿意，她丈夫还不愿意呢，何况还是个轻微智障儿。

这会儿，庄晓然把头扭开，从母亲手上接过孝衣，也不说话，只轻轻地抚摸着。

母亲看捅到了女儿的痛处，忙转移话题说道，你大哥这人太实诚，你爸爸住院时，他丢下自己家里的活儿，天天去医院替我看护。要是你姐在医院值班，亮亮还得送到我这里，为让我能休息好，你大哥又帮我带亮亮。你爸爸临走前那几天，你大哥顾不上自家的果园，苹果该打药了，听说虫都吃到苹果外面来了，你大嫂到医院来骂闹，可怜你大哥一句嘴都不敢还，只是犟着扒住门框不回去，还挨了那个母夜叉一巴掌，嘴角都被母夜叉打出血了，可他硬是没回去。我不敢帮你哥骂那个母夜叉，只能流泪劝你哥回去，反正你爸也没多少日子了，我熬得过去。可你哥就是不走，他说你爸虽不是他的亲生父亲，但把他从小养大，给过他那么多恩情，他不能不管……我听说，你大哥家的果园因为打药太晚，很多苹果都叫虫蛀了，不好卖出去，今年的损失大呀……

母亲从庄晓然手中抓过孝衣，抚着皱褶，眼泪汹涌而出，她哽咽着又哭诉道，苦命的人啊，老天咋这么不公，既然叫我儿晓天来到人世，为什么要叫他受这么多罪啊？三儿，你大哥这个可怜人儿，他有良心啊，为你爸还披麻戴孝呢，他本来可以不穿，为这事，不知挨了你大嫂多少打骂呢。我苦命的儿，他的心里有你爸呀。今天我叫他回去照顾果园，你爸走了，这里有你姐和小四能顾得过来。可他不回去，又跑去订花圈了，唉，也不知这事过后，那个母夜叉咋整治你这个苦命的哥哥呢。

到了伤心处，母亲哭得快背过气去。庄晓然、庄晓虎为这个苦命的同母异父兄长，潸然泪下。

老大庄晓天是黄雅琴带过来的。他两岁那年，出天花时发过一场高烧，退烧后，他却成了小儿麻痹，一条腿莫名地短了一截，从此成了瘸子。黄雅琴的前夫是个建筑工，在一次脚手架倒塌事故中丧命，丢下黄雅琴抱着两岁多的瘸腿儿子哭得死去活来。黄雅琴没有收入，孤儿寡母没法过日子，在好心人的撮合下，带着儿子嫁到芙蓉里，给当时在供销社回收站工作的庄达明做了媳妇。庄达明除过祖上留给他三间带院子的土坯房外，屋里连个多余的板凳都没有，厨房只能找到一双筷子和一只碗，穷得叮当响。没人看得上这个家，要不，庄达明哪里会娶带着一个儿子的寡妇，而且还是个瘸腿儿子。过门后，庄达明把瘸腿儿子的名字改姓了庄，不管怎么说，有媳妇有儿子，家就有了温暖的气息，就是真正意义的家了。庄达明这样安慰自己。表面上，他对这个名义上的儿子还算温和，不过那温和的后面却更多的是冷漠，庄晓天叫他一声爸，他也答应，但不是痛痛快快、清清爽爽地答应，而是从鼻子里哼出来的，带了不情愿，带着些许无奈。庄达明对养子心里是憎恶的，尽管他把自己的姓给了这个瘸腿孩子，可那颗做父亲的心，依然隐埋在他心底深处，他是他，庄晓天是庄晓天，他们这一辈子都无法有真正的亲情。他一心要有个能让自己答应得干脆利落的儿子，在黄雅琴肥沃的土地上卖力地耕耘着。可惜黄雅琴的土地肥沃是够肥沃，就是肚子不争气，接连给他生下三个丫头片子。为此，庄达明伤透了脑筋，对黄雅琴及三个丫头片子没一点儿好脸色。就在他失望至极，灰头土脸时，黄雅琴不负他望，终于生下个带把的，还赶上了抓计划生育，要不是庄达明又是求情又是保证，主动去做节育手术，差点儿就把祖上留下的那三间房子给罚没了。从此，庄达明干瘪的脸上有了笑容，有了听到一声"爸爸"后干净利落的应答。

继父的冷淡，身体的残缺，家庭的贫困，对庄晓天来说，是他成长道路上一直布满的阴云和密雨，缺少温暖的他从小不爱说话，性格孤僻，基本上不与别的孩子交往，上学时学习就不好，初中毕业后不久，受照顾进了一家街道办的纸箱厂上班。纸箱厂也就混口饭吃，几年过去，到讨媳妇的年龄，没人给他张罗。黄雅琴看着儿子年龄越来越大，心里着急，到处求爷爷告奶奶请人给庄晓天说个媳妇，就那家境，谁见了都躲着走，何况庄晓天腿脚还有毛病，谁会把闺女往火坑里推？庄晓天三十好几还讨不上媳妇，不久，纸箱厂又倒闭了，连吃饭都成了问题。那时，庄达明已经提前退休，将回收站工作转给大闺女庄晓丽，他在自家院外开了个修自行车的铺子，虽说挣不上几个钱，但多少还能糊个口。不知是不是退休之后对很多事情的看法成了旁观者，有了距离就有了理解，还是因为别的，庄达明的性格忽然变得温和了许多。这时再看庄晓天那孤单单的身影，联想到自己当年同样的境遇，庄达明动了恻隐之心，不再对这个失去工作又没能耐再寻一份工作的养子冷眼相对，他想带庄晓天学修自行车。庄达明看准了，修自行车看着是挣不了大钱，可骑自行车的人越来越多，这个行当是绝对失不了业的，还能混口饭吃。可是，庄晓天只跟着继父在修车铺待了三天，就待不下去了。不是他受不了别人异样的目光，而是他受不了和继父单独相处在一起的那种别扭，尤其是没一辆车可修时，两人无话可说，只能面面相觑，偶尔两人的目光相撞，都觉得不适应，躲得像老鼠见到猫一样利索。庄晓天宁愿到附近农村去承包一个果园，当个叫人看不起的农民，也不愿待在继父的修车铺。他受不了那份煎熬。黄雅琴想劝说一番自卑又倔强的儿子，张开的嘴被大儿子的目光逼得合上了，她有啥理由阻止儿子？连个媳妇都没给儿子娶下。

庄达明为养子放弃跟他学手艺，生了一肚子气，看在老伴的面子上，他还打算把修车铺以后交给养子经营呢，他动了这心思，养子却不领情，搁谁身上不生气？庄达明没少骂老婆。黄雅琴夹在儿子和老头中间，泪没少流。庄晓天默默地去了近郊农村，一年下来，人变瘦变黑了，却挣下一些钱，经人撮合，还讨了个年轻的寡妇为妻。寡妇虽生长在农村，但长得还算周正，带着一个七岁的女孩。这种命运，勾起了黄雅琴的许多回忆，她喜极而泣，倾其大半辈子积蓄，也只能买些喜糖给街坊邻居散散，没法办几桌酒席给大儿子庆贺。幸好，庄晓天有果园，有成堆的苹果。黄雅琴吩咐大儿子，给街坊邻居送筐苹果，算是办了婚庆。大哥这种奇特的婚礼庆典庄晓然看到了，当年她还是个中学生，亲眼看到穿着一身新涤卡，胸口别着"新郎"字样的大哥，扛着一筐筐苹果，一高一低地走在芙蓉里的街巷里，给左邻右舍一家一家地送，他的新衣服上沾满了泥土，胸前别的花也叫筐子蹭得变了形。在邻居们满脸鄙视挑剔的目光中，大哥面带微笑，把苹果筐按邻居的指使搬来搬去。邻居们还取笑这个瘸子，说娶个寡妇挺好的，虽然是农村户口，可不用费一点儿劲，房子孩子啥都有了，这不，还有吃不完的大苹果哩！他们嘴上没说，但话里已经透露出，就你庄家，一个带过门的瘸子，还想娶个城镇户口的闺女啊，做梦去吧。那一刻，庄晓然看着邻居们一边抓着苹果啃一边用鄙视的目光盯着那一高一低的身影，还大放厥词，她愤怒了，盯着那几张神情极其不屑的脸，眼睛里冒着火星，冲过去抓住大哥，叫他不要给别人送苹果。庄晓天扛着苹果筐停下，两条长短不一的腿站立不稳，不断地捯换着寻找站立点，有些滑稽的姿势叫庄晓然看着更加气恼，她紧紧抓住大哥不让他走。从小在屈辱中长大的庄晓天摸了摸妹妹的头，从筐里抓出一个红得耀眼的大苹果递给妹妹，捯着步子扛着筐要走。当时，庄晓然的头轰隆一下，浑身的血液几乎要燃烧起来，她甩开抓哥哥的手，眼里汹涌而出的泪水，很快模糊了庄晓天一高一低走去的背影。她将那个红得耀眼的苹果狠狠地扔到地上，又在碎裂的苹果上踩了几脚，在庄晓天回过身来的惊愕目光里，庄晓然像小兽似的吼叫一声，大声哭了。从那一刻起，庄晓然发誓一定要走出芙蓉里，改变庄家在芙蓉里的现状，把芙蓉里那些市侩而绝情的目光永远踩在脚下。

一提起大哥，庄晓然心里的疼痛更加尖锐。连这个没有血缘关系、一直以来被父亲轻视和冷漠的哥哥，都在尽心为父亲的丧事操劳着，她没理由责怪谁。庄晓然心里清楚，几个兄弟姐妹中，对父母最欠缺的，其实是她。她离家最远，很少回家，她甚至给父亲连个孝都没戴，外面的那些邻居不知在背后又咋嚼舌头呢。为了不让母亲作难，庄晓然从母亲手中重新抓过孝衣披到身上，搂住母亲的肩膀说，妈，我不是不愿给爸穿孝，只是不想叫芙蓉里的人把咱家看低，可是规矩……三儿明白了，妈，我这就穿上，您别再哭了。

这世上好多人的一生，都是在泪水中浸泡着的。黄雅琴就是这样的人，她的生活总是莫名其妙地躲不过泪水，自从嫁给庄达明，她一直是在胆怯和不安中度过的，她这辈子最感荣耀的时候，就是庄晓然考上省重点大学后的那段日子。那时，就是最鄙视庄家的邻居也拿艳羡的目光瞅着她，虽然她看不到那些躲闪和掩饰的目光，但她很自豪，这种感觉使她很亢奋，走起路来也和以前不一样了，说话的嗓门也自然高了许多，动不动就满口"我们晓然怎样怎样……"，好像整个芙蓉里都以庄晓然为骄傲似的。

庄达明更是高兴得过了头，挺起弯曲了一辈子的腰杆，走路都带起了风声，他不顾老伴和邻居的劝阻，专程送已经二十岁的女儿到省城重点大学报到，在当时还成为芙蓉里人们的笑谈。

芙蓉里是小城的一个角落，街道经年累月布满坑洼，天晴时尘土飞扬，下雨时污水横流。街巷两边的房屋、店铺大多都是以前的老房子，低矮、杂乱，没有一点儿整齐洁净感，有的人家还接出个廊檐，占着人行道开门面房的，街巷中间拉根绳子，上面挂晒着烂边的背心和大花裤衩，洗衣服的脏水随手泼在当街，冒着黑泡沫四下横流。更可恶的算是刘屠夫家，为展示自家肉的新鲜程度，在肉铺前面的人行道上支开屠案，每天早晨必杀一头猪，弄得血水和猪毛流了半条街，经过他家门口连个下脚的地方都找不到，到处都是嗡嗡乱飞的苍蝇。曲里拐弯的街巷上，布满了菜叶、灰尘、脏水，芙蓉里乱得像一个垃圾场。这样的街巷，甭说外面有人来，就是芙蓉里的人，不到万不得已，谁都不愿多走一回。

不过，庄晓然很快就发现，庄家虽然出了她这个重点大学生，但还是没能彻底改变庄家在芙蓉里的地位。大家根本没把庄家奉为芙蓉里的"大户人家"，为此，庄晓然在心里更加痛恨芙蓉里这个狭小、肮脏却又叫她斩不断理还乱的地方。此时，她望着母亲有些浮肿的眼睛、憔悴的神情，心里酸涩，她抱着母亲哭了，边哭边给母亲擦泪。

黄雅琴任女儿给她抹去泪水，她哽咽着说，三儿，妈没怪你，穿黑衣是大地方人的祭奠方式，妈懂。你爸要是知道了，他会更高兴的，你怎么做，他都喜欢。你要不想穿白孝服就别穿吧。

庄晓然还是穿起白孝服，这使她看起来和芙蓉里随便一个什么人没什么两样，她又融进了芙蓉里。跪在父亲的灵位前，庄晓然痛哭了一顿后，躲到外边给陈家豪打了个电话，用征询的口气问他，能不能抽空回趟芙蓉里，在父亲的丧事上出现一下，遮遮芙蓉里人的眼目，算是她请他帮忙。

又没有离婚，陈家豪没理由拒绝参加岳父的丧事，只是芙蓉里对他并不是个亲切温暖的地方，他像庄晓然一样从心里排斥它。他也奇怪，以前和庄晓然回芙蓉里，身上黏了那么多复杂的目光时，他居然一点儿也没觉得难受。也许，是以前他还爱着庄晓然吧。现在，爱淡去了，那个叫芙蓉里的地方自然离他远了，对一个遥远的地方，他没理由答应得那么痛快。陈家豪心里不舒服，忍不住在电话里发了几句牢骚，怪庄晓然走之前没告诉他这么大的事，叫他心里有个准备。

电话里的庄晓然沉默了片刻，忽然很尖刻地说，你要准备什么？是不是得给那个人请假，她同意了你才能来？

陈家豪被当头打了一闷棍，急得大喊大叫起来，非要问庄晓然是什么意思。庄晓然冷笑一声，说了句，什么意思你心里清楚。说完便挂断电话，心里一片纷乱。陈家豪居然问她什么意思，他什么时候变得这么不要脸，她为他受了多大的委屈，连父亲临终都没回来陪在身边，他却没一点儿愧疚之心，还跟她装腔作势，简直可恶至极。

回到屋里，庄晓然越想越气，好像陈家豪就站在她面前，她忍不住冲他那张装得很无辜的脸发出冷笑，还吐了口唾沫。突然，她看见母亲和弟弟的目光不太对劲，才清醒过来自己现在是孝子，是那种悲从心生、泪水潜然的时候，不能用冷笑对待眼前。她心里又酸又涩，又无法对谁言说，那积攒的委屈与伤痛顿时如洪水一般，冲垮了她最坚强的防卫，泪水几乎喷涌而出。索性借着给父亲守孝，为自己号啕起来，像芙蓉里普普通通的孝子那样，庄晓然陪着每一位前来吊唁的亲戚邻居大放悲声。

邻居们为庄晓然回归了原始状态的亲子悲痛生了些许感动，出去后说，庄家老三这才像个孝子嘛。就是呢，只要在芙蓉里长大，没哪个还能不给自己亲老子穿白孝放悲声的。连庄家不是亲生的老大，在芙蓉里生活过，都戴着孝，庄家老三如今是省城大地方的人，又怎样？芙蓉里就是芙蓉里，她怎拗得过。

二

庄晓然在弟弟的带领下去医院太平间看父亲的遗体。一进太平间的门，立马有一种肃静、冰凉、压抑的感觉迎面扑来，她知道，那其实就是死亡。死亡也会是一种感觉。庄晓然被死亡的感觉紧紧抓住，连呼吸都滞重起来，心吊着悬在半空之中。她紧紧抓住弟弟的胳膊，把脸埋进他的胸口，不敢看那个冒着白气的冰柜。庄晓虎有点不满，但他没敢表露，只是轻轻挪开胳膊，把姐姐的身体带转了半圈，然后挪开身子，让庄晓然面对着存放父亲的那个冰柜。这下，无处可躲的庄晓然抬起头，冰柜被看护的人拉开，一股白汽之中，父亲被冻得僵硬，以固定不变的姿势静静地躺着，脸上挂着一层白霜。

这就是生她养她，今生以她这个女儿为荣的父亲吗？怎么就冻成了僵硬的遗体？他脑门上的那几根灰白头发，似一撮被人打落在地的冰挂，杂乱、冷硬，白霜下，他的脸轮廓依稀，除了能看得出那张脸已如枯槁外，根本辨认不出父亲本来模样。只这么一眼，庄晓然的心已轰然碎裂了，她听到了那凄惨的碎裂声，她被声音击倒在地。她受不了与父亲见面的这种方式。在她的印象里，父亲是个瘦小，能受苦能忍耐，但却坚强的男人，从来没有什么东西可以把父亲打败。从她记事起，父亲在回收站整理、搬运别人交来的废品，他能在小山似的废物堆上，背着比他的体积大出许多倍的麻袋行动自如。还很小的时候，庄晓然去回收站找父亲，离老远就能看到一个大麻袋在废品堆上移动，父亲像个隐形人，不走近根本看不到他。就是这个瘦小的影子一样的父亲，从废品堆里给他的子女偷偷捡回来色彩斑斓的碎布条、破损的球鞋、缺胳膊少腿的橡皮娃娃，经过母亲细心地清洗缝补，变成了五兄妹肩上的书包、脚上的鞋子、手里的玩具。就连厨房装油盐酱醋的家什，也是父亲从废品堆里扒拉出来的水果罐头瓶，上面贴的商标纸被母亲仔细擦净、粘好，显示出这个破败的家中，竟然还曾有奢侈品。为了生计，母亲把父亲偷带回家的碎布头一针一线缀成鞋垫，纳成鞋底做成鞋子，天黑透后跑到附近的农村去换来玉米、高粱、谷子等一些杂粮，填充五个孩子饥饿的肚子。当年要是没有在回收站工作的父亲，没有回收站那个大废品堆，他们一家七口人还真不知怎么熬得过来。但庄晓然那时最憎恨的也是那个废品堆。她家从里到外，到处都布满了废品的影子，散发着废品的气味，甚至于他们兄妹的身体里都带着废品的气息。因为在学校，没有同学愿意和废品庄家的孩子坐在一起。课余时，只要他们走到哪里，哪里的人便会带着极其轻视的目光离开，留下他们兄妹孤零零地待在原地。在芙蓉里，这种轻视更厉害，生活在废品堆里的庄家人，像废品一样被别人鄙夷唾弃。那时的庄家兄妹，除了老大庄晓天，其余的没有一个不憎恨这家，憎恨在废品站上班的父亲，还有把废品变成他们生活用品的母亲。老大庄晓天不像四个弟妹，他从小就生活在胆怯和自卑之中，他不是正儿八经的庄家人，母亲早就给他灌输过身世，他是个外人，不能和弟妹们比，是这个家接纳了他，给了他一口饭吃，给了一身衣穿，他腿有残疾，没有生存能力，他没有理由，更没有资格来憎恨这个家。

庄晓然醒来时，她已经被弟弟弄回家躺在床上。她睁眼看到母亲、弟弟、大姐、大哥，挺着大肚子的妹妹庄晓雯，还有妹夫尚明清，全站在床前看着她。

老天有时是很公平的，不会叫好运全部降临在一个家庭，好坏大家都得分担点。庄家就很明显。老三庄晓然考上了省城重点大学，她的姐姐、妹妹、弟弟，却没一个再考取好学校的。大姐庄晓丽上学时成绩一点儿都不好，初中没毕业，为能有个固定工作，接替父亲进了废品回收站；老四庄晓雯，学习还说得过去，在父母的逼迫下，高三复读了三年，分数一年比一年考得低，最后多交了些学费，勉强上了本市的财校，毕业后却进建设银行端上了铁饭碗；老五庄晓虎由于性格怯懦，又过于内向，在学校从来不敢向老师提问，懂与不懂都闷着头一个人担下来，勉强读完初中，被四姐的三年艰辛复读路吓破了胆，初中毕业时考了本市机器厂的技校，两年出来进机器厂当了普通工人，也算有个正式工作。但天不遂人愿，曾经红红火火的机器厂在改革的潮流中像一辆满身疮痍的破车，越来越跑不动，效益一天不如一天，已经开始发一半工资了。父亲庄达明活着时，最担心的就是这个延续香火的儿子，动不动就是一副恨铁不成钢的样子，唉声叹气，庄晓虎受不了父亲，干脆搬出家，一直住在厂里不愿回家，年初，父亲还没查出胃癌时，庄晓虎和女朋友合伙买了一套月供房，这个性格软弱的男孩，难得地赶超了一回时尚，在庄家石破天惊地与女朋友未婚同居了。

相比之下，老四庄晓雯的日子过得不错。银行一直以来就是个叫人艳羡的单位，工资比较高，庄晓雯又找了个有经济实力的丈夫，算是庄晓然之外庄家最得意的一个吧。庄晓雯的丈夫尚明清是个颇有实力的男人，两人相识，是缘于尚明清的公司和银行有业务往来，但尚明清怎么会看上资质尚平的妹妹，庄晓然一直心存疑惑，向妹妹打探过几回，庄晓雯自己也说不出个所以然来。所以，到现在庄晓然都对妹妹的这个小白脸丈夫摸不着头脑，也不知道他到底在什么类型的公司工作，具体担任什么职务。她曾经问过尚明清，每次尚明清都会用不同的生意类型搪塞过去。庄晓然心里总感到不踏实，老觉得这个男人不太可靠。但就是这个男人，却慷慨出资，帮庄晓然完成了她未能完成的盖房大业，在芙蓉里给父母终于盖起一座两层小楼。楼虽然不太大，下面两间半，到二楼只有两间房子，另外半间做了楼梯。就这已相当不错，前几年在芙蓉里，绝对鹤立鸡群。老四庄晓雯也算是给父母出过大力的了，所以，在二姐面前，晓雯不像别人那样恭敬，盖楼的事后，姐姐又未婚生子，从内心里，她还有点看不上姐姐的劲头。有什么呀，不就是在省城上班嘛，也就那么点本事，哪里就能比别人高一头？回来了指点这，指点那，一副指点庄家江山的样子，凭什么非要听你的！

几个月没见，晓雯的肚子已经很大了，脸上看上去也胖了很多。怀孕对生命的创造或许是一种等待的美丽，可这个过程对女人而言真是残酷，那个清瘦还算有点美妙的妹妹不见了，现在的庄晓雯简直可以用丑陋不堪来形容，旁边又站着她那个长相明亮的丈夫尚明清，反差很大。庄晓然都不忍心再看。

还有一张清俊的小脸，这就是庄晓然六岁的亲生女儿——亮亮。见她醒来，大家都红着眼圈，不知说什么好，亮亮却不分场合地笑了，还瓮声瓮气地叫了一声"二姨"。这叫声使庄晓然的泪水喷涌而出，模糊了她的视线。见二姨哭了，亮亮有些好奇，扑过来要给庄晓然擦泪水。柔软的小手刚碰上那张泪湿的脸，庄晓然的心里轰然炸开了，她心急火燎地跳起来，冷着脸猛地推开已扑到她怀里的亮亮。

亮亮怔住了，闪着一双大眼睛望着庄晓然，"哇"的一声大哭起来。她只是轻微智障，还是能分得清一些人情冷暖，遇到别人冷落她的时候，反应出奇地快。只是在别的事上，亮亮的智力总是跟不上其他的同龄孩子。

母亲和大哥、弟弟同时过来哄亮亮。大姐和小妹却冷冷地望着庄晓然，她们用沉默表示了对她这个举动的愤慨。

庄晓然没做任何解释，他们哪里知道，就是这个弱智的小孽种，导致陈家豪对她有了异心的。婚前生下亮亮，保密工作绝对不会有漏洞，连一天天看着亮亮长到六岁的芙蓉里人，都信了她是捡来的弃婴。陈家豪是从哪里得知的？并且，他不给庄晓然争辩和解释的机会，就把欺骗的帽子扣到她头上，与她打了半年多冷战。其间，陈家豪很快和一位昔日的女同学有染，庄晓然甚至都怀疑，他们暗地里早就有来往了。陈家豪还自作聪明，以为她不知道，常常编谎来骗她，可后来发现她其实一直在冷眼旁观，反倒理直气壮起来，一副你婚前就与他人生过孩子，我现在就可以与其他女人搞点婚外情的无辜样子。庄晓然心里那个气，都没法形容，陈家豪之前遮遮掩掩的，至少对她也算是个安慰，她可以装傻，装作不知道就没有屈辱和痛苦，她或者还可以用女性的温柔和关爱慢慢把他从半道上扯回来。但这种事就是一层窗户纸，随时都可能捅破，一旦捅破双方就都无法掩饰和躲避。如果陈家豪这时表现得哪怕有一丁点儿悔意，她也不至于愤怒得像市井泼妇，爆发出对他又骂又哭。陈家豪第一次瞧见庄晓然如此凶悍，他顺理成章地在这个时候提出来离婚。

庄晓然非常郁闷，她挽救自己的家庭这么久，已经很累，父亲的离世，使她突然间坚强起来，她不怕离婚了。一场婚姻的结局无非就是两种，有终点和没有终点的。经历了这么多，两种结局她都不介意了。她可不是当年的母亲黄雅琴，再嫁个人，只能选择像父亲那样没有女人愿意跟的男人。她上的是名牌大学，在省城的工作很稳定，最主要的是她三十二岁了，看上去依旧年轻优雅，还像二十五六岁的少妇。用陈家豪当年的说法，她是那种能勾走男人魂魄的魅力女人，要不是她欺骗了他，他也不可能起异心。以庄晓然的自身条件，就是离异，她也可以再找个各方面条件都比较好的男人。只是，她咽不下这口恶气，离就离吧，从知道她以前的情况时就可以离婚，那时大家还属于好聚好散，和平分手，为啥非要在外面有了女人再来跟她谈离婚？那样外面不都知道她是被丈夫抛弃的？就不能反过来，是她抛弃了陈家豪？从芙蓉里走出来的庄晓然，从小所受的屈辱，使她要强的性格中多了一份偏执，凡事她都要占上风，她无法忍受处在被动地位。她很懊悔，其实从一开始她压根儿就不应该抱什么幻想，结局是注定的，更痛恨自己曾经为挽救这段婚姻而屈辱地为陈家豪改变着自己。她一度以为陈家豪真的被自己感动了，所以才有黄昏时的一束玫瑰。后来在一次吵架中，陈家豪冷笑着说，那束玫瑰根本就不是买来送给她的，是他在回家的路上捡的。想想，叫一个三十多岁的男人买一束艳丽的玫瑰花，多少需要一些勇气的。庄晓然被陈家豪的这番话完全击倒了，她定定地看着这个男人，为了他，她甚至连父亲临终都不曾回去，而他，不但薄情而且如此绝情，她绝不会让他轻易踢开这段婚姻还以自由之身。所以，庄晓然要拖着他，要找机会把败局扳回，她只要陈家豪明白，最后会是她庄晓然一脚踹了他。

亮亮的脑子反应慢些，根本看不出大人们之间的气氛有些异样，她还在张开嘴哭，鼻涕眼泪弄得满脸都是，还不听劝，说多少好话也不听，自顾自地号着。庄晓丽来了火气，拽住亮亮的胳膊，就往外屋拖，冲着亮亮骂道，哭，哭死你，多余的东西，都什么时候了，大家还得侍候你，要哭，就到姥爷灵前去哭，还算尽孝心哩。

　　除了亮亮，屋里谁都听出这骂声里，其他的成分更大。庄晓然满腹心事缠绕，听了姐姐指桑骂槐的话，大怒，抓起枕头不管不顾冲庄晓丽砸过去。一旁的庄晓天像个侠士，跳起来一把抓住枕头，惊恐地把枕头抱进怀里。还别说，这个两条腿不一样长的可怜人，身手却如此敏捷，他这悄无声息的一抓，把两个妹妹之间的导火索拔掉了。不然，都在气头上，一场大战是免不了的。

　　黄雅琴趁机扑向庄晓然，及时地捂住了小三子的嘴，满眼含泪地把头摇得像拨浪鼓，一脸的哀求，使庄晓然心软下来。

　　庄晓然握住母亲的手，母亲枯瘦的手冰凉，刺得她心里一个激灵，望着母亲憔悴的容颜，她心里的怒火慢慢熄灭了。如果不是母亲这双冰凉的手，她想她一定不会放过老二，趁这个机会索性撒开膀子和老二干上一仗，出出窝在心里多年的恶气。但眼下的情形不允许她这样做，她咕咚一声咽下了这口气。庄晓然心里对庄晓丽憋着一口气，原因还是出在亮亮身上。原来，她是答应给老二每月两百块钱抚养费的。谁也不愿平白无故地多出个孩子来，何况还是个智障儿，庄晓然清楚，两百块钱抚养费也不算高。开始她每月都按时付给，有时想着给孩子再添点衣服，买点吃的，还会多给个五十、一百的零花钱。但没过多长时间，她发现老二根本没管亮亮的吃穿，名义上是老二的养女，实际上亮亮的一切全由父母亲料理。这叫她心里很不舒服，对老二心存不满，就不愿给老二白白拿抚养费了，以后，她直接把钱交给母亲。没想到庄晓丽根本不理她这个茬儿，直接从母亲那里把钱要走，还说亮亮的户口落在她的名下，她拿抚养费名正言顺。庄晓然知道后非常生气，要找老二理论，母亲拽住她，苦苦哀求，不要她去和老二交涉。庄晓丽过得并不容易，早些年接替父亲进回收站工作后，没几年，竟然与经常来回收站交猪毛、骨头的朱京京谈起恋爱。朱京京除过名字叫得好听外，没一样能叫人心里熨帖的，他爸就是在芙蓉里街巷上杀猪卖肉的朱屠夫。不说家庭出身，就凭朱屠夫当街杀猪，把芙蓉里街巷弄得像个屠宰场，朱京京的未来不用猜都知道，肯定是个杀猪卖肉的。那时候的庄晓然上大三，正是意气风发的时候，和男朋友处得热火朝天，男朋友已下保证把她留在省城，眼光高得已看不到芙蓉里的庄晓然，岂能容自己的姐姐嫁给朱屠夫这样的家庭。她的话在父母那里是绝对的权威，本来父母也不太愿意大女儿找个和自己的家庭境遇相似的人家，于是想尽办法拆散了庄晓丽与朱京京，硬把女儿嫁给了棉纱厂的普通工人何洛会。虽然何洛会比朱京京的条件强不到哪里去，但至少人家有一份稳定工作，有固定收入。可是，时隔不久，回收站与社会上很多企业一样，摇身一变成了私人的，庄晓丽的工作丢了，为混口饭吃，她去找过不少活，可都干不长，还折腾做过不少生意，或许是她命中注定没财运，干啥都不行，现在整天靠当钟点工挣个糊口钱。她丈夫的境况也好不到哪儿去，前些年棉纱厂倒闭，一分钱生活费都发不下来，何洛会啥手艺也不会，如今靠蹬大板车在火车站蹲坑抢货拉运。父母期望的平静生活变得一点儿都不平静。更富戏剧性的是，朱京京没跟他爹学杀猪的手艺，靠倒卖生猪却发了财，后来又倒卖钢材，倒腾来倒腾去，竟倒腾成了芙蓉里的首富。庄晓丽心里这个后悔呀，把肠子都悔青了，怪自己眼光浅，当初不该顺从家里，和朱京京断了关系，如今人家过着顺风顺水，一马平川的日子，而自己眼下过的是啥日子啊，连儿子上学都快供不起了，她还指望着积攒下亮亮每月的两百块钱抚养费，将来供儿子上学用呢。庄晓然也很同情老二，但她更痛恨老二的这种过于小市民的攒钱方式，她手里攥的那可是亮亮的生活费呀。现在的社会只要勤快点，到哪里不能赚几个钱？她认为老二还是太懒，但碍着母亲的面子，庄晓然没找老二算账。可是，从去年年初，她不再给母亲拿钱，嫌母亲把钱转手给了老二，这样的转手法，一点儿也不能表明她的态度，她就是要决绝一些，不想给老二留下念想，懒得去找工作。庄晓丽从母亲那里拿不到钱，要找妹妹理论，自己的孩子，你不要，我好心给你带着，凭什么你还赤手空拳抚养费也不想出了？你在省城，各方面条件都比我们好，干啥还抠这几个抚养费？庄晓丽是一副有理能说遍天下的样子，气势自然是足的。可母亲不愿看到女儿间的争斗，她既不忍心逼庄晓然拿钱，又不想庄晓丽找老三闹事，便拿出自己平时省吃俭用的钱给老二，撒谎说是老三寄回来的抚养费，才算平息了女儿间的恩怨。可是，黄雅琴没有收入来源，靠老头子给她买油盐酱醋的生活费里省，还有，就是自己生病了，把儿女们给她看病买药的钱攥着不去看病，省下来给老二。这种来钱的路子，显然维持不了多长时间。庄达明住进医院时，黄雅琴已经欠老二一千多块了。庄晓丽对当初庄晓然反对她和朱京京在一起，使自己失去做有钱人的机会还心生怨恨呢，这一拖欠亮亮的生活费，她心里对妹妹更窝了一肚子火。现在见庄晓丽把亮亮不当事儿，自然联想起抚养费的事来。也难怪她话里有话呢。

庄晓然脑子里忽然跳过一个奇怪的念头：亮亮的事，该不会是老二告诉给陈家豪的吧？会不会她拿不到钱，对她心生怨恨？虽然这只是一闪而过的念头，她也跟自己说，再怎么样，她们毕竟是亲姐妹，老二是不会拿妹子的幸福当儿戏的。但不知为什么，她的心里却怎么也排除不掉这种想法，这种猜测的事又不能拿出来对质，不然，那场面可就越发热闹了。这个时候，她们姐妹之间可不敢这么闹啊。这要一吵起来，不说外面的街坊听到，就是这屋里，还有老四的丈夫尚明清呢，他可不是庄家的人，叫他看着也不好啊。庄晓然竭力平息内心的愤懑之情，她的脸色很难看，阴沉沉的。她摇晃着身子下床时，眼前猛地一黑，趔趄了一下，差点儿栽倒在地。

庄晓虎上前扶住姐姐，看了大伙儿一眼，忍了忍，还是细声地说，二姐，爸爸还在太平间呢，每天要交二百块……

庄晓然打了个寒战，浑身一冷，眼泪涌了出来。她感觉自己的眼泪是冰凉的。这泪是为冰冻的父亲流的。

还是办丧事要紧，其他什么事等丧事过了再说。尚明清不失时机地说了一句。看来，人家心里可清楚着呢。

母亲一听，泪水止不住，泉涌似的。她一把抓紧庄晓然的手说，三呀，你爸命苦呢，在那么冷的地方躺着，妈这心里还指望你把你爸快点送上路，叫他早有个归宿呢。

见女儿、儿子都只管伤心别的事，没人提一句关于丧事的话，黄雅琴心里对老三有了看法，她抹把泪，继续哽咽道，快都别哭了，还是想想你爸爸的丧事怎么办吧。实在不行，就叫你舅舅过来主持，要嫌太麻烦，咱这就联系火葬场，直接将你爸拉到火葬场，倒也干净利落，还叫你爸少受点冷冻……

不行！庄晓然断然道，绝对不能这么草率就送爸爸上路，爸爸生前没享过一天福，在芙蓉里，从来没被人正眼瞧过，这回得给爸爸办个体体面面的丧事！

三儿，我看还是简单点算了，你爸他……

庄晓然用手势止住母亲，说，妈妈，你别说了。这事我来联系，您就甭操心了。说着，她掏出手机，拨打电话。

全家人静静地看着这个核心人物握着电话，对着话筒一会儿哭，一会儿叫，一会儿骂，一会儿又喊，疯子似的打电话，谁也没敢打断她。

刚停止哭泣回到屋里的亮亮，被二姨打电话的动作和声音吓得缩进姥姥怀里，抖抖索索像寒风里的树叶。黄雅琴抱紧亮亮，轻轻哄着。庄晓雯皱着眉睨着姐姐，用手抚着隆起的肚子，可能是担心胎儿受影响，扯了一把丈夫要到外面去。尚明清白了妻子一眼，不动步子，依旧凝神盯着打电话的庄晓然。庄晓雯愤愤地甩开丈夫的手，一个人急匆匆去了外面。她是晚育，可不想生个像亮亮那样的智障儿。

庄晓然之所以这么惊心动魄地打电话，主要是她认识的这边熟人去外地开会了，自己打电话到殡仪馆，人家说日程已排到半月以后，她边哭边哀求，殡仪馆的人可不认识她这个从省城回来的人物，人家一点儿面子也不给，任庄晓然说破天也无动于衷，反正这死的人又不是自己的亲属，伤心总是别人的事。无奈之下，庄晓然只好拨通了陈家豪的电话。她知道他认识这个市政府的秘书长，找他比找市长都要管用。听着庄晓然止不住的哭泣声，陈家豪在电话里沉默了足足有半分钟，不知出于什么心理，他说了几句不着边际的话，比如这个秘书长快当副市长了，也可能会调到别的地市去任职，现在谁也说不准之类的话，好像求秘书长办个火葬的事，会影响到他升副市长似的。庄晓然这个时候的耐心很有限，她不可能知道丈夫在外面有了女人还守着一份期待。就在她的怒火燃烧到最旺，将要不管不顾把这世上最难听、最恶毒的话骂出口时，陈家豪——她还在现任的丈夫，在她发火前的一秒钟，答应马上给这个秘书长打电话，说过会儿就回电话给她，叫她等他那边的消息。

挂断电话，庄晓然颓然地坐到床上，这一通电话打得她筋疲力尽，像虚脱了一般。

大家都从电话中听出了内容，默不作声，唯独庄晓天忍不住，说，怎么会有这么多人等着火葬啊……我的意思是说……没啥意思……

老实人不会说话。黄雅琴看了大儿子一眼，没有责怪他。但庄晓天还是待不住了，他从母亲怀里拽出还在发抖的亮亮，抱起来又亲又爱一番，从口袋里翻出两毛零钱递给亮亮，想叫这个可怜的孩子安静下来。

亮亮接过钱，在大家的注视下，慢慢地脸色平静下来。

突然，庄晓然的手机响了，吓得亮亮一惊，手里的两毛钱掉到地上。庄晓然打开手机，边听电话边上前弯腰捡起地上的钱递给亮亮。亮亮怯怯地看了一眼握在庄晓然手上的钱，却不敢接，转过身抱紧大舅的脖子，又是一副欲哭不哭的样子。庄晓天赶紧抱着孩子，一摇一晃地出去了。

电话是陈家豪打来的，他说秘书长已安排人给殡仪馆说好，叫庄晓然直接给殡仪馆领导打电话就成。庄晓然说声谢谢，陈家豪却说，你先别忙说谢，我还有话对你说呢，你身边有人吗？方不方便？

大家都听到了陈家豪的这句话，不自然地做出各种表情来。

庄晓然很难堪，耷拉下眼皮，没正面回答陈家豪的话，催他快说。陈家豪说，对不起，我过不来了。

是不是你也要提升当秘书长，不，是副市长，还是副省长了？你不来并不影响什么，爸爸的丧事照常会办！

庄晓然的劲终于上来，找到突破口了，她绝不给陈家豪编造谎言的机会。她受够了他的谎言。她知道，陈家豪根本就不想来，只是因为和她还挂着夫妻的名分，不好拒绝她的请求，现在以为帮她找着关系联系了殡仪馆，就可以心安理得地利用这个机会来交换他的承诺。这个王八蛋！庄晓然在心里狠狠地骂了一句，原还抱着一丝期望，以为陈家豪这次答应过来，就算是很勉强，但至少心里还是有一丝夫妻情分的，只要她再利用一些好的机会与他沟通，他们夫妻或者还是可以维持下去的。现在她算彻底明白了，这种小肚鸡肠的男人她留不住，真要强行留住，也是在自己的心上插了一把刀，并且随着时间的推移，刀锋虽渐钝，疼痛却会更深。她图什么？你陈家豪充其量只是一个搞规划的破科长，还是个副的，在省城一抓一大把，这辈子也别想跟副市长、副省长沾上边了。她庄晓然怕什么？一个风韵犹存的女人，凭什么就要她委屈地做怨妇，守候着这个时刻准备毁掉家的破男人？去他妈的！

这一刻，庄晓然心里打定了主意，办完丧事回去就和陈家豪这个王八蛋离婚。她才不要和这种人对峙下去，这只能浪费她余存的青春，说是两败俱伤，可终了，被伤得最重的只能是她，伤不着陈家豪一根汗毛。她没必要这么傻，这样只能是耗电，还耽搁自己找下一个男人呢，谁说得定，下一个男人就不比陈家豪强上数倍呢。

联系过殡仪馆，庄晓然挂断电话，说，殡仪馆和追悼会的事都联系好了，时间定在后天上午，是个很不错的时间段，咱们还剩一天时间做准备。但时间比较紧张，得抓紧点，要通知亲友、订饭店、车辆、布置告别厅、写追悼词，等等，事情多着呢，咱们谁也没这方面经验，只能摸索着去办了。

母亲默默地点头。

庄晓然说，妈，现在大家得分头去忙这些事，还是您说吧，叫谁干什么就干什么。

黄雅琴刚才听到了女儿和女婿的对话，这时有气无力地说，三儿，还是你来安排吧，妈能有什么主意？你联系的，你熟悉情况，一切就都听你的。你哥你姐，你弟你妹，还有你妹夫，该做啥事你就吩咐吧，大家也不会有意见的，都这个时候了。

庄晓然也不推让，她明白，这个时候需要她这样的主心骨，不然会乱套的。其实，也没啥可商量的，她立即做出安排，弟弟和妹夫年轻，又是男人，多跑些路去订饭店和车辆，再去殡仪馆商定具体事宜；母亲和姐姐一边打电话通知亲友，一边接待来吊唁的亲戚邻居。妹妹身子不方便，想想自己怀亮亮时的情景，庄晓然叫她回去休息，反正该干的都已安排出去，一个孕妇实在也没什么适合干的。她自己则留在家里写悼词。

庄晓丽和庄晓雯对老三的分工不满，正要反驳，黄雅琴看出来了，扯着哭腔吼叫道，我还没死呢，不要叫我看到不想看到的场面。现在，大家都先去办事，有啥意见等你爸的丧事过后再说。

庄晓然看了大姐一眼，说，谁要是能耐大，就来写这个悼词，我可以去干别的。

谁也比不过名牌大学生，写文章的事，老二和老四都干不了，她俩才把不满咽回肚里。

虽说不让干活的理由冠冕堂皇，但庄晓雯心里还是不高兴，想着老三根本看不上她，她闲待在这里又不自在，便推说身子有点儿不舒服，要回自己家去。已到午饭时间，大家劝她吃过饭再回去，她听不进去，也不要尚明清送，沉着脸，一个人出门打出租车走了。

庄晓天抱着亮亮进来，站在角落里一直没吭声，这会儿却吭吭哧哧地说，二妹，还有我呢，你叫我干些啥呢？

庄晓然对姐妹弟弟可能会有点厉害，但唯独对这个同母异父的大哥非常恭敬，她走到大哥跟前，轻声说道，大哥，我没别的意思，只是考虑到你的果园得防虫……

那算个啥事！庄晓天打断妹妹说，二妹，这都什么时候了，哪还顾得了防虫呀，等爸爸的事过后也一样可以防的。该干啥你就给哥安排吧，不然，哥这心里——别扭。

庄晓然怆然地看一眼大哥，这个站直了个头跟她差不多的男人，全身上下已经非常农民了，黑黝黝的脸膛上有了深浅不一的沟壑，使他失去了让外人猜测他真实年龄的依据。他的头顶毛发脱落得已能看见头皮，边沿剩下的几撮头发干枯得像秋天的野草，并且凌乱不堪。他的眼神因为自卑而带着一贯就有的躲躲闪闪，但庄晓然还是能从这躲闪中看出他的真诚。她偏过头去看母亲，母亲给她使了一下眼色。她便对大哥说，那好，你就把联系好的花圈、纸钱，还得预订些鲜花，叫他们提前送到殡仪馆，到时还得大哥在那面提前布置好呢。

二妹放心吧，我绝误不了事。

虽不是自己的亲生父亲，但庄晓天还是为能和兄妹们一起忙碌继父的丧事而感到欣慰。庄达明生前对他并没像亲生的孩子那般贴心贴肺，他的心里却从来没有过怨言，在自卑中成长的他，在心里一直是把庄达明当成自己亲生父亲的。

庄晓然看到大哥释然的样子，心里越发难受，她别过脸，不让大家看到她眼眶里又涌上来的泪水。

庄晓丽帮母亲到厨房简单下了些挂面，端来叫大家赶紧垫垫肚子，再分头去忙正事。

吃挂面时，出了一件怪事。庄晓然突然感到桌子下面有一只脚，轻轻地踩了她一下，起初她没在意，以为是谁伸脚时不小心碰到了她。可是，紧跟着又有了第二下、第三下，显然是故意的，她不得不注意了。

庄晓然脸上不动声色，把自己的筷子故意失手掉下桌，装作捡筷子，迅速看了一眼桌子下面。她看到一只穿黑灰色毛布裤子的脚，已经脱掉鞋子，又一次向她的脚伸来。庄晓然捡起筷子，看了一眼脚的主人——妹夫尚明清。

尚明清也看了庄晓然一眼。

从这一眼里，庄晓然没弄明白尚明清的意思。他不会为刚才的分工有意见吧？她想，这是什么时候啊，他一个大男人，岂能为这些事不满，不至于吧？那他踩她的脚是什么意思？

三

桌上铺着几张白纸，期待地等候着即将落上去的笔墨。面对白纸，庄晓然像是从上面看到了父亲的整个人生。那是一段什么样的人生啊，如同一颗被人随手扔弃的小石子，卑微、渺小，这么浩瀚的世界，谁会在意一颗小石子的命运？可就是这么一个小人物，却如同小小的蜗牛背负起偌大的七口之家，最困难的时候，他也能想法填满七张饥饿的嘴，使他们慢慢长大或者衰老。庄晓然泪水潸然，那个在病榻上枯瘦如柴的父亲，在看到她时眼神里闪出的自豪感像定了格似的在她面前怎么也挥不走，她的心刺痛起来，实实在在地后悔了，真不该为稳固自己的小家为陈家豪这样的男人而放弃见父亲最后一面。

笔握了半天，除了流眼泪，庄晓然在纸上一个字也没能落下，给父亲写悼词，她竟然写不出一句完整的话来，要说的话太多，却不知从何说起。她只能用眼泪来诉说父亲的一生，她从压抑到大放悲声。哭到后来，她想父亲一生唯一的亮点，就是她考上省重点大学那会儿，虽然父亲重男轻女，但这个喜讯委实太大，冲破了父亲的陈旧观念，终于为拥有女儿感到幸福和骄傲起来。庄晓然清楚地记得，那段日子，她走到哪里，父亲满脸喜气地跟到哪里，时刻不离她左右，就差跟进厕所了。父亲逢人就讲，这是他的二闺女，刚考上省城的重点大学，那副得意使父亲看上去似乎年轻了一大截。可是，好景总是不长，几年后，她未婚产下没有父亲的亮亮，这样的耻辱给父亲荣耀的脸上蒙了一层灰色，他的腰又塌了下去，像做下亏心事似的，看见芙蓉里的人就躲闪。但父亲没有责怪女儿，他只怪那个没良心的男人。但女儿曾带给父亲的那份荣耀消失了，他对修自行车不再抱以热情，态度非常不好，手上不使一点劲，给别人修的自行车还没骑出几步就出了问题，后来，基本上没人找他修车了，父亲的摊子成了个摆设，他整天孤独地靠坐在一堆废旧的自行车轮胎旁，失神地望着阳光下奔走的人与车发呆。那段时间，没人顾及父亲的感受，连庄晓然都没考虑父亲是怎样煎熬的。最后，还是大哥可怜父亲，不忍心父亲孤零零地守着那个修车摊子，强硬地收起摆了二十多年的修理摊，把父亲叫到他的果园，冬天帮果树剪枝，秋天照看果子，给父亲一个清净的安静之地。偶尔，大哥还背着老婆偷偷给父亲买瓶精装白酒，外带份酱猪耳，叫他喝上几口酒滋润滋润。父亲绝对没想到，他的晚年竟然是在养子那里度过的。为此，他背地里流过不少泪。

要把父亲一生的经历写出来，没十页二十页纸，是写不完的。庄晓然在省城见过世面，一般的悼词不会超过三页，念十几分钟都算长的，如果写上十页二十页，虽说来的都沾亲带故，还有邻里故人，可谁有那个耐心倾听一段没太多色彩、没有巅峰的平凡人生？何况还是一个在废品站工作又修了二十多年自行车，在别人眼睛里没一点儿地位的庄家老头。就算大家碍于情面存有极大耐心来听，人家殡仪馆也不会让你占那么长时间，在他们那儿，时间也一样是金钱。但是不写，又心怀愧疚，觉得对不住父亲。庄晓然犹豫再三，把自己的想法给母亲说了，想听听她的意见。

母亲相当平静，她说，写那么长有啥用？写得再长再好，你爸也听不到了。三儿，省点笔墨吧，如果你们想安慰他，就把自己的小日子过好，这才是你爸最希望看到的。

庄晓然明白了，母亲已经觉察到自己和陈家豪的现状。她该怎么对母亲说自己的事呢？父亲去世了，如果紧跟上来的是自己的婚变，母亲她能经受得住这一连串的打击吗？

庄晓然的心酸涩难忍，眼泪再一次汹涌而出。

屋里很安静，为了不打扰庄晓然写悼词，母亲把房门都关上了。庄晓然一边流泪一边回想着从前，在她心里，从前的日子就是一坛腌坏的咸菜，她宁愿倾坛倒掉，也不愿做一点与之有关的回味。但现在，她不得不一头扎进回忆里，闻着当初腐败的气息把与父亲有关的记忆拾掇起来，用心串成最能表达她心意的文字。她的情绪已经完全融进了对父亲的追忆之中，以至于整颗心都被父亲的贫困和卑微攫住，她伤心得几乎无法握笔，雪白的纸被她的泪痕打湿，笔画上去，就变成一个个窟窿。

没写出一句悼词，庄晓虎却打电话回来，向庄晓然说订饭店、车辆的情况。又一次经历情感冲击的庄晓然，认为父亲寒酸了一辈子，不能再叫他的丧事像他的人生一样寒酸。她要弟弟退掉刚订的饭店。那个饭店不上档次，饭菜也太简单，叫弟弟另订一家更好的。追悼会肯定有不少芙蓉里的老街坊会去呢，他们轻看了庄家一辈子，这回绝对不能让他们轻看。

晓虎"嘻"了一声，说，这个时候了，还讲究那么多干啥？不就一场丧事，吃个饭嘛。

庄晓然说，你不懂，这个饭店一定不能档次太低。听我的，换个地方，到市中心去订，饭菜标准也要高点。

弟弟在那头不说话。庄晓然有点来气，质问弟弟干什么呢，都这个时候了，还这么软乎。

弟弟这才嗫嚅道，不是我黏糊，人家大点儿的饭店要交押金，一开口就两千块……

两千块就两千块，这是人家饭店的规矩。庄晓然说，给就是了，有啥含糊的，真是的，这么大个小伙子，这点主都做不了。

这不是做主的事，弟弟气恼了，说，是我身上没钱，拿啥给人家？

庄晓然说，没钱？出去办事怎么事先不想周全些？走时就应该想到这问题。这样吧，你叫三姐夫先垫上，回头再和他算账。

三姐夫没带钱，要不，我怎么会给你打电话呢？

那……你回家来取吧。我这会儿悼词还没写呢，大家都忙得很，没法给你送钱去。

庄晓然这次带了一万块钱回家。就这，还是她平时省吃俭用积攒下的私房钱。与陈家豪结婚两年，她把自己的工资卡连同密码一起交给了丈夫。吸取上次与男友交往的教训，她不想在经济上与丈夫闹矛盾，何况她在妹夫尚明清的帮助下，已经给家里把楼房盖起来了，再没什么能叫她需要花钱的了。再说，她婚前生过孩子，心里对丈夫总有份愧疚，她把工资交给他保管，让他掌握经济大权，也算是尊重他和弥补了这份愧意。再说，她要用钱时，还可以向丈夫要嘛。陈家豪虽然会算计，但他对妻子不是太吝啬。所以，庄晓然才会积攒下一些私房钱。

再聪明的人，也有犯糊涂的时候。庄晓然没认真想过，父亲的葬礼到底需要多少花费。这个钱应该怎么花，谁来掏这个钱。庄晓然的意识里还没这个概念，问题就摆在了她面前。

当初，庄晓然的脑子里全是她与陈家豪之间的烦心事，在父亲病重期间，也只急匆匆地回来过一次，给兄弟姐妹交代：尽最大可能治好父亲，要不惜一切代价；父亲一生受尽苦难，没过一天好日子，一定要想法叫他老人家延长时日，多感受一下美好的人生。至于花多少钱，她从没想过。父亲报病危时，弟弟给庄晓然打电话，她的眼泪哗啦啦直往下淌，想扔下电话直奔老家，送父亲上路，可当时的处境使她犹疑不定。她与陈家豪的关系已经相当微妙，他们之间像隔着一层布帘子，这个布帘子随时都可以拉开，看到对方的内心。庄晓然还在努力着想挽救这场婚姻，哪怕是看不到前途和光明，她也要尽力维系。按她当时的想法，她不想离婚。然而，她的努力似乎只是给自己演了一场无声的戏，陈家豪看不到，或者说他看到了也假装看不到。庄晓然几乎要崩溃了，在最没支撑的时候，父亲徘徊在黄泉路边，等候着她，庄晓然再坚强，也敌不过命运的捉弄，就在她无助地用眼泪排遣内心的伤感时，不知道陈家豪出于什么用心，一天黄昏回家时，竟然出其不意地带回一束红黄相间的玫瑰花。不管这束花是不是陈家豪买的，只要他拿回家，庄晓然都认为是个好兆头，玫瑰花像燃烧的火苗，把她的希望点燃了。她果断地选择了留下，不回去为父亲尽最后的孝道。父亲是临终的人了，就算她回到老人身边，也不能将他从生死线上拉回来，她又不是神仙，去和不去能有多大意义？留下来，从丈夫超常的举动上看，他似乎有回心转意之心，如果这个时候走了，她既挽救不了父亲，还可能使刚有点悔意的丈夫离她而去。拥有一个和睦和谐的

145

家，是对父母最大的安慰。她相信，如果父亲和母亲知晓她眼下的境况，一定会原谅她的。庄晓然找了一大堆走不开的理由，为自己的小家能够平稳过渡，她放弃了为父亲尽最后的孝心。

可是这天早上，一家人去医院太平间拉父亲遗体时，被医院挡住了。住院部的何主任拿着一本砖头般薄厚的明细单，请庄达明的家人结完住院治疗费，才能拉走遗体。

大家当时就蒙了，不是闹不明白，而是没想过这事会在这种时候跳出来拦住他们。大家你看看我，我看看你，似乎要从对方的脸上找到解决的办法来。最后，大家把目光聚集在庄晓然脸上。

庄晓然看看大家，一时没反应过来，问那个主任，何主任，你这是什么意思？我怎么听不明白呀？

何主任递过明细单，说，这有啥不明白的？住院结账，不复杂呀，一共是十七万一千二百四十六元，这里的每一笔费用都写得清清楚楚，如果有误差，可以到收费处去对账。

我指的不是这个，庄晓然说，我是说这住院费怎么没结？

这个得问你们才对，按我们的规定，庄达明——你父亲刚去世就得结住院费，可一直不见你们亲属来结账。这冷柜也不是免费的，你们多搁一天，费用自然就得累积一天。所以，现在还是请你们先结账，然后再把遗体拉走。

庄晓然有个毛病，越是清楚的事情，她会理解得越糊涂。当然，得分清是什么事了。

这——怎么回事？她回过头，问自己家的人，爸爸去世都好几天了，怎么连住院费都还没结？

所有的人都闪开庄晓然的注视，没有人能回答这个问题，也不是谁都愿意回答这个问题。连母亲都把脸埋下，用手帕擦眼角的泪。最后，庄晓然把目光对准弟弟。

晓虎，你怎么不把住院费早点儿结了，你看这都什么事嘛，不让拉遗体，爸爸去不了殡仪馆，追悼会怎么开？赶紧去结呀，还愣站着干什么？

晓虎脸憋得通红，支吾道，我拿什么结？二姐，十七万多呢，我哪有这么多钱。

庄晓然这才似乎意识到钱的数字，她也哑然了。是呀，谁有这十七万啊？当初，父亲住院治疗，他怕花钱不愿意住院。最后好不容易做通工作，他又不愿去大点医院，嫌花费太高。母亲和弟弟、妹妹，还有姐姐，打电话征求，不，是请家里的主心骨老三拿主意时，庄晓然曾叫他们把父亲送到省城治疗，父亲坚决不上省城，她只好决定，就去市里最大的医院，一定要想法把父亲的病治好。眼下的这个医院，还是庄晓然叫陈家豪托市政府的秘书长联系的，不然，父亲这样的身份，根本住不进来。庄晓然还记得，当时弟弟打电话跟她说，这样大的医院每天的医疗费用很高，她在电话这头把庄晓虎还责备了一番，那是自己的父亲呀，难道给父亲治病还要考虑花多少钱？

可是这会儿一提到钱，却冷场了。

这时，母亲哭道，没想到这么贵，这可怎么办呀……

庄晓然回过神来，果断地说，大家赶紧凑吧，不能再拖时间了。

怎么凑？你说得倒轻巧。大姐气恼地说，我们可不像你，每月工资都打在卡上，我们从哪儿弄钱去？十七万啊，砸锅卖铁也凑不齐。

母亲只能把希望寄托在小三子身上，她哭泣道，三儿，你得想个办法，别叫你爸还躺在这么冷的地方了……他受了一辈子罪，死了，还被冻得像个冰棍……苦命的人啊……

庄晓然能有什么办法？她的脑子里压根儿就没这么高额的数字。母亲一通哭诉，顿时，庄晓然紧张起来，看看身边的大姐、大肚子的三妹、小弟，还有大哥、妹夫尚明清，他们这时候和母亲的期待一样，都等着她拿主意呢。

还是庄晓雯反应快，她说，二姐，你不是认识什么秘书长吗？当时爸爸就是他给联系进的这家医院，你再找找他，说不定有办法呢。

庄晓然是糊涂了，经妹妹一提醒，赶紧掏出手机，准备给陈家豪打电话。拨了四五个数字，她停住了。现在给陈家豪打电话说这种事，合适吗？她前两天还硬邦邦地撂给他话，现在又去求人家，算什么事啊？住进医院时找人家，现在交住院费还找人家，就是秘书长不烦，陈家豪也该烦了。这个小心眼男人会觉得她离了他，什么事也办不成，他会看她的笑话，更轻贱她的。再说，欠钱还钱，找陈家豪干什么？又不是他亲爹住的院，真是的。

庄晓然合上手机，略一思忖，对何主任说，何主任，这事我们没有做好，实在对不起。但这么多钱，我们一下子也凑不够，能不能先让我们给您打个欠条，先把遗体拉走，办完丧事再来结账？

何主任说，这也是个办法，写欠条可以，不过，我们医院有规定，你得找个担保人，有一定的资产抵押才行。不然，仅凭一张薄纸，你到时一说没钱，就算是告到法院，我们还是拿不上钱。若都欠着住院费，我们医院可就没法生存了。

庄晓然点点头，表示理解何主任的难处。可她现在找谁来抵押？省城她倒有认识的朋友，可远水解不了近渴。逡巡一番，她盯住了尚明清。

尚明清赶紧把脸别开了。他又不是庄家的儿子。

还是算了吧。庄晓然心想，到现在都没弄清楚尚明清具体做的是什么生意，他到底有多少资产，这个谜团都没揭开，他又怎会出面担保？医院也不是傻子，能叫一个不清不楚的人做担保？

二妹，哥愿把果园作为抵押。庄晓天诚心诚意地说。

庄晓然还没开口，何主任看了一眼农民模样的庄晓天，冷笑道，开什么玩笑？你以为用果园抵押就可以了？还得去给你的果园估价，看值不值这个价。

庄晓天蔫了，挠着稀疏的头顶，脸憋得通红，好像他做错什么事似的。庄晓然感激地看了眼大哥，这种时候他能站出来支撑她，确实叫她感动。泪水湿了庄晓然的眼眶，她走到大哥跟前，拍拍他的肩安慰道，哥，没事，咱们会有解决办法的。

庄晓然直接拨秘书长的电话。她早就有秘书长的手机号，只是和他不熟，没有直接通过话。

电话接通，庄晓然说自己是陈家豪的爱人，将这边情况简单说了。电话那头略犹豫了一下，才叫她把电话交给住院部主任。

何主任对着电话里的秘书长，马上换了副腔调，连连答是。

写欠条时，庄晓然毫不犹豫地在欠款人后面，署上自己的名字。何主任拿着欠条反复看了几遍，脸上赔着笑说，我得给财务上有个交代，请您把身份证暂时留下，这是规定，您千万别怪我多事。

庄晓然怎么会带身份证呢，除过出远门住宾馆或者要坐飞机，必须用身份证外，庄晓然没有随身带身份证的习惯。她不满地斜了何主任一眼，回头问自己家人，谁带身份证了。

都说没带。

庄晓然当机立断，叫弟弟回家去取身份证。庄晓虎面有难色，但还是去了。这种时候，他不去谁去！

按照何主任意思，庄晓然重新写了欠条，等弟弟拿来身份证，叫他签上自己的名字。庄晓虎没有二姐那么利索，在大家的注视下，写自己名字时，手一直在抖。

四

庄达明的追悼会开得很体面，过后，芙蓉里的街坊邻居议论了好几天，感叹庄达明没有白活一场，生养了一大堆有本事的孝子。

把父亲的骨灰安顿好，庄晓然陪母亲又住了一晚，收拾自己的东西，她得回省城了。陈家豪给她打过两次电话，问她什么时候回去。庄晓然不管陈家豪出于什么用心，电话里她就是不明确告诉什么时候回家。在她心里，这次彻底与陈家豪恩断义绝，她还有什么理由告诉他自己的行踪？可她真的该回去了，单位只准她五天假，已经超过一天了。

父亲的追悼会之后，庄晓丽和庄晓雯回了各自的家，再没到母亲这边来过。庄晓然没往别处想，大家各自有家，回自己的家理所当然。只有弟弟庄晓虎没走，他陪伴着母亲，时不时拿眼直直地瞅二姐。庄晓然觉得奇怪，临走时叫住庄晓虎，问他是不是有事要说？庄晓虎搓搓手，又咬了咬牙，脸憋得通红，才吭吭哧哧地说，姐，那个，那个医院的欠条怎么办呀？

庄晓虎不敢看姐姐的眼神，问完这话，马上把头转开，好像自己做下亏心事似的。庄晓然忽然明白了，父亲的丧事办完后，别的人为啥不再过来，都是为躲这笔住院费呢。唯有弟弟躲不掉，他的身份证还押在医院，逃不脱的。但庄晓然有点不明白，弟弟为什么会这么紧张？她盯着弟弟，摇摇头说，晓虎你紧张啥呢？这事你不说，我也要交代清楚的。你放心，爸爸的住院费不会叫你一个人出的，就是叫你出，你也没这个能力啊。

庄晓虎长舒了一口气，如释重负地点点头。

我已经想好了，咱们做子女的，都有尽孝的份儿。庄晓然说，今天当着咱妈的面，我做主了，这笔费用咱们兄妹分摊，但不能平摊。大哥跟咱们不一样，他出不出份，再定吧。妈，你没意见吧？

黄雅琴看看老三，又看看老五，才说，三儿你说得有道理，不过，还是得把兄妹几个都叫过来，在你走前，一起合计合计，定个准音才对。

庄晓然说，我原想这事不用商量，都有份儿，大家心里应该是明白的，到时算算账，该摊多少就出多少。不过，这事儿当面说说也好，不然晓虎心里不踏实。晓虎，你打电话叫他们过来吧。

庄晓虎先拨通大姐家电话，庄晓丽问清是什么事，马上说自己已经报了家政高级培训班，这几天都得去上课，没时间过来。

庄晓雯也在电话上说，她感到不适，肚子痛，怕是这些日子伤心过度，动了胎气，担心会早产，现在也不敢随便走动。不过，要是这边的事急，她可以打发尚明清过来。

最后，只有与庄达明没有一点血缘关系的庄晓天和尚明清赶过来了。庄晓然没想到会是这样，她看着大哥与尚明清，不知该怎样开口说这事。

黄雅琴简直不敢相信自己的子女会变成这样，她哭得死去活来，失去亲人的伤痛还没过去，又跳出来十七万的巨额债务，如今为这债务，自己的女儿们又躲闪着不露面，这怎能不叫她伤心欲绝？

庄晓然放下整理好的行李，陪母亲哭。在妹妹的指示下，庄晓天扶母亲到楼上去歇息。庄晓然这才擦去眼泪，看到弟弟蹲在地上狠劲地抽烟，却被烟呛得咳嗽不止。她知道弟弟不会抽烟，走过去要劝，却被尚明清拦住了。

叫他抽吧，尚明清对庄晓然说，晓然，你过来，我有句话想给你说。

庄晓然跟着尚明清来到院子。正是深秋季节，温暖的阳光洒了一院，他们的脚踩上去，能听到轰的一声，整片的阳光被踩碎了，扑溅到他们的腿上、身上、头上，罩了他们一身金光。

庄晓然眯起眼，适应一下金黄色的阳光，望着尚明清，等待他开口。

尚明清说，晓然，我叫你名字，没叫你姐，不介意吧？

庄晓然摇摇头。

本来你就不是我的姐姐嘛。尚明清说着，见庄晓然并不接他的话茬儿，便改口说道，不知你是怎么想的，我认为住院费不应该由大家平摊。

为什么？庄晓然很吃惊。

大家都是孝子没错，但男女有别，儿子总归要比女儿多尽孝道才对……

大哥不是爸爸亲生的，小弟工作不久，单位不景气，他又买了房子，几乎没有积蓄，他俩都承担不了那么多。再说，谁说过女儿就得少给父母尽孝心？庄晓然听着不是个味，打断了尚明清的话。

这算不上理由，尚明清说，养儿防老，天经地义，女儿出嫁就是婆家的人，哪能还为娘家负债？晓然，我并不是为自己家少摊点钱，才这样说。要不是晓雯，你叫摊多少钱，我都会掏的。谁没父母哪。我这个女婿也不是外人。可是，晓雯会答应吗？

针刺一样的疼痛在庄晓然心里划了一下。果然是自己的妹妹不乐意。

尚明清接着说道，人心隔肚皮，一点儿不错，虽说你和晓雯是亲姐妹，可我敢说，你对她就没我了解得透彻。晓雯太自私、任性，经常不管不顾我的感受，根本无视我的存在，有些事……就说怀孕要孩子吧，我有我的打算，可晓雯……咳，我不好给你说，一句话，我受够她了。

你什么意思？庄晓然有点警惕。

晓然，你和家豪闹的时间不短了，我们都知道，你们快走到头了。其实这是好事，你是快得到解脱了，我都羡慕死了……

尚明清！庄晓然想起那天中午吃面条时，他在桌子下踩她脚的举动，一下子醒悟过来，火噌地蹿起，断喝了一声。

晓然，你听我说……

闭上你的嘴，我就知道你没安好心。晓雯当初瞎了眼，咋会看上你这种人，老婆肚里怀着你的种，你却跑到她亲姐姐面前说这种

153

话，还有没有良心？啊！

庄晓然气呼呼地转身回屋。终于看清尚明清的真实面目了，这个男人根本就不是一个有家庭责任感的人，晓雯嫁给他，肯定幸福不到哪里去。想想自己当年生亮亮时经受的痛苦，庄晓然越想越气，抓起电话，打通妹妹的手机，直截了当地告诉她，不要将孩子生下来，生下来会后悔一辈子的，为尚明清这种男人，不值！

没想到，庄晓雯根本不买姐姐的账，她生气地回道，我的事我自己有数，幸福不幸福，值与不值，都不用你管，你有这个闲心，还是管管自己吧。

庄晓然摔掉电话，蹲在地上号啕大哭。庄晓虎不明白发生了什么事，也不敢劝，惊恐而无奈地看看大哭的姐姐，又望望窗外，他发现，三姐夫尚明清已经走了。外面只剩一院子的阳光，无言地温暖着这个世界。

五

庄晓天回到家里，不打算给老婆说庄家的事，怕她胡闹。可老婆一直盯着追问，他是个老实人，不会说谎，将养父住院费的事说了。还没说完，老婆就跳起来，大骂庄晓天，还差点儿动手打他。这个寡妇脾气本来没这么暴，自改嫁后，与庄晓天过日子，越过心里的气越大。这个男人不光腿瘸，还缺心眼。他除过能吃苦，不惜力气挑起所有的活计外，再没一点儿可取之处，他的心理是扭曲的，老实得不正常，连跟村里的人说句话的胆量都没有，见了人就躲，谁都可以欺负他，连偷苹果的贼都敢当着他的面大摇大摆地走掉。说句难听话，叫他看果园，还不如一条狗。每年苹果成熟后，都是寡妇带领两条大狼狗住在果园里。后来，把庄达明叫到果园帮忙，也是寡妇的意思，偷苹果的贼越来越厉害，三番五次毒死她的狼狗，她实在没招了，才把公爹叫来帮忙。

在公爹去世前后这段时间，寡妇对自己的男人非常不满，庄晓天跟庄达明又没血缘关系，可他对养父的那份孝心却比庄家那几个亲子女都甚。又不是在养父那里享受过父爱，他有必要全心全意吗？而且，庄晓天这段时间还一反常态，根本不听寡妇的话，果园的活儿全扔给她一人操持，这样的男人不是傻子又是什么？本来她对丈夫眷顾庄家就有气，一听公爹的住院费还要摊到自己头上，能不怒火中烧？又不是自己的亲爹，凭什么叫他掏钱？就凭瘸子是个窝囊废？明显是欺负人嘛！

寡妇什么都不怕，只身来到庄家，要问个明白。

庄晓然已经厘不清这千丝万缕的烦心事了，她悲哀到极点，父亲的亲生女儿都在躲避，她又怎能给怒气冲冲的大嫂一个答复？她不能！她采取了逃避态度，搁下不管这事了。她拿上自己的行李，准备回省城。

黄雅琴更不能给大儿媳一个答复。这几天，她心里也一直在琢磨，凭自己老头对晓天从小到大的态度，不该叫可怜的大儿子承担住院费。可是，眼下的状况，她要是替晓天多说句话，怎么面对其他子女？黄雅琴难啊，就是她眼睛哭出血来，也没人懂得她的心思，她怎么办？唯有把可怜的大儿子一起扯上，才能端平这碗水，叫其他的孩子也看看，连大哥都摊了一份，他们四个凭啥就不能？

但她确实不知道怎么给大儿媳交代，还指望着小三子出面劝服她大嫂呢，谁知，庄晓然已提上行李准备走了。

黄雅琴心里的支撑轰然倒塌，她顾不上大儿媳的蛮横质问，慌忙上去拦住小三子。

三儿，你这么走了，留下妈，就只剩一条路能走了，去黄泉路上追你爸。黄雅琴哭道，你都看到了，妈上辈子造了啥孽呀，养下这么一帮孝子，报应啊。

庄晓然再次放下行李，抱住母亲也哭了。哭过，她对母亲说，没想到会是这样，是她把事情看得过于简单，也把亲情看得太大，到如今，她实在是没能力解决这个问题。

母亲停止哭泣，想了想，才说，留下这事，妈更没能力。你们都长大了，有各自的家，有自己的日子，我的话弱，没人会听。但不管咋说，都是一家人，总不能为你爸的住院费，闹到法院去吧？给你爸的丧事办得风风光光，眨眼间又得为这事闹开，叫别人看咱庄家的笑话呀？三儿，我寻思，如果连你也难，就把你舅叫来，他是长辈，在你们姐弟面前说话应该有点分量，叫他来商量一下怎么个分摊法，你看行吗？

箭在弦上，不行也得行了。

庄晓虎很快叫来舅舅。舅舅用长辈的口气给每个外甥打电话，说这事必须得当面解决，医院催得很紧，谁也躲不开。他又专门上老二和老四家的门，好说歹说，总算把庄家兄弟姐妹全招呼到一起。事关重大，连从来不参与庄家事务的老大媳妇也不请自到，她放下已经成熟的果园不顾，要来听个究竟。她可不想糊里糊涂负担公爹的一笔医药费。老二的丈夫骑着三轮车，一脸油汗地也赶了来。老四挺着大肚子，虽然迟到两个小时，但还是来了，只是，她丈夫尚明清没一起跟着来。

一家人这次聚在一起，气氛已不仅仅是父亲去世后的沉重，有了剑拔弩张的意思，大家都不轻易说话，生怕说多了一个不小心落入某种陷阱，彼此间也不怎么搭理，连瞅都不瞅一眼，前世结了仇一般。

在这期间，庄晓虎已前后三次接到医院催交欠款的电话，欠条上是他签的名，又押了他的身份证，医院不找他找谁？从今往后，医院只管他一个人要钱。庄晓虎身上像压了一座大山，同居的未婚妻也给他摊牌，如果不把这座大山推开，她可不愿跟着他背一辈子债务。庄晓虎压力很大，气都喘不匀，心里窝着腾腾乱冒的火没有出口，烧得嘴角起了一串泡，牙也跟着凑热闹，疼得半个腮帮都肿了。

人到齐后，舅舅刚开个头，才说一句，你们的父亲生前也没享过你们什么福，他这病还不是为你们累出来的……还没说到具体事情，老二就截断舅舅的话，说反正自己没钱，现在连吃饭都困难，这么大一笔医药费，拿命还啊？所以给她摊多少也是白搭。老二的话说得很冷，还带了不满和委屈，兄妹五人，就她的生活最困难，还叫她出医药费，显见不公平。

老四双手托着大肚子，谁也不看，耷拉着眼皮不紧不慢地说，要是摊得公平，她没二话，但若是轻重不分，她也是不拿的。咱们家不是还有能人嘛，啥事都叫能人来解决好了。

庄晓雯的矛头直接对准了庄晓然。庄晓然不明白妹妹为什么对她有这么大的怨气，好像由来已久，不仅仅因为她说了句不叫妹妹

157

给尚明清那种人生下孩子，如果是这事，她可是一心为妹妹好啊！天地良心，庄晓然的心里很酸，她强忍住没接妹妹挑衅的话茬儿。

黄雅琴心疼小三子，流着泪替小三子开脱，刚说了半句，却惹怒了老四，她推开椅子，冲着母亲大声吼道，这辈子你只生了个老三，我们几个不是你亲生的？她从小学习好，上了名牌大学，又留在省城工作，你和父亲有了脸面，就为她而活？我们再怎么做，你们也看不到眼里。既然有个老三就够了，还要我们干什么？你看看你们的偏心都把她惯成啥样子了，不像话。

黄雅琴被小女儿噎得说不出话，又气又恼，遂大放悲声。庄晓然再也忍不住了，质问妹妹，她怎么不像话了。

庄晓雯挑起下巴，鄙视着姐姐，道，你心里清楚，还要我说出来啊。

我有什么怕你说的？有啥话，你就当着全家人的面说出来吧。

那好，是你逼我说的，庄晓雯望着别处说道，你们大概都知道了，老三与丈夫正在闹离婚呢，按说这与我没啥关系，哼，可你们还不知道，我的这个二姐自己家庭要散了，却垂涎我的幸福，她太不要脸，居然勾引我老公，想拆散我和明清呢。她还打电话不让我生下这个孩子！她居心叵测。

庄晓然全身的血液轰地一下冲上脑顶，脸憋得乌青，她说不出一个字来，突然向妹妹冲去，被旁边的庄晓虎一把抱住。庄晓然被弟弟抱得动弹不得，又气得说不出话，喘着粗气，拿一双止不住泪的眼狠狠地瞪着庄晓丽。

庄晓丽一点儿也不胆怯，嘴角泛着冷笑，毫不含糊地盯着庄晓然。

舅舅往角落里移了移，这架势，哪有他说话的份儿！可他又不能开溜，于是，他站起来，端开长辈的架势吼了几声，算是制止住乱哄哄的场面，才说道，今天的正事，是说你们爸爸的住院费，别的就不扯那么远了。

大家这才意识到今天聚在一起的真正用意，看着母亲在旁边哭得死去活来，才压下怒气，慢慢地平静下来，想听舅舅怎么说。庄晓然不再往庄晓雯那里冲，庄晓虎把手松了些，却不敢放手，怕二姐气不过，还会冲向三姐。

想听舅舅说句公道话，舅舅却做不了这个主，他说，这事前前后后，我也不知底，又是你们庄家自己的事，既然你们尊重我是长辈，那就先听听你们的意思，到底想怎么分摊这笔医药费？

这下，却没人说话，屋里恢复了刚开始时的静寂，气氛顿时凝滞了。

庄晓然还在掉眼泪，妹妹的话像把刀，把她的心劈成了无数瓣，除了想马上离开这个家，离开这个叫她伤心的地方外，她没一点儿其他的心思了。

舅舅问了几遍，连个响声都没有，一直冷着场。他又干咳了两声，说，没人说是吧？三儿在省城工作，见过世面，识得大体，本来我想听取她的意思，但刚才听你们好像对三儿有些不满，也就不说了。咱就按照过去的规矩，父亲殁了，儿子主家里的事。庄家不缺男人，还是由男人说吧。

庄晓天一听，在地上蹦了几下，紧张得连话都说不出来。他媳妇拿眼紧盯着他，示意他坐下，多听少出声。

舅舅见庄晓天紧张，便说，晓天不是亲生的，没你说话的权利。还是晓虎说吧，你是庄家的香火，医院的欠条又是你打的，人家找你要钱呢，就听听你的想法吧，啊？

庄晓虎头嗡地一下大了，这是什么意思？难道这钱要他一个人出？

他动动嘴唇，嗫嚅了好一会儿，却说不出一句话来，他的全部想法都在那十七万巨额医药费上。

除了庄晓然，所有的人都在用期待的眼神看着庄晓虎。

他是庄家唯一的男人，大家都等着他说这钱怎么分摊呢。

庄晓虎看看这个，又看看那个，最后，他木然的眼睛盯上了庄晓然。庄晓然没有感觉到弟弟盯住自己的目光，她还沉浸在自己的伤感之中。性格内敛的庄晓虎，这时脸已憋得通红。舅舅还在不停地催促他快说，庄晓虎快撑持不住了，他的脑袋里塞满了二姐叫他写那张十七万元的欠条，还押身份证的情景。突然，他狼似的吼叫了一声，猛地抽了身边的二姐一个嘴巴。

随即，庄晓虎蹲到地上，抱头大哭起来。他的哭声还是那样细弱，像女人哭一样。

大家都被庄晓虎的突然举动搞蒙了。庄晓然更是吃惊，一时半会儿反应不过来，她瞪大眼睛，不认识似的看着这个弟弟。

大家目不转睛地看着庄晓然，看到她脸上的五个手指印，由白变红，慢慢清晰起来。

地 衣

一

不用回头,黄菲儿都知道是小姑来了。小姑身上有股味道,这种味道很复杂,动物内脏的腥臭味夹杂着卤肉的香味儿。小姑家在镇街上开着一家卤杂碎店,从四处收来动物内脏,清洗干净后加工成各式各样的卤味。卤制品是很香的,离很远就会嗅到。但内脏的腥臭味就像一堆素净颜色里的大红,总是先一步逼过来。就像爷爷身上永远有种地衣的咸涩味儿一样,人没到,身上的味儿会抢先一步暴露他的行踪。

黄菲儿把头埋在作业本里,手中的铅笔头丝毫没有停歇的意思,嘴里嘟囔道:"小姑你早不来晚不来,偏偏这个时候来,打断我写作业啦。"

"哎——我说,"黄婷婷拖了一声长腔,装作气恼地走到侄女后面,揪住她的小耳朵说,"你这个鬼灵精没回头看,咋知道是我来了?"

黄菲儿甩开小姑粗糙得像砂纸一样的手,抽抽鼻子说:"还用看吗,离二里地都能闻到你身上的腥臭味儿,你就不能洗澡时多使些沐浴液!"

黄婷婷的眼圈红了,怕被黄菲儿看到,背过身,说:"连菲儿都嫌弃小姑啦,看来我真是招人嫌,是个多余的人了!"说完,泪珠儿滚滚落下。

黄菲儿丢下铅笔,跳起来搂住小姑的腰,把脸贴到她后背上,

163

轻轻说道："小姑，我可没嫌弃你，你知道的，我最爱吃小姑家的卤杂碎了，小姑就是身上的味儿再大再臭，菲儿也不会嫌你的。何况，"她抽抽鼻子，"小姑身上还有卤肉的香味呢。"

黄婷婷扑哧一声乐了，抹把泪，转回身把菲儿揽在怀里："就知道菲儿最疼小姑了，你这个鬼灵精，像你爸一样能唬人。不过，小姑还是喜爱菲儿小嘴巴里出来的唬人话，听着心里舒坦。菲儿快写作业吧，不然，待会儿奶奶又得生气了。"

黄菲儿回到桌前坐下，没心没肺地说："奶奶早上给我规定，今儿个不写完第三章英语，别想离开这个屋子，奶奶真够狠心的。小姑，我想早点儿回喀什城里去，不想在桑那镇待了，这里没意思，奶奶管得这么紧，冬天放了寒假我要再来才怪呢!"

黄婷婷不悦道："死丫头，就这么恨奶奶? 你爸妈在城里哪有时间管你，把你当羊放，都快疯了，奶奶管你还不是为你好，好歹都厘不清! 你要回喀什自己回去，我回头告诉奶奶不要送你，看你一个人敢坐汽车回城，路上叫坏人把你拐卖给人贩子才好呢!"

菲儿扭过头哼了一声："不送就不送，谁稀罕! 我爸爸说，火车很快就通到喀什啦，听说铁路要经过桑那镇哩，到时我一个人坐火车走。火车上可有警察叔叔呢，坏人要拐卖我，就叫警察抓他。"

"鬼灵精!"黄婷婷刮了一下菲儿的鼻子，说道，"火车经不经过桑那镇，八字还没一撇呢……"

"当我不知道，你们北街的人家都已经拆旧房盖新楼啦。"菲儿打断姑姑的话，说，"火车路要从北街经过，还哄我呢。小姑，听他们说，那个盖楼的包工头高远明是你以前的……"

"闭嘴!"黄婷婷脸色突变，断喝道。

见小姑生气了，黄菲儿耷拉下眼，噘起嘴，一副委屈样。黄婷婷不忍心，收起自己的愤怒，揽住侄女的肩膀，柔声道："写你的作业吧，到时完不成，看奶奶怎么收拾你。"

菲儿仍然噘着嘴，把笔扔到桌上，气咻咻地说："这么多能写完吗？写到晚上不睡觉都写不完！"

"有这阵磨蹭的时间，早写完一半啦，还不快写。"

"可是，我已经答应得豆他们，晌午时一起去看小林家杀牛哩。"

黄婷婷觉得奇怪，问："好端端的，小林家怎么杀起牛来？"

黄菲儿来劲了，又扔下笔说："你连这都不知道？大家都说小林家牛肉面里的牛肉是买来病死的牛，吃不死人，但会得慢性病，你没看最近没人到小林家馆子去吃牛肉面啦。"

"那跟杀牛有啥关系？"黄婷婷还是没弄明白。

黄菲儿大人似的叹口气："唉，小姑，你真笨，这么简单的道理你都想不明白？他们这是杀头活牛证明给大家看呗。我长这么大还没见过杀牛，可奶奶偏要我写这么多作业。"

按理说，黄婷婷心里应该惦记着小林家的那挂牛杂碎，桑那镇好久没人杀牛了，人们快忘记牛内脏是什么味儿啦，尤其是牛肚，恐怕连形状都记不住啦，经常有从乡下来的老人到杂碎店咽着口水打问。可是，自从传言火车要经过桑那镇，高远明出现在北街的建筑工地上，黄婷婷的心里乱糟糟的，对杂碎厌恶透顶。她哀叹一声，把手搭在侄女头上，轻轻抚摸着说："那你还不赶紧写，我刚才过来时看到，小林家已经把牛牵出来啦。"

因为经常洗动物内脏，黄婷婷的手被地衣水浸泡得比砂纸还粗糙，本来她还要摸侄女稚嫩的脸，却被手上一层一层裂开的干血口子吓住了，怕它们会像刀子一样割到侄女的脸，便收回了手。

黄菲儿听小姑这么说，把铅笔扔下，忽地站起来就要往外跑，被黄婷婷一把拉住："其实小林家的牛还没牵出来，我这么说是催你快点写作业，你也不看看还没到晌午呢，你要不把作业写完，不怕奶奶骂呀！对了，奶奶呢，咋听不见她的声音？"

"奶奶一大早就被后街的何石头叫去帮忙啦，他老婆要生孩子，说是折腾了一夜，恐怕不行了，这会儿说不定早去阎王爷那儿……"黄菲儿意识到自己这话说过了头，抓过铅笔咬在嘴边，歪着头又说，"小姑你怎么不问爷爷在哪儿？"

黄婷婷摇摇头："这还用问，肯定去野滩铲地衣了！"

黄菲儿吐掉嘴里的铅笔味儿，"嘿嘿"一乐："小姑这回可说错啦，爷爷今儿个没去铲地衣，他一大早就不高兴，蹲在后院生闷气呢，你不会没闻到爷爷身上的地衣味儿还在家里盘旋啊？"

"去，写你的作业去！"黄婷婷一听到身上的味儿就烦，一把将侄女推坐下，去后院找父亲。

二

说实话，黄琪英一开始并没把地衣看得比生命还重，铲地衣久了，变成他的一种职业。谁干一种职业久了不会有感情呢？他对地衣有了感情依赖，要是哪天不去铲，就会觉得少了什么，全身不舒服，干别的事总集中不了精神，心里软塌塌的。慢慢地，地衣就黏和到他的生命里，变成他生存的一部分了。还有一个原因，就是家

166

里到处都得花钱，地衣虽然不太值钱，可还能换几个钱贴补家用。再说，大女儿黄珍珍的儿子今年考上了大学，第一年就要一万多块钱学费，她那个家庭情况，哪里拿得出这么多钱？女婿是个老实疙瘩，当初看上的就是这点，眼下才看出来老实不中用，连儿子学费都凑不够，珍珍的头发眼看着一根根地愁白了，黄琪英把他铲地衣积攒的那点钱全给大女儿垫上，连个底都盖不严。铲地衣攒不下钱，只攒下了他铲地衣的名，在桑那镇，谁不知黄琪英是铲地衣的高手？别人在荒滩上找一天，铲来的地衣不是含碱量大就是含硝量大，唯独含盐量小。只有黄琪英铲来的地衣盐分高，用他的地衣腌的酱菜不腐烂。镇子南头的何达海家腌酱菜缺不了地衣，加腆盐腌的菜会腐烂，黄琪英铲的地衣，除一小部分供小女儿家洗杂碎外，大多供何达海腌酱菜。何达海家的酱菜生意还算不错，漫长的冬天，谁家离得了酱菜？总不能就着西北风喝大糙子粥吧！桑那镇这鬼地方，冬天白毛风刮得地皮都冻结成铁了，别想见着一点儿绿色，更别想新鲜菜。何达海腌制的大头菜、酸白菜、黄瓜条、咸萝卜……应有尽有，一点儿也不亚于北京的六必居——当然，桑那镇人只知道北京有个天安门，不知道还有个咸菜行当鼎鼎有名的六必居。这与他们没有关系。

地衣就是土盐。多年前，桑那镇人一直食用地衣，后来研究人员发现，桑那镇大脖子病人多，与食用地衣有关，因为这种土盐里不含碘，只提供盐分，缺少人体需要的碘。为控制大脖子病，政府出面制止人们再食用地衣，只能食用加碘盐。桑那镇人接受了这个事实，可是何达海家的酱菜店需要地衣，再就是黄婷婷洗杂碎也得用地衣搓洗，黄琪英就把这个营生坚持了下来，虽然收入甚微，却也能消磨时光。否则，以黄琪英现在这个年龄，能干什么呢！

　　黄琪英这阵子很不顺，大女儿这边孩子上大学的学费没着落，那边又有小女儿被女婿何光华蹬掉的传闻。黄琪英很苦恼，干脆撇下这些烦心事，每天去荒滩铲地衣找清净，可是，一旦回到家老伴又挑他的刺，动不动就找碴儿给他气受，他咬咬牙都忍了。老伴早就骂他死了用地衣埋葬他，他一点儿都不生气。最近，镇街上到处张贴消灭土葬、全部火葬的通知，他才不要火葬呢，烧成一把灰啥都没了，要是他死后，能用地衣埋骨，何尝不是一件欣慰的事呢？

　　最近，镇街上流言何光华与他家杂碎店旁边开鞋店的老板娘冯薇薇有一腿，黄琪英和老伴都不大相信，那个冯薇薇谁不认识，是个老寡妇，脸像鞋拔子，年龄也不小了，就算她整天把那张鞋拔子脸用脂粉打得再厚，能用刀子刻出个俊俏眉眼来，又有什么用，一笑起来，脸上的褶子能把粉挤得扑簌簌往下掉。何光华怎么会看得上她？可是无风不起浪，听人说，他都把那个卖鞋的女人领回家好多次了。黄琪英再有内涵，再能忍耐，也吞不下这个死苍蝇。

　　黄婷婷进到后院，院里一地温暖的阳光。父亲一个人孤单单地坐在那儿，手里捏着一块地衣，出神地望着院外的天空。秋日的天空锃光瓦亮，可偏偏瓦亮的空中阴阴地压着一块浓厚的云，云在游动，可怎么动都像是在原地打转，不散开，阳光也穿不透，云朵胶滞在一起，时刻准备要落下来一般。黄琪英不知道看了有多长时间，身子一动不动，似一尊雕塑。黄婷婷远远地喊了一声"爹"。黄琪英正为小女儿的事心烦呢，见她来了，便直冲冲地质问道："你说，何光华跟那个寡妇是不是真的？"

黄婷婷没想父亲会这么问，桑那镇屁大点儿地方，什么事都藏不住，只要一个人知道，等于所有人都知道。父亲提到何光华，黄婷婷心里屈辱得很，何光华当她的面都跟寡妇冯薇薇眉来眼去，她经常不在家，他们俩做下什么事有的是机会。可她不想跟父母说这些肮脏事，听父亲这么问，她的眼泪稀里哗啦落了下来。

黄琪英见小女儿这副模样，知道那些传言是真的了，血一下涌上来，脸瞬间变了颜色，将手中的一块地衣朝院外扔去。院外传来一片鸡叫声。黄琪英气冲冲地从后院奔到前屋，冲黄菲儿叫道："去，到何石头家把你奶奶给我叫回来，她要喜欢帮人收尸，就回家等着给我收好啦！"

黄菲儿吓了一大跳，她从没见爷爷发过这么大脾气，扔掉手中的笔，顺着墙根儿跑出门。

见父亲脖子上暴起的青筋，黄婷婷心里很难受，父亲是叫自己的家事给闹的。其实，她倒没父亲那么愤怒，她不喜欢何光华，当初嫁给他，是母亲逼迫的。结婚这么多年，何光华的自私吝啬越来越叫她看不起这个男人，后来，发生何光华与寡妇冯薇薇的事，黄婷婷心里除过有份屈辱，不觉得有多伤心，心里波澜不惊，反正她与何光华没有感情，没想到，自己的父母听到传言反应却这么强烈。

母亲崔巧莲牵着菲儿的手，从何石头家屁颠颠地跑回来了。这次，一向厉害的母亲，像跟父亲调换了脾气，没平时那般强悍，很快就回来了。

说起来，崔巧莲还是有些气短，在小女儿的婚事上，当初是她要死要活拆散小女儿自己相中的同学高远明，力主与何光华联姻。

其实原因很简单，高远明家在乡里，靠种地为生，就是说，命中注定他不会有出息。何光华则不同，在镇街上有两间祖传下来的卤杂碎店，生意不算太红火，但生活绝对有保障，要是胃口好，每顿都有卤杂碎吃，要多香有多香的好日子啊。可是，当年黄婷婷死活不嫁何光华，整天哭得泪人儿似的，黄琪英看不下眼，说算了算了，婷婷要跟高远明就高远明吧，以后日子好坏都是她自己的，怨不得别人。因为有大女儿嫁给种地的过苦日子的前车之鉴，崔巧莲哪里能让步，把刀架在脖子上，小女儿要不嫁何光华，她就抹脖子，以她的死成全小女儿和高远明！黄婷婷只得含泪嫁给了何光华。谁知嫁过去没多久，崔巧莲才意识到自己犯了个大错误。现实永远比想象残酷得多。以前，何光华有个帮工，娶上媳妇等于多了帮手，便辞掉了帮工。何光华依然蹬着三轮车去收购杂碎，清洗的活儿自然留给了黄婷婷。望着一大堆沾满粪便和污血的内脏，黄婷婷恶心得直吐。可是，她不洗那些污物，在何家干什么？何光华的算盘打得很精，家里放着一个活生生的大人，对于小店小开销的杂碎店，不可能养一个什么都不干只吃卤杂碎的闲人。面对何光华催促的目光，结婚一星期后，黄婷婷咬紧牙去叶尔羌河清洗杂碎。这就是命，谁叫她嫁给开杂碎店的呢！还以为表面的光华就是一种福气，结果却让福气给闪了。

小女儿心里的悲苦，爹妈哪有不知道的，虽然每次回娘家，小女儿脸上都撑着一层笑容，可是掩饰不住她疲累的神态，一双被下水摧残得有些浮肿粗糙的手，怎么瞒得住父母的眼睛！崔巧莲懊悔得背地里直掌自己的脸。可是怎么办呢，生米已煮成熟饭，烫嘴也得吃啊。虽然黄琪英没当面埋怨过崔巧莲，但她觉得理亏，眼下老头子硬了，她不软谁软？

一进门，崔巧莲避开老头锥子一样的目光，顺嘴说起何石头老婆的情况："石头家的还没咽气哩，依我看过不了今晚……"

"那你先来看我咽气吧！"黄琪英咬着字音吼道，"你要是不把何光华给我收拾利索喽，咱们家就能看到咽气的！"

"死鬼你……"崔巧莲刚想辩解一下，觉得这个时候说得再多，都是多余，关键还是要解决问题。她和老头子心思一样，不想看小女儿受气。自从婷婷嫁到何家，暂且不提吃了多少苦，眼下，还要被男人像丢一副腐烂的杂碎那样甩脱掉，这怎么行！于是，崔巧莲丢下怒火冲天的老头子，拉上婷婷到屋里，小声问道："那个卖破鞋的住到你的炕上了？"

黄婷婷一副恹恹的神情道："还没有，昨儿个我去河里洗杂碎回来，看到他们……"

"好啦！"崔巧莲打断女儿，瞅着她不无气愤地吼叫道，"还有脸说，你是做啥吃的，啊？家是你的家，死鬼男人是你的男人，你看不住自家死鬼倒也罢了，还有脸跑到我这讨主意！老天爷啊，你说我咋生了这么个没用的丫头？人家把破鞋都搞上了门，我的这个冤家却跑回娘家给人家腾地方……"

越说越觉着女儿这个时候跑回家有天大的不妥，这不明摆着人家要搞破鞋，我让你搞的姿态嘛，这么轻易丢掉阵地，以后可怎么收回来呀，这以前的苦不都白受了！崔巧莲又气又急，遂大放悲声。

黄婷婷望着母亲的样子，心里一点儿都不觉得悲伤。她想，要是何光华真的和冯薇薇过，倒也是不错的，至少她能从中解脱出来。

黄琪英在院子听到老伴的哭声，怒吼道："几声狼嚎唬谁呀，平时的本事到哪儿去啦？你这次要不把何光华教乖，我跟你没完！"

崔巧莲收住哭声，也不搭老头子的话，抹把泪，拉上女儿冲到镇街北头的何家。

何光华家院落不大，前面临街三间瓦屋，过去用来住人，后来改成门面房，两间开杂碎店，一间留作进入院落的通道。后院很窄小，如果盖大房，就没了院子，只好顺着院子面朝东盖了两间厦屋，一间住人，另一间当然是卤制杂碎的作坊。厦屋前面留下两米多宽的院落，竖着几根木桩子，上面挂满了熟的、生的杂碎。整个院落里，苍蝇像轰炸机似的嗡嗡乱撞，离老远就闻到了那股挥之不去的腥臭味。

杂碎店的门敞开着，里面没人，卤熟的杂碎被玻璃罩着，苍蝇没法接触，转一圈又飞回到后院。何光华在后院的日头下摊晒灌好的羊肠，在苍蝇翻飞的空隙，猛然看见岳母携妻子进来，脸上紧了一下，随即堆满了笑。这个时候岳母上门，他心知肚明，但得装糊涂，啥事不能敞着，一敞着，就理亏了。他当然清楚岳母的厉害了，在她跟前，他是占不到便宜的。要不然，凭着他和这两间破杂碎店，没有岳母的软硬兼施，当年想把黄婷婷这样的美人儿娶进门，做梦去吧！他脸上笑容越堆越厚，跟这院里的阳光一样温暖、暖昧。

"哟，我就说呢，婷婷一大早跑不见影了，原来是去接咱妈了，看着这两天灌肠子忙不过来，主动请咱妈过来帮忙呀！这也是婷婷能说上话，要换了我这没出息的女婿，还真不知怎么开口

172

呢。"何光华打着哈哈。

黄婷婷厌恶地瞪了丈夫一眼，把脸别开。

崔巧莲耸耸鼻子，本能地挥手扇扇没法扇开的腥臭味。她心里明白，何光华这是给她演戏呢。她轰开盘旋在面前的苍蝇，心里冷笑一声，她倒要看看这个女婿给她能灌什么迷魂汤。崔巧莲拉下脸，没好气地说："说得是呀，婷婷硬把我从何石头家拉来，说是你们这两天忙不开，我不来行吗，谁叫这是我女儿的家，我是她娘，是你的岳母呢！"

何光华嘿嘿笑道："要不咋说一家人亲哪，外人家有人快咽气了需要帮忙，可还是来帮自个儿女婿，这人呀，就是利己。也是没法，我得趁这几天阳光好，把熏肠灌出来，错过挂霜期，今年的肠子就掉味儿啦。"说着，他瞄眼妻子，对她说道："哎，婷婷，我说你把咱妈请来，咋扔下不管，连个板凳都不让一下？"

崔巧莲接过话："看到我女婿这么看重自家人，还让啥座呀？婷婷，给妈拿条围裙来，抓紧灌肠子吧！"

三

快晌午时，黄菲儿把奶奶规定的英语第三章作业终于写完，她顾不上桌子上摊得乱七八糟的课本、掉到地上的笔，拔腿就往外跑。刚到院子，就被爷爷喊住了。

"我把奶奶布置的作业全写完啦，不信你进去看。"黄菲儿不耐烦地对爷爷说，"不过，你看了也不懂，英语你哪儿懂呀，奶奶也不懂，可她就知道叫我写。这下，我写完啦，完成作业不可以出去玩会儿？再说，我是去看小林家杀牛！"

"不准去！"黄琪英断然道，"待在家里等你奶奶回来！"

"凭什么呀？你这样做是侵犯我的人身自由！"黄菲儿叫了起来。

"啥人身自由？反正就是不能去！"黄琪英懒得跟孙女练嘴，他情绪越发不好。

黄菲儿一点儿都不怕爷爷，他平时从不对她发火，也没见过他冲奶奶发脾气，从来都只有奶奶吼叫爷爷的高嗓门。只是，她有些好奇，爷爷今天不对劲儿，火大着呢。她走到爷爷面前，伸手在他眼前晃晃："你没出问题吧，爷爷？奶奶答应我写完第三章作业就可以出去，现在我写完了就能出去，还等她回来干什么？"

说完，转身就走。黄琪英一把抓住孙女："我说了不准去！"

这时，院子外面响起两声拙劣的鸟叫声，显然是得豆他们学给黄菲儿听的。这是他们事先约好的暗号，因为黄菲儿的奶奶太厉害，孩子们不敢上门找黄菲儿玩，只得打暗号约她出去。

听到暗号声，黄菲儿急了，再拖就看不到杀牛，她用力掰爷爷的手。这手哪是她掰得开的。黄菲儿索性往地上一蹾，委屈地放声大哭起来。

黄琪英抓孙女的手哆嗦了。他松开孙女，生气道："你去吧，去看小林家杀牛，晌午别回来吃饭，小林家的牛肉面馆免费管你们饭呢。"

黄菲儿止住哭声，怀疑地看了爷爷一眼，起身跑出去几步，又转回身，拖着哭音问爷爷："小林家真的管我们饭？"

黄琪英没忍住，扑哧一声气笑了，菲儿真是单纯，连反话都听不出来，他不忍心再伤孙女，别过脸，小声说："傻丫头，还真信人家管你饭啊？快去看吧，去晚了就看不上啦。记住，看完快点儿回家吃晌午饭。"

初秋的中午，除过偶尔从远处传来的几声牛羊叫声外，连知了的叫声都听不到，闷热的空气把四周填充得满满当当。不一会儿，黄琪英就分不清脸上的是汗还是泪水了。他把地衣全搬到树下，怕晒化了，可是，他脑子里老想着小女儿的事，心神不宁，没法专心干他平时喜欢干的活，只能坐在树下发呆。太阳从头顶移开，把树荫儿缩成小小的一团，他的整个身子暴露在阳光下。立过秋了，还夏天一样，秋老虎伸出火红的舌头舔在他脸上，火辣辣地疼，他却感觉不到，始终没把自己移到阴凉处。

晌午都过了，仍然不见老伴回来，黄菲儿却回来了，她跑得满头大汗，脸红红的，看上去很兴奋，一边给爷爷说句"杀牛太害怕"，一边进厨房喝水。看到冰锅冷灶，她大喊起来："奶奶呢，到现在还没做饭，要饿死人呀？"

黄琪英这才反应过来，爬起来从身上摸出几块钱，走进来递给孙女："你去小林家馆子吃碗牛肉面吧！"

黄菲儿瞪着一双黑眼珠，不认识爷爷似的："你不是一直反对我吃牛肉面？说牛肉面里放蓬灰太多，吃了对身体不好，咋还叫我去吃？爷爷你今天怎么了？要考验我吗？我要做个听话的孩子，去找奶奶回家来做饭吃！"

"奶奶有事回不来，今天不是考验你。听话，去吃牛肉面吧。"

"我们刚看小林家杀牛时，听说何石头的老婆没死呀，奶奶上午不是还回来了嘛，怎么又跑去啦？人又没死，奶奶老待在人家那儿干吗？连饭也不做。"黄菲儿嘟着嘴说，"奶奶把我太不当回事啦，只管给我布置作业。她对我爸妈保证过，这个暑假一定叫我吃胖呢！光做作业能胖起来才怪。"

黄琪英扑哧一声，他被孙女的话逗乐了。突然间想起眼下的烦心事，赶紧收起笑脸，心里却叹道，孩子要是不长大就好了，大了全是烦心事，一点儿都不省心。可是这是不可能的，他也只能在心里发发感慨而已。

四

桑那镇南边紧靠叶尔羌河。叶尔羌河似一截盲肠，河床很宽阔，水域却不大，河中间弯弯曲曲一条水流，被大大小小的堤坝拦截住，沿渠道分流向四面八方的村庄。能流向下游的水少得可怜，瘦得跟条羊肠子似的。瘦是瘦，太阳底下却依然金光闪烁，如一条亮晶晶的玉带，婀娜多姿，向着未知的远方流淌而去。

站在叶尔羌河边，是看不到桑那镇的，目光所及处，是一片丛林，高大挺拔的白杨和胡杨把镇子掩蔽其中，不过，如果细心一些，让目光一点一点地钻进树缝间，还是可以发现，树隙间那些隐约的屋顶，还有穿过浓荫的声音，传递着人间烟火。以这样一种不近不远的距离看桑那镇，一定会觉得这个隐蔽在浓绿中的镇子是个世外桃源，祥和宁静。

如果置身小镇之中，会发现这个小镇跟外面其他地方的小镇没多大区别，它其实也有喧嚣，一样呈现着远离繁华的世俗和热闹。

镇上东西、南北两条不算宽的街道，把镇子牢牢交织在一起，房屋错落有致，各种门面店铺大小不一，招牌形状也各不相同，有些招牌是电脑做的，精致些，有些是手写的，还有些呢，大概不屑那太过严谨的招牌，索性在门板或门楣上拿毛笔或粉笔歪歪扭扭地写上几个字，叫人一看知道是个店卖什么的就成，一点儿都不讲究。镇子看上去杂乱不堪。农闲季节，镇街上的集市隔天一次，有集天，四乡八村的人们来桑那镇赶集，那也是人挤人的非凡景象。

镇中心偏北一点，就是何光华的卤杂碎店。遇上赶集天，何光华家的卤制品比平时卖得快些。没集的日子，人来往稀少，买杂碎的更少。何光华在家一边守着店，一边卤制，黄婷婷则到叶尔羌河边清洗刚收来的新鲜杂碎。早些的时候，何光华洗杂碎是直接在河里淘洗，扔弃的杂碎头也往河中央一扔，河里像装了部榨油机，水面上总是泛着一层油腻。桑那镇的人不干了，就那么点河水，得闲的时候，大家都会拿衣服、菜啊什么的到河里清洗，何光华一洗杂碎，河水污染了。在大家的抗议下，何光华只好在河边挖了个又深又大的水潭，专门用来洗杂碎。这样也好，无论河水大小，洗杂碎的这个水潭始终满盈盈的，潭的周围全是腐烂的杂碎头，还有大肠里挤出的粪便，远远就闻到一股腥臭味。人一走近，立马"轰"的一声飞起大片苍蝇。好在这个水潭是挖在偏下游，离大家洗衣淘菜的地方有段距离，除过臭味儿和苍蝇没法隔绝之外，倒没影响到别人，要不，这个水潭恐怕也难存在下来。以前这个水潭是何光华雇用的人在这里清洗杂碎，现在，除过黄婷婷，再没第二个人光顾。

洗杂碎是个又累又脏的活儿，刚开始那阵，黄婷婷洗一回吐一回。她曾跟何光华说过不想洗了，何光华把手一摊，你不洗谁来洗，不可能叫我一人连洗带卤吧？我还得到处去收购。

卤制品是何家祖传，何光华不想把秘诀传给妻子。他借口说卤制时身上不能带浓重的腥味，不然卤好的杂碎会变味，变味的杂碎谁会买？为证明他说的话，每到卤制杂碎时，他当着黄婷婷的面，换套干净衣服才给大锅里下卤料。黄婷婷不情愿嫁给何光华，可成了人家的妻子后，心都死了，还能说什么，只能跟着何光华过香臭混杂的日子。过日子不能袖手旁观，黄婷婷不会卤制杂碎，何光华不洗杂碎的理由冠冕堂皇得叫她无可辩驳，便强忍着恶心又默默地到河边洗杂碎。这一洗，几年的时光就像她手里的杂碎，叫她深恶痛绝，却又麻木不仁，最后叫叶尔羌河的水不动声色地给流走了。

在黄婷婷眼里，她的婚姻就像杂碎，卤好的杂碎又香又好吃，但香是给别人闻的，好吃也是吃在别人的嘴里，而她，只有洗杂碎的油腻和腌脏。当初，母亲拆开她和高远明时，最多的话语便是杂碎的卤香，那才叫真正的生活，但等她进入这种被强行预定的生活，眼前的一切却不是她母亲所料的样子。自从嫁到何家，亲手清洗杂碎，亲眼看着这些肮脏的东西，别说吃，看着都倒胃口。再说，何光华娶了她，只是娶了一种门面，并不真心对她，遇到头疼脑热，从没见他问过一声，在他眼里，只有她清洗过的杂碎，她则是捆绑杂碎的麦草，取了杂碎，麦草可以扔弃。跟这种人做夫妻，做得越久，心里越凉。

但凉又能怎样？黄婷婷逃不脱婚姻这个圈子，尽管她对何光华的厌烦就像扔弃的杂碎头一样。

何光华对黄婷婷早就心存不满了，甭看她长得顺溜，可顺溜有什么用？自从洗杂碎后，她的脸上永远是副平淡的冷漠样，跟她说话，就像跟木头一样，她的眼神看上去永远都是空洞的，根本不知道她的心思在哪里。何光华从妻子身上感受不到一点儿热情，他有时觉得懊恼，当初怎么就鬼迷心窍娶回这么个冰冷女人呢，跟娶个木头桩子似的，过得一点儿趣味都没有。结婚几年来，黄婷婷对他几乎没露过笑脸，他一直想要个孩子，跟她商量，她却说，有了孩子谁来洗杂碎？好像她今生今世就是洗杂碎了，连生养孩子都顾不上。何光华本想说再找个人来洗，但一想再雇人得发工钱，就噤声了，心想还是悄悄行动，等妻子肚子有了动静再说雇人的事不迟。有了这样的心思，何光华不管妻子是否冷淡，只管辛勤耕耘，当然，每次耕耘时会给避孕套做手脚。但无论他怎么努力，黄婷婷的肚子依然平平坦坦，没有他预期的动静。何光华猜想一定是妻子提前吃过避孕药，致使他白白浪费精力，这一想，他非常气愤，黄婷婷连个孩子都不给他生，这种日子过着还有什么意思！夫妻俩为生孩子的事，闹过不少别扭。两人也曾闹到黄琪英家，女儿已是何家媳妇，没理由不要孩子，崔巧莲心想女儿有了孩子就有理由不洗杂碎，极力劝说女儿。黄婷婷什么都答应，唯独在生孩子的事上不表态，任父母苦口婆心，她只是沉默，决不点一下头。每次闹到最后，都以何光华失败而告终，为此，何光华什么乱七八糟的心思都有。

崔巧莲在小女儿家帮着灌了大半天肠子，手里没停歇，但话得说，来了就不能白来。于是，她装着闲聊把听到的传言隐约透露出一些。

何光华想要孩子的愿望，在黄婷婷不愿要孩子的抗拒中显得越来越强烈，但孩子也不是想强迫就能强迫得出来。隔壁卖鞋的冯薇薇有个儿子，甭看冯薇薇长相不如黄婷婷，可她儿子倒是俊秀乖巧，何光华喜欢得不得了，要认冯薇薇的儿子做干儿子。冯薇薇说何必那么麻烦，你要喜欢，干脆白送你，再加上儿子的老娘，你什么都有啦。这样的玩笑话听到哪个男人的耳朵里都不会无动于衷，何况何光华与黄婷婷的关系一直处于冷对抗状态。何光华不是笨人，这会儿哪能听不出岳母话里的意思，再装糊涂就显得过分了，索性，借机表达一下自己对黄婷婷的不满。何光华停下手里的活儿，望着岳母说："原来妈听到那些传言啦。唉，也怪我，太喜欢孩子偏又没个孩子，平时，抬头不见低头见，我是对冯薇薇的孩子好了一些，他对我也有依赖，没爹的孩子嘛。也不晓得什么人多嘴，胡乱说玩笑话，妈你别往心里去，我怎么会是那种人！不过，话又说回来，要是有自己的孩子，谁会去疼别人家的！"

崔巧莲听出何光华话里的怨气，一时竟然语塞。说来道去，还是婷婷不愿生孩子，一个家，有孩子才算完整啊，何光华说得也没错，谁会有自己的孩子不疼，跑外面去疼别人家的？

但崔巧莲忍不下这口气，女婿虽然有他的理由，难不成自己的女儿就这样叫他与一个寡妇合伙挤对？崔巧莲气不顺，又不好与女婿当面冲突，便赌气丢下手里的活儿，装作闲逛似的走到隔壁鞋店。她倒要当面问问冯薇薇，一个半老徐娘，死了丈夫的寡妇，凭什么能耐想鸠占鹊巢。这次，崔巧莲是下了狠心，连丈夫那样蔫不拉唧的男人为了女儿的事，都敢冲她发脾气，她还有什么怕的？再说，她占着理，这事又关系到女儿的幸福，她不出面谁出面？崔巧莲做好与冯薇薇大干一场的心理。

谁知，崔巧莲气势汹汹进到鞋店，还没容她发话问完，冯薇薇早就摆好迎战的架势，她把下巴往上一挑，笑道："哟，原来是这事劳您大驾呀，真不好意思，让你白跑一趟。我只是开句玩笑，你就当真啊？"

崔巧莲怒气冲冲道："这种事，有你这么开玩笑的吗？"

冯薇薇笑脸依旧，只是语气一下子冷了许多："哈，我这只不过开句玩笑，左邻右舍，抬头不见低头见，难道开句玩笑都不成？总不像有的女人，在自己家不抱窝，却飞到以前的野男人那儿去下蛋，这才叫不要脸呢！"

"你这话——啥意思？"

冯薇薇嬉笑道："啥意思？你想知道啥意思，到北街头一看就全知道啦，谁不知道给北街盖楼的包工头是高远明啊，他如今有钱了，想和他黏糊的女人多了去啦……"

崔巧莲愣住了，冯薇薇这话说得没一点儿遮掩，崔巧莲跑上门来跟人家兴师问罪，没料到自己的女儿有这一出戏呢。崔巧莲被人家堵住了口。当初，小女儿和高远明偷偷谈了几年恋爱，论家道，论出身，高远明哪一点比得上何光华？小女儿嫁给何光华，不说有多大的荣华，至少吃喝不愁吧，总不会像大女儿，就是嫁给了她自己选的男人，结果呢，人太老实，出门连个路都不敢问，家里穷得叮当响，连个发财的梦都不敢做。崔巧莲是不想叫小女儿步大女儿的后尘，可她哪里想得到，高远明偏偏跟大女婿不一样，他能发展得这么快，如今在桑那镇谁不知道高远明有钱，人又长得精神，肯定招女人喜欢。想想婷婷当年与自己对决的态度，崔巧莲没法确定女儿和高远明是不是死灰复燃。她又不能当面质问女儿，这种事，怎么开得了口？再说，没十成把握，总不能仅凭冯薇薇一句话，做母亲的为此和女儿撕破脸皮吧。

崔巧莲没在冯薇薇那儿讨到便宜。男女之间的事，还是含糊点好，人家又没说出黄婷婷的名字，如果再闹下去，肯定有好看的。崔巧莲灰溜溜地败下阵来，给女儿女婿连个招呼都没打，赶回家与老头子商量。可是，她晚了一步，黄琪英已经就着花生米喝醉了酒，躺在炕上鼾声震得屋外的树叶都在颤抖。这几年，小女儿在夫家过得不省心，黄琪英连女婿卤的杂碎都不吃了，说吃了胃酸，想吐。想喝两口烧酒，就炸花生米，照样能把自个儿喝醉。崔巧莲又推又掐，也没把黄琪英弄醒，望着坐在电视机前看动画片看得入迷的孙女，她心酸得流下了苦涩又无奈的泪水。

这一夜，崔巧莲睁着眼盼来了黎明。她苦想了一夜，越想越觉得冯薇薇的话不是没一点儿道理。甭看黄婷婷表面柔弱，可骨子里倔着呢，当年要不是她假装要死，女儿怎会答应嫁到何家。现在高远明有钱了，难不成婷婷会为当年的事故意去投怀送抱？或者高远明仗着有钱想一雪当年被抛弃的耻辱？如果他们这样做，当然是为报复她崔巧莲！当初，可是她这个当妈的棒打鸳鸯。

天亮后，黄琪英终于结束他的鼾声，爬起来连早饭都懒得吃，背上筐子就要去铲地衣。崔巧莲连忙爬起来，冲上去将老头子的筐子扯下来扔在一边骂道："死老鬼，离了地衣你真活不成了？女儿的事我看你一点儿都不操心。"

"你……"黄琪英正要恼怒，发现两行泪水从老伴烂桃似的眼眶里涌出，他心软了，"怎么啦？何光华那个东西怎么说的？嗨，你快说呀，别流没用的尿水了。"

崔巧莲抹了一把泪，摇头道："我看事情不那么简单，何光华不承认呢。大概是婷婷这边真出了问题。我敢说，她和那个高远明又对上眼了。"

黄琪英哼了一声："何光华不承认？谁承认谁才是傻子！他倒挺有本事，把破事都推到婷婷身上。我看就他有问题，看看婷婷这些年都过的啥日子，身上一年到头连件像样的衣服都没有，哪次回娘家，不是穿着几年前从家里带走的那些衣服？"

崔巧莲白了黄琪英一眼："扯哪儿去了，我给你说，这次可能不关人家何光华的事。"

黄琪英拾起筐，狠狠说道："你说不关何光华的事，就不关他的事啦？"一边说，一边朝外走。

崔巧莲拽住老头的筐子："你赶着去死啊？就这会儿时间不铲地衣，就能雷劈了你？"

黄琪英一把甩开老伴的手，骂道："你才赶着去死呢，都两天了，没给何达海家送地衣，人家催着呢。你不是去过婷婷家了嘛，他们家地衣用完了，你要婷婷拿啥洗杂碎？"

"这会儿还提洗杂碎？你个老不死的，连自个儿女儿的大事都不管了？"

"你要我咋办，你不是说不关人家何光华的事嘛，跟婷婷说说，好好过日子吧，别这山看着那山高，这人哪，总是不知足的！"

黄琪英背着筐走了，留下一个迟缓的背影给崔巧莲。崔巧莲张着嘴，想喊没喊出来。

五

离收假还有十来天，黄菲儿已经在奶奶的监视下做完暑假作业，她把自个儿的东西收拾好，准备过几天回城上学时，她爸黄青山这时却回到桑那镇，把菲儿的转学手续带来了。

黄菲儿看着那一纸证明，当场哭得谁也劝不住。她接受不了在桑那镇上学的事实，城里还有她的一大帮同学呢。

"妈妈呢？妈妈为啥不来？把我一人扔在这里，她就不心疼？"

黄青山不耐烦地拨了一下菲儿的身子："哭啥哭？你妈不要你了。"

菲儿一听，哭得更加伤心，气都喘不过来了。

黄青山摇摇头，想把菲儿搂进怀里，却被她甩开了："不要你抱！"

崔巧莲一把拉过菲儿搂进怀里，斥责儿子："青山，你不能这么做，菲儿在城里上得好好的，那里条件比桑那镇好，你们怎么事先不吭个声，就将她转回来上学了？看把菲儿心伤的。黄青山，你告诉我，转学的事是不是你媳妇的主意？要是，我打电话非得问个明白。"

黄青山脸上的表情变得复杂起来，他皱皱眉，停顿好一会儿，才解释道："妈，你不知道在城里有多难，房价又涨了，我没黑没明地挣钱买房子，根本顾不上菲儿……"

"静茹没你忙吧，她忍心把菲儿放在乡下上学，不怕把孩子耽搁啦?"

"妈,我和静茹……要离婚了!"

崔巧莲捏着转学证的手颤抖了,她盯着儿子吼道:"你们,你们一个个都胡来吧,老天爷,把我气死,把我气死吧!"

吼完,哭腔随之而来,崔巧莲的哭声压住了黄菲儿的。

黄菲儿被奶奶的举动吓住了,她抹把泪水,一抽一抽地望着大放悲声的奶奶,又看一眼爸爸,嘴一瘪,遂又大哭起来,边哭边抽泣地说道:"那我不是成了没妈的孩子?歌里头唱,没妈的孩子像根……根草。"

黄青山看看黄菲儿,一时不知该怎样哄孩子,尴尬的直搓手。

崔巧莲突然止住哭声,搂紧菲儿,一抹眼睛,盯着儿子问道:"你说清楚,到底怎么回事?好端端的日子,怎么说离就离?那菲儿呢,你们难道就没为孩子想想?"

"我怎么没为孩子想,这事由不得我。妈,你就别刨根问底了,不就离婚嘛,大不了离后再找一个,女的多的是!"

崔巧莲被儿子的话噎住了,半晌,才找到哭诉的另一个由头:"你们这些挨刀子该杀的,不好好过日子,整天琢磨着离婚另找一个,就不想想孩子!菲儿在城里生活好好的,你们不管她的感受,叫她到乡下来,这么小小年纪,今后可叫她咋办啊……"

黄青山看了一眼菲儿,对崔巧莲说:"妈,你别以为城里日子好过,到处都是人挤压人,太累了,我都不想在那儿待啦。把菲儿早点儿转过来,让她多适应桑那镇环境,反正在这儿有你和爸照顾,免得在城里我顾不过来,她跟着别人学坏。"

黄菲儿泪珠挂在脸上,冲她爸喊道:"你才学坏呢!"

185

黄青山没理女儿，兀自说道："你们也看到了，桑那镇要通火车，用发展的眼光看，只要火车一通，桑那镇很快就会发展起来，到那时，这里的规模一点儿不比城里差。"

崔巧莲知道儿子在城里的难处，不再埋怨他，叹口气，转移话题说："你不了解情况，火车路的事，一直说不下个眉目，要是绕过北边的烈士陵园不受损害，就得从北街插过去。你知道的，北街那些人不是好惹的，前些时候只是来人测量了一下，北街的人像商量好似的，已经大兴土木，在临街处盖楼房呢。看北街那些人的架势，火车能不能通上，还不一定呢。"

黄青山冷笑道："这就是北街人的聪明之处，趁还没正式通知，先把楼盖起来，等到时正式批文下来，要拆迁了，能多挣些拆迁费。他们的这点心机你都看不出来？"

"国家是那么好唬的？到时别占不上便宜倒搭进去钱！"

"对了，妈，不知婷婷家有没有盖楼房的打算？"

一提到小女儿，崔巧莲立马耷拉下目光，有气无力地说："唉，别提婷婷了，她这回可把我和你爸的老脸丢尽喽！"

"婷婷怎么啦？"

菲儿还是个孩子，心里不搁事，见奶奶已经不生爸爸的气，把话题转到小姑身上，忘记了自己转学的伤痛，马上接过爸爸的话说："小姑跟包工头高远明好上啦！"

黄青山被女儿的话吓了一跳，一巴掌拍过来，被母亲挡开："菲儿说得没错。哎，菲儿，告诉奶奶，是哪个挨千刀的给你说的这些？"

菲儿说："得豆他们都说哩，小姑去河边其实没洗杂碎，她去找高远明……"

"住口!"崔巧莲一巴掌拍在菲儿嘴上,将她后面的话拍了回去,"太不像话了,我得找得豆他妈论理去,不撕烂她儿子的嘴不算完,屁大点人就瞎说,长大还得了。"

菲儿这次没哭,噘起嘴叫道:"奶奶要敢去找得豆他妈告状,我就不理你了!你们不知道,得豆他妈对他可狠啦,上次小林家杀牛那天太热,得豆拿着他妈给的酱油钱买了一根四毛钱的雪糕吃了,他妈把他的嘴都撕烂啦。得豆对我可好了,我可不愿看到他挨打。要是他挨了打,以后就不会理我啦,爸爸把我转到桑那镇上学,得豆不理我要是再叫人打我,我敢去学校吗?!"

崔巧莲被孙女的话气得笑了:"这么个小人,就想得这么远。唉,当年奶奶要有你这么远的眼光,你小姑的日子就不会过得这么苦啦。"

菲儿刚要问奶奶,小姑的日子怎么苦了,是不是奶奶也不喜欢小姑身上的腥臭味?见奶奶的眼泪盈满眼眶,吓得她没敢问。

六

黄琪英来找小女儿,黄婷婷不在,何光华在店铺门口和隔壁鞋店的冯薇薇站着说话,好像何光华说了一件多么可笑的事情似的,冯薇薇笑得脸上的肌肉都快要颠下来。见黄琪英过来,何光华没停下和冯薇薇说笑,仍然笑得灿烂,间或才对走近的黄琪英说了一句:"过来啦,婷婷去河边洗杂碎了!"

黄琪英当然知道这个时候女儿在河边，他其实是来跟女婿要地衣钱的。大女儿的儿子上大学的学费还没凑够，他这个做姥爷的不给外孙想法子谁想？可是，黄琪英只能依靠挖地衣挣钱。原来，何光华收到岳父送来的地衣，会及时付些钱，后来不知存着怎样的想法，慢慢就不给了。黄琪英心疼小女儿，想着地衣也值不了几个钱，又是自家女婿，不给就不给吧，也拉不下脸要。这回，他实在没路可走，再加上对何光华不好好对待女儿心存不满，他抱着豁出去的心态，来问女婿要地衣钱。

女婿不咸不淡的话和表情，倒弄得黄琪英不好开口。见何光华一直和冯薇薇说东道西热闹得不见停歇的意思，黄琪英心里很不舒服。老伴儿还说不关何光华的事，是婷婷的问题，现在，他亲眼看到，就是何光华有问题，瞧他跟那个鞋拔脸寡妇的劲头，鬼才相信他们没问题呢！可是，黄琪英又没法质问女婿，拧转身气哼哼地往河边走。他要去找婷婷。

黄婷婷正埋头在水潭边用地衣搓洗杂碎。这天是阴天，风把她的头发吹得散乱不堪，若不是事先知道那是洗杂碎的人，还以为是叫花子呢，身上是那惯常穿着洗杂碎的衣服，上面净是洗不尽的污痕。洗好的杂碎堆放在一边，没洗的在另一边。在黄琪英看来，洗好和没洗好的都像座小山。他的小女儿被夹在这样的小山里，像只蚂蚁。

黄琪英要帮女儿洗，黄婷婷不让。望着女儿的手在水里像条翻腾的鱼，而何光华却在那里悠然自得地和冯薇薇说笑，黄琪英心里酸涩得很，抬起头，装着被秋风吹着眼睛，偏过去偷偷擦拭掉泪水。

听了父亲的来意，黄婷婷很内疚，有两年多没给过父亲地衣钱了，他从来也没提起过，这次要不是为帮姐姐，想必父亲是不会开口跟她提这钱的。她答应回去跟何光华说，要他尽快把父亲的地衣钱付清。

黄琪英本来还想跟女儿再说些别的，可见黄婷婷脸上笑容是硬撑着的，被油腻的河水泡得肿胀泛白的双手一直没停歇，他便把话咽了回去。转过身离开的时候，一阵迅疾的秋风匆匆而过，从衣领处猛然灌进黄琪英的胸口，他感到胸口一阵刺痛，疼得他眼泪都涌了出来。

黄青山到北街转悠。北街都成工地了，几乎家家都在大兴土木。黄青山很喜欢看到这景象，他这次回桑那镇，就是揣着目的来的。知道火车路要经过桑那镇后，他脑子里就盘旋着盖房子，只要修铁路，就得拆迁，国家是不会叫老百姓吃亏的，拆迁费肯定低不了。眼下最关键的，他得找个合伙人，人家出地盘，他投资，当然喽，得是住在铁路经过的北街人家，不然，就是在桑那镇盖一百幢房，也别想挣到钱。可是谁都不是傻子，拆迁费大家都想得到，谁愿意跟他合作？当时，他在喀什城产生这个想法时，菲儿的妈妈坚决不同意，说他是把钱往水里扔，万一人家把拆迁费拿到手后不给他怎么办？地盘可是人家的。黄青山坚持要这么干，老婆不让动家里的钱，为此，夫妻俩吵闹了将近一个月，最后大打出手。一气之下，菲儿的妈离家出走，一个礼拜后，黄青山收到了她的离婚协议书。

可能是菲儿妈妈的话提醒了黄青山，他把目光锁定到何光华身上，他是他的妹夫，总不能拿大舅哥的钱盖房不认账吧。黄青山找到何光华，劝他抓紧时间盖楼房，不然，等正式征用土地修铁路的通知下来，那时再盖房就得不到认可了。

何光华接过大舅哥递过的烟，点上火慢慢抽了一口，打量陌生地盘似的让目光盘旋好一会儿，才说："我也想盖，可怎么盖？就这么大点院子，只能拆了这两间门面房腾地方，可拆了在哪儿摆杂碎？我这不就失业了嘛，这个家总得有收入才能维持下去，对吧！再说了，盖楼房得好几万，一下子，我到哪儿弄这么多钱去？"

黄青山盯着那一小溜用玻璃罩住卤好的杂碎，心说就这么点儿眼光，还想发财，门儿都没有。他耐下心继续说道："生意可以先停下，桑那镇就这么大点地方，你日摆夜摆，也没见你挣下多少钱。要我说，赶紧撤掉店面盖好楼，日后的拆迁费把什么损失都补回来啦，这比你和婷婷又洗又卤地要轻松不知多少倍呢。别盯着眼前这点利益不放，得赶快动手，别到时错过机会有你后悔的。"见何光华犹豫不决，他接着又说，"钱，我可以出一大部分，加上你这些年攒下的，只有两间地皮，干脆盖个三层楼，拆迁费顶三座房的价钱，到时……不过光华，我得把话说在前头，我出这笔钱一是为婷婷，二算是投资，不是借给你，到时咱们一起分成，谁也不吃亏。"

何光华挠起头皮，心想，这亲戚算是做到家了，人家把坑已经挖好，就等着我往里跳呢，哼，不能这么轻易答应他。他故意拖着，半天不吭声。

黄青山忍不住了："你倒是说句话，行还是不行？"

何光华吭吭哧哧地说："行倒是行，可是你不知道我眼下情况，我就没攒下几个钱，你也看到了，桑那镇地盘小，生意冷清，加上我这几年也没心劲，唉！婷婷连个孩子都不愿给我生，我哪儿有劲挣钱！就算挣下钱今后给谁花呀，不就是等老等死嘛！"

黄青山把抽了一半的烟在墙角摁灭，狠狠将烟头扔到地上，说："光华啊，叫我怎么说你呢，你是男人，女人生不生孩子由得了她？你就不会想些法子？"

何光华张嘴想说"我做过手脚的"，一想，怕黄青山说给黄婷婷，到时惹来不必要的麻烦，话便拐个弯："我说哥呀，你在城里就不知道咱乡下女人啦，她不想生，男人能有啥法子？种子种到地里，可地照样不出苗。"

"好了，好了，我哪天劝劝婷婷，一个家哪能没孩子呢。盖房的事你得抓紧，别不当一回事，时间不等人，可千万别等有了孩子，到时兜里却没票子啊。"

何光华抽了一口烟，慢声慢气地说："我也得和婷婷商量一下，这是大事，看她有啥想法。"

"那我等你回话！"

何光华心里老大不高兴，黄青山走时，连句挽留的话都没说，只把他送到门口，望着他远去的背影心里冷笑道，还说是为了婷婷，我看为你自己挣钱才是真。口里说要劝你妹子呢，转眼就会不当回事，你只盯着投资盖房，打自己的算盘，那好，我也叫你慢慢等着去，我的地盘，凭啥叫你借机发财！

何光华这样想着，站在门口发呆。这时，隔壁的冯薇薇走过来，他也没注意到。冯薇薇伸手推了他一把："想啥呢，不会是想我吧，这么出神？"

何光华从呆愣中醒来，想了想，把刚才黄青山跟他说的话说给

191

她听。

冯薇薇一听就乐了："哈，你这个大舅哥倒把算盘打得精啊，明摆着只赚不赔的事情，要是真要征地的话，就是不盖房，凭你这屋这院，怎么也得有一大笔拆迁费哩，他却伸手插进来，平白无故就想挖走一块，来个坐享其成。哈哈，他黄青山也太小看你何光华了吧，你能叫他占这个便宜？"

何光华说："也不是啥便宜，他不是要投资嘛，投资没回报谁投？"

冯薇薇撇撇嘴，酸溜溜地说："投资？盖房的事还不是你们家婷婷一句话？有那么大姓高的包工头在跟前，整你这个屋还需要别人投资！"

何光华的脸一下变了颜色。冯薇薇知是自己说得太直，把他激狠了，再说这事跟自己没啥关系，何苦要她一针见血，便把话锋转了："我只是不信你何光华就没有盖这房的钱！"

这天晚上关了店门，何光华回后屋吃饭时，黄婷婷装着不经意地问丈夫："咱家这两年给我爸的地衣钱是咋算的？"

何光华一下子警觉起来，他想起黄琪英上午来过，大概是想跟他说地衣钱的事。他记不起什么时候给过黄琪英地衣钱，要说给过，也是很久以前的事了。何光华一口饭含在嘴里，呜呜咽咽说不清楚。

黄婷婷不看何光华，把目光投向别处说："你这两天跟我爸结一下账吧。这是他唯一的收入，总不能欠着他呀，传出去有人会说咱不孝，占老人的便宜。"

何光华一口饭总算咽进肚子，清清嗓子，才说："有啥便宜可占的？不就几堆烂土盐吗？比起盖房子来，地衣值几个钱？"

他故意把"盖房子"三个字咬得很重。

黄婷婷听清楚了，这段时间何光华动不动就说桑那镇如今最有钱的人是高远明，人一有钱什么女人都喜欢往上贴。说这话时，还不停地瞟她，好像她就是那往上贴的女人。黄婷婷早听烦了，这会儿把筷子往桌上一拍："我知道你是啥意思，有话就直说，有屁就放，别绕弯弯肠子。"

何光华见黄婷婷动气了，心里暗自高兴，只要一提搞建筑的高远明，她心里就虚。他要的就是这个效果。他说："我绕什么弯弯肠子啦？我就说盖房子是大事，比起来，地衣才值几个钱呀。我这两天就跟你爸去结账，该多少钱给多少，一分都不会少。"

"你少跟我说盖房子，"黄婷婷没好气地说，"你那点小聪明我还不清楚！你不就想打探我与高远明，就直说，别拿盖房做幌子。我告诉你，不管别人怎么传，我反正没做对不起你的事，我和高远明只是同学关系，爱信不信！"

终于，她自己挑起了这个话题，何光华这下抬高了声调："瞧你这话说的，我说啥了，啊？我啥也没说，是你心里有鬼，急着要表白吧。"

黄婷婷更生气了，怒斥道："何光华，你别小人之心。我什么都没做，要表白什么？"

"我不过是想跟你商量一下翻盖房子的事，你生哪门子气？"何光华见她动怒，立马降下声调，"今天你大哥来过，他在城里听到风声说铁路要经过咱这儿，这事八成是真的。他来就是劝我们把门

193

面房拆除，盖成个三层楼。我说咱家没钱，他说由他来投资，但到时修铁路要拆迁的话，他跟我们分拆迁费。你哥这主意不错吧？"

黄婷婷一听，顾不得辨析何光华话里的意思，心里的火已经像浇了汽油似的"腾腾"直往外冒。哥哥真不是东西，大姐的儿子考上大学，到现在凑不够学费，找他多少回都给推托了，现在，他却有钱来给自己妹妹家投资盖房，这种不顾兄妹情分的人怎么出现在他们黄家？黄婷婷感到痛心。为给姐姐的儿子凑学费，黄婷婷把自己仅有的一点私房钱都拿了出来，她是力不从心啊，家里的钱由何光华掌管，他每天守着杂碎店，出入账从不经她的手，要买什么东西，也都是何光华算好账数好钱交给她，所以她手头从不宽裕。真正认识何光华后，不到万不得已，她从不开口向他要钱。这阵子看着大姐急躁可怜的样子，黄婷婷鼓足勇气试了几次想向何光华借钱，可每次话还没说出，就叫何光华看穿了她的心思，把话赶紧岔开了。说句实话，自家的杂碎店平时没多少生意，每年全靠秋冬时节制作的熏肠过年时销出去挣点大头，可是今年的熏肠还没做好，还没到年节销售期呢。何光华是个守财奴，向他开口借钱，等于要他的命。加上最近莫名其妙传出她与高远明的绯闻，更使她气短，虽然她没红杏出墙，但这种传言是解释不清的，何况，她确实也曾动过去找高远明借钱的念头。黄婷婷替姐姐着急又出不上力，只能干着急。黄珍珍当然知道妹妹的难处，但凡有一丁点儿法子，妹妹不会不帮忙的。眼看大学开学的日子越来越近，黄珍珍急得没法，专门去一趟喀什城找黄青山，想从相对富裕的弟弟那里借到一些。黄青山一口咬定没钱，说他的钱全押在房子里，他自己都到银行贷下款呢。到了吃饭时间，他带黄珍珍到外面吃碗牛肉面，还是黄珍珍掏的饭钱。这才几天工夫，黄青山就有闲钱投资盖房了？真是没人性，黄青山眼里除了钱，什么都没了。

当着何光华的面，黄婷婷不想说哥哥的坏话，但心里的愤懑这会儿却无法遮掩，她说："盖什么房呀？我哥哪有钱盖房？前几天我姐问他去借钱他哭得比谁都穷。再说了，好端端的，盖什么房？现在只是传言铁路要经过桑那镇，到底最后会不会修过来，谁也确定不了。"

何光华想听的就是黄婷婷这句话，这话如果是他说出来，别人会说他小心眼，认钱不认人，但要是黄婷婷这样说，可就没他什么事啦。黄青山自己的亲妹妹都不同意盖房，他有什么办法！心里窃喜，他嘴上却说："可能你哥前几天手头确实紧，这两天松活了。再说，"他像故意又像无意地说，"现在盖房比不得以前，以前一砖一瓦都实打实自己买，现在的建筑嘛……"

黄婷婷一下就听明白了何光华话里的意思，她怒视着他道："你有完没完？你别想打什么鬼主意，我再说一遍，我跟高远明没任何牵扯，他跟我没任何关系，你们盖不盖房跟他也没关系，少给我扯！何光华，我告诉你，我不像你，整天跟那个寡妇拉拉扯扯，纠缠不清……"

本来还笑眯眯的何光华没想到算计过了头，扯到了自己头上，恼了，"哗啦"一声把碗往桌子中间一甩，碗撞倒菜碟，把菜打翻了："黄婷婷，你太过分了！你不愿给我生孩子，还见不得我喜欢别人的孩子？我不就喜欢薇薇的儿子嘛，咋就纠缠不清了？你不想要孩子，还不是做梦想和高远明死灰复燃？这下好了，高远明有钱啦，你随时可以去找他，只要他还会要你！"

菜汁和菜渣溅到黄婷婷身上，她一动不动，任菜汁在她身上洇开，红色的西红柿片在衣服上像一朵逐渐枯萎的花朵。黄婷婷看着何光华生气的表情，心里突然没了刚才的怒气，她伸手将衣服上的西红柿片摘下，轻轻放到桌上，耷拉下眼皮，像在自言自语，声音极轻极空洞地说道："我要孩子干吗？让他到这个世上来看我活的这个狼狈样子？！"

"你活得狼狈？"何光华气恼道，"缺你吃还是缺了你穿？实话告诉你吧，我一直想等你有了孩子，就再雇个人洗杂碎，不让你干那活呢，你倒好，为了不生我的孩子，吃了这么多年的避孕药……"

黄婷婷抬起头，目光冷冷地射向丈夫："你以为我不知道你做的手脚？其实，我早就想通了，如果在这种状况下，我还能怀上孩子，我就认了，可是老天都垂顾我，叫我没怀上，我何必要吃那种药！"

黄婷婷这番镇定自若的话，使何光华惊得张大了嘴。

七

黄婷婷丢下碗，回娘家来找哥哥。

黄青山不在家，崔巧莲说他晚饭都没回家吃，不知他上哪儿去了，他这哪是回家啊，是给她添堵来了，把菲儿丢下不管，连他的鬼影子都见不着，打他手机还关机。这都过的什么日子啊，操了一辈子心，到头来还不得安宁。崔巧莲像在跟谁生气，说的每一句话都发着狠，像从牙缝挤出来似的。黄婷婷这才发现家里气氛不大对劲，黄琪英窝在沙发上，没正眼看她们娘儿俩，只管垂着头一根接一根地抽烟，地上已扔了好几个烟头，像一具具小动物尸体，陈设在那里。崔巧莲脸上的表情也不像平时，倒像糊了一层糨糊，硬得能在上面砸核桃。菲儿没像平常那样躺靠在沙发上看电视，早早上床睡了。菲儿要是没睡，黄婷婷还能跟她说几句话，化解一下沉闷的气氛。现在，她只能硬着头皮问母亲出什么事了。

黄琪英被烟猛呛了一下，咳好几声，脸涨得通红。崔巧莲看了一眼沙发上狂咳的老头，没好气地说："还能是什么事，是我上辈子没做下好事，这辈子老天惩罚我哩，都说父母生养儿女会享清福，可我享的哪门子福哟！弄来弄去，都是烦心事，逃不过的事！我这一辈子，苦了去哪！"

崔巧莲说着说着，索性哭开了。

黄琪英停下咳嗽，瞅瞅哭泣的老伴儿，欲说又没说，最后，只长长叹了口气。

黄婷婷闹不明白母亲怎么了，无端又伤起心来，她不能多问，心里想着可能是哥哥给闹的。她本想将哥哥投资何光华盖房的事说与父母，见他们的情绪这般糟糕，她更不能说了。再说，黄婷婷心里也虚，怕他们在外面又听到她跟高远明有新的闲言碎语，一旦质问起她，可怎么回答？她嘴里含糊几句，赶紧走了。

黄婷婷觉得很奇怪，都过去这么些年，自她和何光华结婚，高远明在她心里慢慢已经淡漠，他俩几乎没再见过面，有时候从别人那里听到有关高远明的消息，她也只是默然地听，从不发表一句言论。如今，面对突然富有的高远明，黄婷婷只能有多远就躲多远，决不会像何光华说的那样，梦想有一天和高远明死灰复燃。

但现实有时出乎意料，你越想躲，却越是出其不意地出现。

那天，黄婷婷正在水潭边埋头洗杂碎，高远明到叶尔羌河来看沙子。他们搞建筑用的沙子全是从叶尔羌河淘的。高远明其实很少到河边来，河里有人专门淘沙，他们把沙子淘出，在河两岸堆着，谁家要用，三十块钱一卡车，交钱后只管拉就成。高远明听拉沙的人说，沙子要涨价，一卡车多涨十块钱，他到河边是想跟淘沙的人谈谈价格。想不到，不期然就遇上了黄婷婷。高远明早就听说黄婷婷在叶尔羌河边洗杂碎，怎么说呢，他其实也带有某种想法来到河边，只是猛然见到以前的恋人，两人都挺尴尬。自从他们分手后，这还是第一次近距离相遇。

秋风把黄婷婷的头发吹得很乱，一缕一缕地沾在她充满汗水的脸上，她拿沾有杂碎污渍的手指拨开脸上的乱发，一下子看到站立在她跟前的高远明，不由自主地惊叫了一声。高远明西装笔挺，还正儿八经扎着领带，像个刚从会场下来的乡镇干部。黄婷婷的惊叫声吓了高远明一跳，她手上握着一把肥腻的杂碎，湿漉漉地往下滴水，原来隐约的腥臭味眼下变得很具体了。黄婷婷脸上的表情很惊异，像忽然想起什么似的，垂下眼帘看自己身上。她身上穿了件专门清洗杂碎时的薄夹袄，宽大肥硕，因为经常溅上杂碎的污渍，两只袖子和前胸变得乌黑发亮，与高远明鲜亮的装束相比，更显得邋遢潦倒，这使她心里不免产生了强烈的自卑感。高远明愣愣地望着神色尴尬的黄婷婷，半天没反应过来，面前的这个女人是那个水灵、秀美且安静的黄婷婷吗？

黄婷婷被高远明的眼神看得越发难堪，索性伸直酸疼的腰身，把手里的杂碎扔进旁边的盆子，捎起袖子擦把脸，毫无顾忌地看着高远明，一副豁出去不管不顾的样儿。这下，反而使高远明不知所措，沙子也不看了，丢下一句"需要帮助就来找我"逃也似的跑了。留下黄婷婷一人站在飒飒的秋风里臭烘烘的水潭边，望着那一堆肥腻的杂碎，真想一头扎进潭水，把这一生交代了完事。

高远明是埋在黄婷婷记忆里一个遥远的回忆，是她在悲伤和难过时，可以拿出来想象和安慰的那种。这下可好，高远明从记忆里走出来，看到她最不堪的一面，这是多么叫人伤感的事啊！她蹲在水潭边哭了。哭得昏天黑地，连洗杂碎的潭水都不忍地摇晃起来。哭过之后，黄婷婷照样抓把地衣，搓洗起杂碎，她不愿想太多，再怎么样，高远明也只能是曾经的风景，跟她无关，跟她洗杂碎的日子无关。

可是，就这么一次遭遇，有关她和高远明的传闻却出来了，有人说她见高远明有了钱，后悔不已，要重新贴上去呢。何光华时不时旁敲侧击，不过他的样子不太相信这种传言，真要贴高远明，黄婷婷哪还会整日去河边洗臭烘烘的杂碎？可黄婷婷听到这样的传言很气愤，真想找出最先嚼舌头的那人对质，后来想想，这种事只能越抹越黑，就任它去吧，反正自己没做出格的事，问心无愧。

但是，黄婷婷一直没想好，万一哪天父母听到传闻，问她与高远明是怎么回事，她该怎么回答？对别人暧昧的目光她可以置之不理，对何光华的旁敲侧击她也能做到理直气壮，唯有对父母，她不知怎么说。说她和高远明清清白白，可她的心里确实起了波澜，当年为了高远明，她连死的心都有过，眼下的境况这么窘迫，她该怎么办？黄婷婷找不到能说服自己的答案。

八

黄青山在家只待了两天，就急着要回喀什。他像是后面有把火追着烧他似的，一副火烧火燎的样子，说要赶紧回去，有要紧事需要办，耽搁就麻烦大了。反正，他已经把菲儿的转学通知送回桑那镇，剩下的事父母会替他操持的。崔巧莲对儿子没个好脸色，也不劝说，爱走不走。

黄青山离开之前，接到黄婷婷的电话，还没等妹妹质问，他先发制人，噼里啪啦说起自己的理由。他根本不提投资何光华盖楼的事，也不说桑那镇其他的事，只诉他的苦，说他在城里，工作单位不好，挣几个钱每次不到月底就像浸在水里的肥皂一样没影儿了。他没给黄婷婷质问的机会，挂断电话，急匆匆乘车走了。

何光华还是没把地衣钱给岳父结清。黄琪英再想催问一下，可在小女儿跟前却张不开口。黄婷婷倒是看出父亲的意思，催何光华尽快把账结了，别说话不作数。何光华依然满口答应，说他算算，该给岳父多少钱。催得紧了，他竟然算出该付一百多块钱。黄婷婷很生气，父亲每天早出晚归去远处的荒滩上铲，用了两年的地衣洗杂碎，才值这几个钱？想到父亲也是为大姐孩子上学筹钱，何光华不但不帮忙，还死扣地衣钱，黄婷婷心里不舒服，脸色很不好看，跟何光华发狠道："以后，不要我爸的地衣了，你把钱看得比什么都重要，你自己去洗杂碎挣钱吧，我不干了！"

何光华一点儿都不恼，指着玻璃罩内卤好的杂碎，满嘴理由：

"我不是不想结账，真要有钱，还能欠着你父亲的？你看看，一整天就没一个人来买，咱都要赔本啦，哪里还有钱呀？"见黄婷婷没反应，他又接着说，"我知道，你爸这是为你姐急着筹钱，你也是他的女儿，怎么几个地衣钱就把你催得这么紧？难不成同样是女儿，却要不同的对待？要是咱有孩子，会不会也为你东奔西走筹钱解难呢？"

黄婷婷没料到何光华会说出这样无赖的话，更加气愤，有些话本不想说，忍了忍，还是说了出来："何光华，我劝你还是去医院检查一下吧，孩子不是拿钱能引诱得出来的。"

何光华一听这话，急了，跳起来质问道："你什么意思？"上次黄婷婷的话已经叫他心里发虚，今天这么说，更叫他不舒服，难道没有孩子，会是他的问题？

黄婷婷却不再往下说了。

跟何光华说不去洗杂碎，这是气话，日子是用来过的，不是用来赌气的，说再狠的话，也敌不住惯常的日子。生活就是这样，你可以把它打翻，也可以打碎，但到最后，依旧复原，像时钟的三根指针，不管岔得多远，那轨迹却是一样地循环往复。生过气后，黄婷婷依然去河边水潭洗杂碎，只不过，这时的她心里头再也无法平静，洗着洗着，她会无端地停下，望着空蒙的远方发呆，那是她无法确定，茫然而无措的将来。

桑那镇要通火车的消息越传越多，像真的一样，甚至有人说连铁路要经过哪个地方的准确线路图都已绘好啦，有关部门确定从北街穿过。如果真是这样，北街的人就要被迁移到南街的东西两侧，到时候，南街就会成为桑那镇的镇中心，眼下，就等着上面拨款动工了。原来还有人半信半疑，一听这说法有鼻子有眼，由不得人不信。于是，桑那镇不管南街北街，全忙了起来——原来还只是北街的人忙着盖房。

何光华本来很笃定的，桑那镇过火车，不管信与不信，他有这两个门面房和晾杂碎的小院，全部算下来，面积不小了，真要拆迁，这拆迁费够他一辈子用。他不想再折腾盖楼房，万一消息不准确呢，盖楼房的花销想要挣回来，可不是一件容易的事。说白了，北街忙着倒腾房屋的人做的都是高风险的事情。尤其是黄青山回来说过投资的话后，何光华心里一直有想法，自己的房，拆迁费偏要和别人分享，换谁心里也不会舒服。不过，何光华的定力还小了些，见北街的人都忙起来，心里也不由得蠢蠢欲动。隔壁的冯薇薇也开始托人买料，预备在她原有的房屋基础上再加盖一层。

见何光华还犹豫不决，冯薇薇有些急了，说你要再不动手，这到手的鸭子可就没半个身子啦。

何光华说：“你还真信？万一消息不准确呢？”

冯薇薇“哧”的一声笑了：“你那位大舅哥专门从喀什城跑来投资，就表明消息已经可靠一半了。现在盛传图纸都绘出来啦，无风不起浪，如果没这事，能有这种说法？”

何光华这才跑出门好几米远，转回身打量自己的门面房。房子的模样确实太旧，以前刷过涂料，还有点颜色，却不再鲜艳，是人过中年的仓促和狼狈。穿过狭窄的院门再看里面的屋院，则更显出一种暮年的老态，沧桑而疲惫，是很有些年头了，父母留给他的，父母走了都多少年了！这样的房屋，要像冯薇薇那样直接加盖一层显见是不行的。而何光华又不想让黄青山投资，就是扒掉房子重盖，他也绝不与大舅哥合作。

冯薇薇出主意说："到时拆迁，那拆迁费一分一厘都发到你手上，你就当借了他的钱，再还给他，他又能怎样？难不成还能从你手里抢？"

"可……那是婷婷的哥，我把事做绝……"何光华尽管心里不愿叫黄青山占他的便宜，可真要像冯薇薇说的那样做，他还是有些顾忌的。

"他真要在意你是他妹夫，就借钱给你，而不是投资。再说你那媳妇，你真相信她哪天不会到高远明那里去？人家现在可比你牛气，人也长得精神……你们两口子又没个孩子拴着，那还不是说跑就跑！你也睁大眼睛看看，黄婷婷可比不得我们这种人，一心只想好好过日子……"冯薇薇的话越说，声音越轻，到最后连眼神都和刚才不一样了。

何光华看在眼里，心里翻腾开了。冯薇薇的话像一把火，燃起了他隐藏在心里的欲望，盼着征地拿拆迁费本身也是投资，是投资就有风险，连黄青山都从喀什跑回来搞投资，他又干吗四平八稳，按部就班！看看现在北街到处都在盖楼房，就他家没动静，他心里这下发急了，后悔上次没听黄青山的话，早早动手，怕再晚，就真的错失良机了。

当何光华说要和黄青山合伙把店面拆了，要盖成两层楼，如果计算得好，盖三层也没问题时。黄婷婷终于愤怒了，她把手中东西往地上一扔："你不是没钱嘛，连给我爸结地衣的钱都拿不出来，有什么本事盖三层楼？"

何光华早就料到黄婷婷会有这么大反应，他不急，慢声慢气地说："我盖房又不是为我自己，也有你的份儿，以后有了钱，还不是你想咋花就咋花！再说，这盖房还有你大哥的份儿呢，你父亲的地衣才几个钱，现在我当他投资，等以后有了更多的拆迁费，再还他地衣钱不就结了。"

黄婷婷听他这么说，冷笑道："我想咋花就咋花？哼，怕是有了更多的拆迁费，你手揢得更紧才是真的。告诉你，何光华，盖房的事我不同意！"

"还有你这种有钱都不知挣的人？连冯薇薇都替咱家着急。人家孤儿寡母的，都备下料，准备加盖一层……"

"我就说呢，你咋一下子就急吼吼要盖楼房，原来是冯薇薇发了话。我还真服她，她的儿子有人给疼着，她的话有人听着，我成啥了？连摆设都不如！"

"你看你说到哪儿去了？人家不是为咱家好嘛！"

"你别咱、咱的，这里可没我的份儿，人家可不是为我打算。"黄婷婷冷冷地说，"我好歹与你做了几年夫妻，我的话倒不如一个外人的有分量。你要听冯薇薇的，爱咋地就咋地，别给我说，我不爱听。但是，我父亲的地衣钱你必须得结清。"

何光华偏不理睬黄婷婷的愤怒，说："你要这样说，地衣钱我还偏不给你爸结，凭啥呀？都是女儿，这只手问小女儿要钱，那只手给大女儿送钱，有这么偏心的吗？"

"你……你别耍赖，要不是孩子考上大学，我姐什么时候问我父亲借过钱？"

何光华长叹一口气："唉，没孩子又不是我的错，我也想有个孩子将来考上大学，到那时，我不会要你家借一分钱。可谁叫你不愿给我生哩!"

黄婷婷气得眼泪直流，又恨自己无用，平时早该留个心眼，自己攒几个钱，这会儿也不至于需要钱的当口如此无措。

姐姐来找过她几回，眼泪汪汪的，再有几天大学就要开学了，再拿不出钱，这孩子的大学就甭想念了。

何光华把钱抓得这么死，黄婷婷一分都拿不到，看着姐姐无奈又无助的样子，她心里很疼痛。这下，何光华提说盖楼房的话倒提醒了黄婷婷，她决定去找高远明，但对高远明是否真的会帮她，心里一点儿底都没有。

没想到，高远明很爽快。他好像早就等着黄婷婷来找他似的，没等她吭吭哧哧把话说明白，就满口答应帮这个忙。黄婷婷松口长气，可以帮姐姐解决问题，是她眼下最大的安慰。

"那我代表姐姐先谢谢你。"黄婷婷局促不安道，"我们会尽快凑齐钱，还给你的。"

高远明一笑，牙齿闪着白光，他的笑容宽厚而温暖，像初秋时节的阳光一般透彻。黄婷婷心里一酸，赶紧低下头。当年，就是因为高远明的笑容清澈干净才打动了她，过去这么多年，他的笑容依然能打动她的心弦。可是，一旦想到自己每天面对肮脏的杂碎，那一刻，黄婷婷的心都要碎了。

高远明像看出了黄婷婷的不安，真诚地说道："感谢的话我接受，可还钱的事不急。再说这钱又不是我个人借给你姐的。"

黄婷婷抬起头，说："不管是公家还是个人借的，我都感激你!"

高远明又是温和地一笑，黄婷婷的心再次颤抖了。

高远明过去关上简易办公室的门，把搅拌机的轰鸣声关在门外，才转回身说："你别太往心里去，人嘛，谁还能没个难处的时候，也是我现在有这个能力帮你，放在以前，想帮都帮不上。"

提到以前，黄婷婷自然想到自己在母亲的要挟下被迫与高远明分手的事，心里又是酸涩不已，强忍住要涌出来的泪水，她不敢抬头，怕被高远明看穿。

"这样吧，我再来帮你想个办法，你姐夫是个老实人，只是脑子不太灵活，整天围着那几亩地转，今后别想供养一个大学生。要不，你给他捎个话，问他愿不愿意来我的工地干，明天就可以来，他可能干不了技术活，就做小工，干个搬砖运沙的粗活。我给他的工资开高点，这样，他们也能多赚点钱供儿子上大学了。"

"真的呀？这可太好啦！"黄婷婷很惊喜，脸上有了笑容。

"我什么时候骗过你，"高远明怔怔地盯着黄婷婷的笑脸，说，"除过你说话不算……"他没把话说完，轻轻长叹一口气，脸上变得很阴郁，不似刚才那般温暖了。

黄婷婷猛然收住笑，眼泪再也忍不住狂涌而出。她哽咽道："当时我……"她想说当时连死的心都有了！可话哽在喉咙里吐不出来。

高远明说："当知道你嫁给何光华后，每日里去洗杂碎，过着不堪的日子，我真想找个机会好好地嘲弄你一番。可是，那次在河边，一看到你那副样子，就忍不下心！"

黄婷婷放声大哭起来。

外面的搅拌机声被她的哭声盖住了。高远明也不劝，任她放声号啕。她有太多的委屈、太多的悲哀、太多的苦涩需要用哭声来释放，只是这么多年来，她一直没找到机会，这回，她终于找到了。突然，她什么也不顾，扑进高远明怀里，痛痛快快哭了一场。

九

拿到妹妹借来的钱，把儿子送去上大学后不久，该播种冬小麦了，黄珍珍准备过几天去镇街上买麦种子时，却接到村委会通知，她家的地今年不用种冬小麦了，村委会全额补给损失费。黄珍珍喜出望外，赶紧来给妹妹说这天大的喜事。黄婷婷一听，明白是高远明帮的忙，别的人没这个能耐。

这里常年不下雨，种庄稼全靠水浇地，从去年开始，为节省叶尔羌河水，拯救下游的生物，上级政府鼓励大家每年少种一季庄稼，补给一亩地四百块钱。其实，一亩地种一季玉米或者小麦不见得就能值四百块钱，还得搭上劳动力，累死累活打下的粮食，基本上能与种子、化肥、农药的费用持平。就是说，种地是亏本买卖。谁不想什么都不用干，能领政府的补助费呢？可是，上面拨下来的款额有限，摊到每户没有多少，村干部手里掌握着这个权力，给自己的亲戚朋友经常多划拨一些，普通农民就更少了。黄珍珍家能拿全额补助，以前是想都不敢想。

看着姐姐兴奋的样子，黄婷婷心里也很高兴，照这样下去，姐姐慢慢就可以还上借款了。能够帮姐姐一把，黄婷婷比自己得到好处还要兴奋，想着抽空去工地感谢一下高远明。这天，她从自家店里包了些牛杂碎，其中有牛肚，她亲自切成细丝，送到高远明的办公室。

当时，高远明正生气地给什么人打电话，见黄婷婷来了，便应付几句挂断电话，立即换上一副笑脸，给她倒茶让座。

黄婷婷将手里的东西放到桌上，说："刚卤出来的牛肚丝，给你送点儿过来尝尝。"

高远明拈起几根塞进嘴里，连说好吃。

黄婷婷微笑说："我姐给我说庄稼补助费的事，我一想就是你帮的忙，真没想到，你一直惦记着我姐家，都不知该说什么感谢的话才好。"

高远明用纸巾擦擦手指，说："不知就不要说了。其实那些都是举手之劳，我和他们村干部都有些交往，反正那些补助得下发，给谁补助，不是个补呢。"

"我姐高兴得脸都笑红了，这么多年，我从没见姐姐笑过，她的日子太艰难，苦得都不知怎么笑啦。"

"光是你姐，那你就不高兴啦？"高远明调皮地说。

"我当然高兴啦，这比帮了我还要高兴。"

"这就好，只要你高兴，那我做得才有意义……我要你过得快乐，心里才舒坦……"

黄婷婷的眼圈红了，这样的男人，怎么当初就把他放弃了呢？她心里难受起来，摇着头说："远明，你真是个难得的好……男人，当年错过你，还把你伤得那么深，可你如今还这样对我，我心里……"

眼泪蓄满了她的眼眶。

高远明抽出一张纸巾递到黄婷婷手中，轻轻说道："你不要自

208

责了，我知道当年你拧不过你母亲的以死相逼。说句实话，我也恨过你，最初失去你的时候。现在，就不恨了。这样说吧，要不是当年受的打击，我也不会努力到今天，全是给逼出来的，不然，我也会安于现状，说不定像你姐夫那样，浑浑噩噩过一辈子的。人哪，关键时刻需要打击一下的。"

黄婷婷含泪笑了，有高远明的这番话，她觉得这个深秋的天空比夏天还蓝，云朵比冬天还白，风儿比春天还暖和，她暗淡的心里一下子亮堂了许多。再去叶尔羌河的水潭边洗杂碎时，黄婷婷看着潭里的水都清亮多了，肮脏的大肠里倒出的粪便也不臭了，洗一整天杂碎也不觉得腰酸。甚至，她还边洗边哼起过去的老歌来，什么《九九艳阳天》《粉红色的夏天》，还有《甜蜜蜜》，她只会哼几句，现在流行的新歌一句都不会，这些年，她根本就没心思关注歌曲。

从此，只要碰上不错的牛肚或者新鲜的羊肠，黄婷婷会挑选一些，用地衣反复搓洗，偷偷留给高远明。自上次送去一些卤杂碎，见高远明没有反对，吃得很开心，黄婷婷心里便惦记着，能为自己以前心爱过的人做些事，她觉得很愉快。不过，她心里是有分寸的，高远明只是她的过去，只能放在心里想一想，就像冬天的手炉，捂在心口上暖暖心而已。况且，高远明的媳妇年轻又标致，他们的女儿都三四岁了，标准的幸福之家。她可不想扰乱他们一家的幸福。她只想用自己仅有的能力，感激他帮助过姐姐，也帮助她从暗淡的心理中脱离出来。她没有别的想法。她坚信自己的身心是正常健康的。

可是，面对丈夫何光华，黄婷婷还得掩饰住自己好起来的心情。就拿自己精心给高远明挑选的杂碎来说，她不能明目张胆，只能做些记号，悄悄放在卤汤锅里，与其他杂碎卤好后，再挑出来抽空给高远明送去。何光华这段时间的心思都在盖楼房上，也不会察觉到她的举动。

这阵子，何光华基本上每天都要与黄青山通一次电话，说一说盖楼房的设想。拆掉老屋，从头盖起，总得谨慎，比不得别人家扒掉屋顶铺个平台再往上加盖。他跟黄青山说得打多深的地基，房子的室内结构，都当成真正的盖房了，而不是为日后的拆迁。黄青山听得烦，说你麻烦不麻烦？很快就要拆的房，你管它地基结不结实，再不结实住一年总能行吧，再不济住半年也行啊。难道你想住十年八年，住到进棺材那天？何光华听着不高兴，心想，这是我的房，怎么盖是我的事，还用得着你来教训！他心里不服，却又不得不承认黄青山说得有道理。盖的拆迁房又不是住房，是不用太深太牢靠。

正准备拆旧房时，忽然间有消息说铁路改线，不经过桑那镇，而是绕开从五六公里以外的沙克多走。这个传言像一盆凉水，浇在桑那镇人的头上，整个镇子都惊动起来了，北街盖了新楼房的气得骂娘，没盖新房的抚摸着胸口直喊心都要跳出来了。

何光华惊出一身冷汗。幸亏他做事拖沓，加上黄婷婷一直持反对态度，多少对他有些钳制，不然，两间门面房现在恐怕也成一堆残垣了。这下，何光华很生黄青山的气，他在城里理应消息灵通，这么大的变故居然都不说一声，亏得没拆旧房。与北街盖新房的其他人家相比，何光华只买了些材料，几乎没多少损失。隔壁鞋店的冯薇薇就不同了，她把这么多年的积蓄全拿出来盖新房，没想到出现这么大变故，她家楼上加盖的那层做工很粗糙，当鞋店的储藏室还行，住不得人，说白了，就是废屋。冯薇薇望着多年积蓄堆起来的废屋，伤心得不知找谁诉说。

这个时候，黄青山还打电话来，问何光华拆除旧房的进度，过两天他回来跟何光华就共同建房共同享有拆迁费再签个协议，有了协议，房子盖到什么程度他就打相应的款项，这样，以后出现什么问题就可以按协议解决，不至于以后产生麻烦。

何光华握着话筒心里直发冷，都这个时候了，黄青山居然还装没事一样跟他谈协议，看来这个大舅哥真的想把他往火坑里推了。他对着电话冷冷地说道："哥，人家都说铁路不从咱这儿过啦，我拆房干什么？你也别老惦记着拆迁费，飞了鸡你照样也拿不着蛋，大家都没好处！"

黄青山一听话不对味，急了："你从哪儿听说铁路不从桑那镇过啦？修铁路是大事，线路都勘探好啦，哪能说改道就改道？这绝对是谣传！不过，你既然听到风声，我尽快打听一下，真有改道这一说，旧房你先别拆，等我打听清楚再说。"

没了盖房的念头，何光华开始注意起黄婷婷近来的变化，他发现黄婷婷往常结霜的表情好像逢遇春天，不但霜没了，还桃花朵朵似的艳了，偶尔还听她不经意地哼唱几声，连走路的步子都变得轻盈起来。何光华不是傻子，细细观察几天，自然注意到卤汤锅里的变化。有次，他故意当着老婆的面，将做有记号的羊肠切成片，盛在盘子里，说是隔壁的冯薇薇早就要盘卤肠，他亲自端了过去。不一会儿，从隔壁传来冯薇薇的大声浪笑。黄婷婷听着心里起腻，等何光华从隔壁回来，也不说什么，只管埋头做自己的事。何光华见黄婷婷一脸的不咸不淡，心里头明镜似的。

怕再被何光华抢了先,再卤杂碎时,黄婷婷多长了个心眼。这天,等杂碎卤到八九成熟,已经能吃时,她将做有记号的羊肠捞出,用塑料袋装了,提着刚出厨房,何光华在门外候着呢。

"可叫我逮着啦。"何光华一副得意样,冷笑道,"哼,你可千万别说这肠子是给你爸捞的,你爸看着我闹心,可是好几年不吃我卤的杂碎啦。"

黄婷婷梗着脖子,别开脸说:"我就没想着编瞎话!"

"那你亲口告诉我,肠子是送给你野男人的。"

黄婷婷狠狠地剜了何光华一眼,怒道:"狗嘴里吐不出象牙,我和他清清白白,没你想的那么肮脏。"

"都这样说呢,"何光华拖长腔调道,"全桑那镇传得谁不知道,你和那个野男人有一腿,以前我还信你清白呢,可你看看,偏当我是瞎子聋子,连下酒菜都做上记号给送。这段时间你过得滋润吧,瞧你一脸春风,跟我结婚这些年,从没瞧见你高兴过,哼!总算叫我抓住啦,看你还有什么话好说。"

黄婷婷冷冷地盯着何光华,不作任何解释,她懒得跟这种人说。何光华却被她的冷漠给激怒了,一把扯住黄婷婷的胳膊,恶狠狠地骂道:"臭婊子,没话说了是吧,走,我带你到镇街上去,叫大家看看你这个破鞋是怎么把我的东西偷送给野男人的!"

黄婷婷再也无法忍了,一怒之下,将烫手的羊肠扔向何光华。塑料袋破了,汤汤水水烫得何光华惨叫一声,随即,他顾不得疼,将黄婷婷推倒在地,挥拳打她的头、脸。

黄婷婷始终没喊叫,开始还反抗几下,没有效果,干脆任他发泄。何光华的打骂声引来了隔壁的冯薇薇,她闯院子,一把拉开何光华，把骂骂咧咧的他推出门。冯薇薇回过头，又来拉黄婷婷，被她一把推开。冯薇薇被拒绝，心里暗骂了一句，面子上却过不去，很尴尬，不屑地瞅眼黄婷婷，哼了一声，扭着腰肢气鼓鼓地走了。

黄婷婷从地上缓缓爬起来，用粗糙的手抹去嘴角的血，进屋换掉身上的脏衣服。她全身疼痛，在屋子里待不住，干脆一瘸一拐地出了门。

入冬了，刮着不大的西北风，正是中午时分，却不太冷，太阳红红地挂在天空，像秋天一样暖和。黄婷婷却感觉不到一丝温暖，觉得浑身冰冻一般，她的脸青的红的紫的，像个调色板。她两眼发直，对街上的行人视而不见，也听不到身后男男女女的指点声，无目的地朝前走。

不知不觉间，她走到北边的工地，走进高远明的那间临时办公室。这会儿，她不管不顾了。眼下，她最想见的就是高远明。在她心里，只有他才能抚慰她心里的伤口。

高远明正在兴高采烈地算账，被突然闯进来的黄婷婷吓了一跳，看到她脸上的伤，赶紧关门，将她拉坐在沙发上，问她出了什么事。

黄婷婷摇摇头，一头扎进高远明怀里，靠在这个温暖牢靠的地方，才放声大哭起来。

高远明什么都明白了。他抱住黄婷婷，叫她在自己怀里哭。

许久，黄婷婷终于止住哭声，从高远明怀里挣脱出来，两眼无光地看着他说：“你说，我该怎么办啊？”

高远明将她再次拉入怀中，颤抖的嘴唇贴在她的前额上，轻声说道：“到我这儿来，跟我过吧。我早就等着这一天哩。”他用自己滚烫的嘴唇去寻找她冰冷的嘴唇。

黄婷婷把脸别开。她冷静地说道:"那怎么行,你有老婆,有女儿哩。"

高远明嘴里的热气扑到黄婷婷的脸上:"我和她离婚,你跟何光华也离掉,我们本来就不应该被拆散的,现在还来得及。我一直等着有这一天哩,我们肯定会很幸福的!"

黄婷婷把高远明的嘴轻轻推开,她从他怀抱里移开身子,站起来摇着头说:"我已经不幸福了,难道再享受幸福,就非得打碎另一个女人和孩子的幸福?你,考虑过她们没有?"

想到孩子,高远明流泪了,他难过地望着黄婷婷,说:"难道,我就只能眼睁睁地看着你受苦?看着你不幸福,你知道我的心是怎样地煎熬啊?"

黄婷婷抹把泪,勉强露出笑容:"听到你这么说,我已经很幸福了。人生在世,原本就是来受苦的,苦过了,这人生就美满了,你说对不对?"

高远明点点头,又摇摇头,他不知怎么说才好,流着泪搂紧黄婷婷。

在高远明温暖的怀抱里,黄婷婷好像回到了从前,可是一想到眼下,从前隐隐约约就退去了,她伤心欲绝。虽然,她现在感受到了高远明的爱意,可是,她觉得别扭。她生硬地抽出高远明伸进她衣服里的手,突然间推开他,拉开门,跌跌撞撞地跑走了,任高远明在后面怎么喊,她都没回头。

黄婷婷一路跑到叶尔羌河,坐在她洗了几年杂碎的水潭边。潭水表面漂着一层污油,她知道潭底下还沉淀着好多杂碎的碎头,也许腐烂了，也许正在腐烂，像她的生活一样。

她胡思乱想着，望着一池污水，发了一下午的呆。

十

镇街上已经传遍黄婷婷与高远明偷情，被何光华抓奸挨打的风言风语。崔巧莲听到后觉得颜面丢尽，她是多好强的人，这些年来却没一件能叫她强起来的事情。一肚子气没处发泄，她摔东摔西做好晚饭。黄琪英铲地衣回来，被老伴戗了一顿，气得蹲在地上抽闷烟。

冬天黑得早，放学后，黄菲儿与同学们玩得快疯了，摸黑才回到家，见爷爷奶奶全板着脸，见了她却不搭理。菲儿刚玩耍的高兴劲一下子没了，整个晚上都没好情绪。吃过晚饭，她懒散地做完作业，没人招呼，脚也不洗便知趣地钻进被窝。

菲儿现在会看大人脸色行事了，自从转学到桑那镇，不在爸妈身边，她接受了这个现实后，突然间懂事多了，只要爷爷奶奶不高兴，她也不会像以前那样不管不顾，只要大人不说，最好不多嘴问。大人间的事，总也说不清的。以前，在城里，她爸妈就说不清楚。现在说清楚了，他们就离婚了，一离婚，妈妈连她的面也不见，电话也不给她打，把她从身边撇开了。菲儿躺在床上一想到妈妈，就悄悄地哭了。她边哭边想，在桑那镇，除爷爷奶奶外，大姑家离得远，整天忙地里的活，很难见一面，只有小姑惦记着她，经常来看她，送好吃的给她，疼她，宠她，但很少见小姑脸上有笑容。菲儿心想，小姑是不喜欢杂碎的味道，才不高兴的吧。她想着，哪天一定要跟小姑说说，不喜欢洗杂碎就别洗啦，何必把自己搞得愁眉苦脸呢。菲儿迷迷糊糊地乱想着，翻转身，面朝里睡着了。

昏黄的灯光下，黄琪英和崔巧莲压低声音又吵过一架后，坐在外间屋子生闷气。突然间，菲儿大叫起来，老两口不约而同地起身跑进卧室。

菲儿一跃而起，喊叫道："小姑来啦！我闻到她的气味了。"

崔巧莲一巴掌拍在菲儿的小脑袋上："我还以为鬼捏住你了，睡觉！"随即将菲儿按躺下。

菲儿无声地哭了。

黄琪英不满地盯着老伴看了一会儿，手按在菲儿刚挨打的地方，抚摸了许久。他发现菲儿的小身子不再抽动，才走到外屋。这时，黄琪英看到小女儿静静地站在门外边，目光迷乱地望着他。

黄琪英没理小女儿，他擦着黄婷婷的身子出门，到后院给驴拌草去了。

稍微过了会儿，黄琪英听到身后一声门的巨响声，他知道，是老伴赌气，把门狠劲关上了。

黄婷婷彻夜未归。起初，没人在意，也没人问她去了哪儿，中午时，菲儿慌里慌张地从学校跑回家，急急忙忙对奶奶说，小姑走了。

崔巧莲没好气地说："爱去哪儿，与我无关！"

菲儿情绪更加低落，没好好吃口饭，就耷拉着脑袋去了学校。

下午，黄琪英心里突然间很慌乱，没去铲地衣，到何光华家问婷婷在哪儿。何光华无精打采地守在店里，见岳父探问，很不耐烦地说，她肯定去她相好的那儿了呗！黄琪英心里更慌乱，生不起气来，顾不得女婿说难听话，又跑到大女儿家去找，最后去北街高远明的工地上也找过，都没找见婷婷。黄琪英这下急眼了，给儿子打通手机，没等他说，黄青山噼里啪啦说个不停："爸，我在回桑那镇的车上，你跟何光华说，铁路没改线，还是从桑那镇过，叫他赶快拆旧房，在最短时间内把新楼房盖起来，我这次回来就是为这事……"黄琪英老泪纵横，仓促地挂断电话。

半下午时，整个桑那镇全知道黄婷婷找不着了。高远明叫建筑队停工，大家分头去找，他自个儿则在北街烦躁不安地走来走去。何光华也感觉到不妙，缩在自家店内，伸长脖子从门口偷偷看对面工地上高远明高大的背影。

黄昏时分，学校放学，菲儿没像往常那样与同学玩，背上书包一路跑回家，拉住爷爷的手说："跟我去找小姑，我闻到她身上的味道了。"

黄琪英半信半疑，跟上孙女来到叶尔羌河边，穿过河边光秃秃的红柳枝，黄婷婷经常洗杂碎的水潭里，她的尸体在油乎乎的污水里，被流进的河水冲得摇来晃去。可黄婷婷就是漂不出这个污水潭。

十一

空荡荡的荒滩上，所有的生物在这里就像一粒微尘，卑微而弱小。荒滩却大得看不到边，辽阔而深邃。

黄琪英在荒滩上行走了几十年，哪一块地方的地衣好，哪一块的地衣好看却不顶用，他心里都清清楚楚。还在很早的时候，他新发现了一片上等地衣，白得像捂了一层雪，把那片荒滩覆盖得严严实实，他一直没舍得铲，想把这块地留给自己。他死后坚决不要火葬，要土葬，就用地衣埋葬！活着，他的气息里有地衣，将来死了，他也要用最好的地衣来埋葬。但黄琪英万万没想到，最不舍的这片地衣，竟是给自己心爱的小女儿准备下的。

被高远明带人打捞上来的黄婷婷，生前脱不开洗杂碎的命运，死后还被杂碎的污物裹了一身。

崔巧莲和黄珍珍用泪水和着黄琪英铲来的地衣，给黄婷婷清洗身上的污物。被高远明打得鼻青脸肿的何光华在院子里哭得气都喘不顺，不知道是哭黄婷婷的命运，还是他自己的伤痛。

黄琪英牵着菲儿的手，后面跟着四个人抬着他的寿棺，摇摇晃晃地走进来。黄琪英走到小女儿停尸的床前，手颤抖着摸她的脸，老牛似的哭了许久，哽咽道："你咋这么傻呢，我和你妈根本不信你干下丢人的事，只是……只是我们拉不下脸面，你怎么就想不开呢……"

后面的人把棺材盖打开，看到底部铺了一层厚厚的地衣粉末。

这时，菲儿突然喊道："快听，快听，小姑说话了，她说，再也不要爷爷的地衣啦！"

师　父

一

父亲对我说:"只要别叫我看见你个死样子,我的病不用吃药就能好。你选择,不是你死,就是我死!"我从师范学校毕业一年多了,说死说活就是找不到一份教书的工作,连农村的小学宁愿弄个没上过几天学的农民代课,也不要我这个正牌大专生。我无所事事,整天和一帮游手好闲的狐朋狗友在一起鬼混,有一天终于混出事来,我不小心把小胖的肚子给搞大了。小胖的父母上我们家来闹,其实也不算啥事,大不了过几年我娶小胖为妻。可小胖的父母不依不饶,非要我父亲给他们一个说法。我父亲能有什么说法?小胖的肚子又不是他搞大的。小胖的父母又不愿把女儿嫁给无所事事的我,我父亲也不可能大大方方地拿出钱来"赔偿"他们。患有哮喘病的父亲喘得像火车刚起步似的,叫我去死。我还不想死,自然父亲也不想死,不然他能说出这么绝情的话来,却不去自杀。但父亲把话说到这个份儿上,我要再不拿出点骨气来离开家,实在有辱我二十多年的英名。

我是个胸怀大志想干大事的人,不干就算,要干就得干出个名堂。从师范毕业回来,父亲处处看我不顺眼,说我是语言的巨人,行动的矮子。这次,说什么我也得有所表现,不能再这样下去了。我揣上三五百块钱和大专文凭,就直奔北京而来。在我的心里,只有北京够大,能容纳下我。

像所有第一次到北京的人一样,一下火车我就直奔天安门广场，圆儿时"我爱北京天安门"的梦想，那种神圣感烘托着我激动了好几天。我揣着希望，满心热情地在北京的这个街那个路上参与访问，几天后，我被北京的冷酷击趴下了。北京太大，大得无边，可这里更是人才济济的地方，我怀里揣着的那张大专文凭还不如手纸管用。兜里的钱没见怎么用就稀薄成空气了，我满心焦虑，又拉不下脸回家，只好放下臭架子，硬着头皮跟一群民工到中关村的一个建筑工地去做小工。在那里挑泥桶搬砖头干了一个月，最后只拿到一百五十块钱，大部分还补交了伙食费。更可恨的，冬天到了。冬天，我们那个工地停工，民工们只好回家等来年春天再开工。我不能回家，又没地方去，干脆留下来看工地。其实工地上也没啥好看的，材料都收起来拉回了库房，剩下全是水泥钢筋浇筑的楼房架子，谁想偷都偷不走，可这样的空架子也得有人看守着。

我是自告奋勇一个人留下看守工地的，一个人清闲。谁知那日子很难熬，比我想象的要糟糕。工头怕发生火灾不让生火做饭，我只好每天去菜市场买素包子吃，后来连素包子也不敢吃了，只能啃馒头，喝自来水，连口热开水都喝不上。就这还能凑合，最让我受不了的，是寒冷。工棚是用石棉瓦临时搭建的，四面透风，晚上气温低，有时还刮风，工棚里没有任何取暖设备，像冰窖似的，我把所有能裹的东西全部裹在身上，一动不动地趴在床上还能熬过去，要是起来上个厕所，再回到被窝里，没有大半天缓不过劲来，冻得牙齿直打架，根本睡不着觉，只能盼天明。为此，我从下午开始就坚持不喝水，夜里尽量不起来。天亮了，太阳一出来，再冷酷的世界也会温暖许多，比夜晚好过多了。当然，就算是太阳温暖得让人感动，也毕竟是冬天。北京的冬天风很大，是那种干冷的风，一刮起来没个完，白天晚上也不倒班，所以白天我除过去买馒头或者上厕所，其余时间都钻在被筒里，像挺尸似的。

我的艰难处境，不知怎么让对面楼上的一个大嫂给看到了。大嫂不光是有心人，还是个好心人，她在一个寒冷的黄昏，给我端来了一大碗热汤面。汤面盛在一个大汤盆里，大嫂一揭盖，顿时热气腾腾，香味迎面扑来，一下子将我包围起来。我的泪水也像汤面一样散着热气在冰凉的脸上淌着。大嫂眼泪巴巴地看着我说，还是个孩子呢，怎么受这份罪！

那是我吃过的世界上最好的食物，在这个冰冷的冬天，它使我对冰冷的北京有了一点点温暖的感觉。

从那以后，大嫂每天都无偿地给我送顿热汤面，后来见我取暖的被子薄，又送来了一床旧棉被，让我的冬天变得暖和了许多。我不知道怎么感激那位大嫂，感谢的话说得多了，就像假的一样，我不再说了，傻傻地看着她，眼泪都在心里澎湃着。

我所在的工地不在中关村闹市区，是在一个略偏的小区里，旁边的胡同行人稀少又来去匆匆，偶尔有个过路的人瞟上我一眼，漠然得就像被看的是一堆泥沙或者枯死的野草，绝不会把目光过多地停留在这些没用的东西上。我每天趴在工棚的被筒里，可怜巴巴地望着外面的胡同口，胡同像冬天一样干涩枯燥，一星半点的热闹都没有。我一天的日子，只有每到黄昏的时候，看到大嫂身影的那一刻才最真实最美丽。饥饿使我的心里像猫抓似的，为了省钱，我早已不去买馒头了，只惦记着大嫂的那碗热汤面，以此维持生命，每天迫切地盼着她给我送热汤面的身影。

这时，我的师父出场了。说句实话，我师父的出场一点儿都不风光，他当时的样子和乞丐没什么两样，头顶仅有的几根头发像落满雪的鸟窝，身上的呢子大衣沾满了泥污。他跌倒在我们工地门口，爬不起来了。我猫在被窝里，目光透过工棚的空隙热切地盯着门外，正盼望着热气腾腾的汤面，刚好看到师父跌倒，等了一会儿见他没爬起来，我掀开被子跑过去，把他扶起来。他满身酒气，腿可能受了伤，连站立都很困难，他或许是冻坏了，在我怀里瑟瑟发抖。我问了他几句，他都不回答，就把他扶回工棚里放倒在床上，用被子捂了半天，他才缓过劲来。从被子里钻出来，没有多余的衣服可穿，又一天没吃饭身上没有热量，我冻得发抖。师父看着我咬紧牙关的样子，第一句话对我说的是，小兄弟，你不是坏人，碰上我，算你走运。我心想，还不知道是谁走运呢。

　　大嫂给我送热汤面来了。这个真正的好人不知道我这里突然间多了一张嘴，也不知道我们是什么关系，她竟然像做错事似的，连说不好意思，不好意思，我不知道你这儿来人了，不然，我会多下一把面的。不好意思的应该是我，我低着头不敢看大嫂。大嫂搓着手不知该咋办，我手忙脚乱地把热汤面端给师父先吃。师父也不客气，真像我的什么人似的，接过碗就吃，只吃了一口，他就不高兴了，说："这位大嫂，这汤太咸，也没有放味精，我是南方人，爱吃味精，你记住少放点盐，适当放点味精，知道吗？"大嫂看了我一眼，我很难为情。我看到大嫂的脸倒不好意思地红了。我不知如何是好，只当师父说的是醉话。幸亏师父没有把热汤当场吐出来，咸也罢，还是接着吃喝，算是给足我面子了。大嫂端着空碗走后，我对师父说明情况，师父不以为然，竟然对我说，那是她主动送上门，不是谁要求的，给她提点意见，让她有所改进，免得下次犯同样的错误。

"小兄弟，在这个世上，什么都可以凑合，唯独吃不能，哪怕喝一口汤，也得可口，不然，活着就没啥意思了。"师父这样对我说。

我不以为然，都混成这样了，连顿饱饭都吃不上，还能挑这拣那。我看着眼前的这人，还挺贵族，一副乞丐样，架子却不倒。

师父一见我的样子，看透了我的想法，他说："你别看我现在的样子不入眼，我昨天还是个财大气粗的老板，或者是大权在握的官员，求我的人多了去了，就你这样的，给我当踩板，我还看不上眼呢。"

我心说，小样儿，也不撒泡尿照照，比我还不如呢，好歹我还有个落脚的地儿。真是一点儿羞耻心都没有，北京咋出这样不要脸的东西！当然，这话我只能是在心里说，我不是那种喜欢讽刺人的人，何况，他酒还没醒，我可以谅解，谁跟酒话较真儿呀。到北京近三个月了，别的我没发现，倒发现不少不喝酒也说醉话的人，比起那些人，眼前这个强多了，至少说的是真正的醉话。

师父眼毒，他拍了拍我的肩膀说："我知道你心里是咋想的，你不信也罢，会有你信的那一天。这样给你说吧，你小子碰上我，是你的福气。我这个人也不是对什么都无谓，良心还是有的，凭你帮了我一把，我愿意收你做我的徒弟。我会叫你咸鱼翻身，成为人上人的，你信不信？"

我强忍着笑，做出为难的样子看着他说："你不会叫我跟你一起去大街上讨钱吧？虽然这样也能致富，可我还年轻，我……"

师父嘴一撇："你小子目光太短浅，看来我们没有缘分。你可能就是看工地的命。"

"那倒不一定。"我辩道，"说不定哪一天，我会……"

师父坏坏地笑了："会什么？会有富婆看上你，包养你？"他上下打量着我，四周瞅了瞅，又说，"就你这样子，窝的这地儿？做梦去吧你！……哎，你小子可别对送面条的那个大嫂有想法，她一看就是老实巴交没钱的主儿，说不定还被老公抛弃了呢。"

"不准诬蔑她！你这个人真是的，不知道什么叫感激也就罢了，还一点儿都不懂得尊重人。"我很生气他这样说那位大嫂。

"尊重人？"师父说，"看来你还真是个小公鸡，难得呀，这种类型的现在不好找呢，我今天收定你了。说句中听的话，就你这副还过得去的长相，经我调教调教，可能会成为高徒的。"

"谁说要做你的徒弟了？"

"你会的，"师父指着四面漏风的工棚和那堆破棉被说，"除非你脑子进了水，不想换个活法，愿意守着这些破烂东西。"

"你，你说说，你到底是干什么的？"

"现在不能告诉你，除非你做我的徒弟。"

"你……"

我再英雄，还是气短啊。万一真像他所说，能有一个比工地更好的地方混生活呢，有奔头谁还愿意守在这破工棚里呀。我犹豫了。

师父看出了我内心的变化，笑模笑样地说："小子，一看你就不是个长期出苦力的主儿，肯定迫于无奈。高中毕业了吧？"

"大专毕业，地区师范中文系，正牌的。"

"哦，同行啊，有趣。我不怀疑你，现在不会有人去办假大专，没用。就算你有才，可你的这个'才'缺少最重要的那半边，你知道是什么吗?"

我摇了摇头。

"缺个'贝'，'宝贝'的'贝'，傻瓜。没有贝，有多少'才'也没有用。你想不想成为宝贝的财呢?"

不想才是傻瓜呢，连鬼都不愿当个穷鬼，何况我，被老爹逼出来，一心想要混出个人模狗样来，要不怎么能咽下这口气! 可照目前这种混法，只能越混越差。我对闯北京的前程很悲观。

"跟着我干，别光瞅我现在的穷酸样，我这背后的风景你可没见着呢。跟我走，去我家里，到时你就知道我不是吹牛皮。走吧，小子。"

我心动了，心想走就走，我一个大男人，难不成还能被他贩卖到哪个山沟沟里去给别人做丈夫? 就我现在的处境，如果包工头再赖着不给我发工钱，口袋里仅剩的几十块，如果不是好心的大嫂，我就是每天只吃一个馒头，也坚持不下来这个冬天，而且我也总不能依赖人家大嫂每天给我送汤面吧。反正，我实在不愿意在工地待了，倒不如重新寻求出路，另想办法呢。用师父的话说，这叫作置之死地而后生。

"我……这，这工地咋办?"

"管他呢，包工头不是个东西，这么冷的天叫你住这种地方，还不准生火，他不仁，你也不义，谁爱管谁管去。"

我做不到决然离开，还是跑到路边的电话亭给老板打了个电话，说我要离开。老板在那头一个劲地说这样离开不会算工钱给我，我急了，一直眼巴巴瞅着那几个钱呢，还没来得及跟老板争辩，师父就毫不犹豫地摁掉了电话，拉上我就走。连我的家当都不让拿，他说我那些东西连捡破烂的都不会要。

师父的酒早就醒了，我却像喝醉了酒似的，抖抖索索地跟着他在寒风中过了昆玉河，来到世纪城他买的一套三居室里。从只有钢筋水泥柱子和寒风的工棚进入装修得富丽堂皇的居室，我有种从地狱进入天堂的不真实感，一股暖气迎面扑来，像是对我温暖的拥抱，我心里一热，泪水忽地涌出眼窝。到北京后，这是我第二次流泪，除了第一次在热腾腾的汤面和热心的大嫂面前，在我人生里最艰难的这三个多月里，我都咬着牙强忍着没有掉一滴泪，即使有泪，也是强忍在心中。

后来，师父告诉我，他的家对任何人是保密的，那天要不是他喝多了酒，脑子不清醒，绝对不会把刚认识的我带到他家里，那样做太危险。"幸亏你不是坏人，不然，我可就惨了。"在师父那里，好人和坏人的标准有可能是调了个过儿的。不管怎么调过儿，师父对我还是很信任的。

那天，师父叫我洗了个热水澡，他把我换下的衣服扔进了垃圾袋，非要我换上他找出来的衣服，我感到很别扭。师父却认为我穿上他的衣服才算恢复人样。晚上，他要带我去外面吃饭，说是得喝个认师酒。我不好推辞，只好跟着他到世纪城北边的"金源时代购物中心"，一进购物中心大楼，面对眼花缭乱的景象，我整个儿就晕乎了。自从到北京，我除过正儿八经地去过天安门，捏着地图乘公交车到几个地方找过工作外，还真是哪儿都没去过，甭说商场，连中关村附近的一些小超市都没进过。师父见我束手束脚的样子，挑着手指头说这是目前亚洲最大的购物中心，要想把这一幢楼逛下来，没有一天时间下不来。我也弄不清真假，反正我就是放不开手脚。跟着师父坐电梯上到五楼，这里全部是餐饮，每个餐馆门口都站着几个花枝招展的女孩在招揽客人。师父领着我绕过她们，来到一个叫金色岛的日本料理店，叫我吃了一顿洋饭，喝了一顿洋拜师酒。按师父的话说，先叫我开一回洋荤，见识见识，往后要见的世面还大着呢。

我是第一次喝洋酒，味道很淡的日本清酒把我喝醉了，糊里糊涂睡到第二天中午才醒。我一睁开眼，发现自己不在四面透风的破工棚里，而是一间考究的楼房里，刚开始糊里糊涂还以为自己在梦中呢。从柔软的席梦思床上爬起来时，我忽然清醒过来，才意识到，我的生活将要发生巨大变化，在工棚里钻在被窝等候一碗热腾腾汤面的日子，已经和我告别了。

二

一个师父就是一个引路人。我就是被师父引上这个道的，不然，我哪有后来的风光日子，说不定早就冻死在中关村的那个破工棚里，被送到八宝山（不知民工死后有没有这个待遇）烧成一把灰了。说起来，还是我的命好，和师父有缘，才使我走上了这条没有回头路的小道。

师父给我一讲他的职业，我从沙发上弹跳起来，叫道："这不是行骗吗？"

师父瞪了我一眼："亏你还是个师范中文系毕业生呢，连个话都不会说。'君子生财，取之有道。'有人愿打有人愿挨，说句中听的话，我的这个生财之道，比起那些贪官来，不知要好多少倍呢。你不要把师父想得太坏，我也是不得已而为之。其实细想想，我这样做也是为社会做贡献，变着法子整治腐败分子呢。"

师父干的，是帮那些想留在北京的大学生找门路，疏通关系，提供真假难辨的用人就业信息。说白了，就是行骗。

师父看透了我的心思，笑眯眯地对我又说："当然，咱们是因人而异，专门对付那些父母当官，能动用公家钱财的人了，对那些家境不好的，也下不了那个手，我会舍弃。"

师父说得好像不无道理。拜师酒都喝过了，我已经上了这个贼船，想下去恐怕没那么容易，想想自己这一段过的日子，就是有十头牛拉着，我也不会回头了，就决定跟着师父往前走一步看了。

这阵子，师父不准备做新的生意，他没告诉我原因，只说他身体时常感到不太好，需要好好调整一下，利用这个空当，可以带带我这个徒弟。

接下来，师父带我去大红门，给我买了两套仿制的名牌服装，把我包装了一下。我穿上假冒的名牌西装，师父帮我扎好领带，用手替我把头发捋了捋，然后站在旁边欣赏着。我看着镜子里的自己，果然应了那句"人要衣装马要鞍"的话，我一点儿住工棚的痕迹都没有了，变成了一个衣冠楚楚的帅小伙。师父说，我没看走眼，有点酷就够了，不然，别人会起疑心的。你看看我。

我扭头看师父，他用手梳理着头顶仅存的几根长毛发，一根根捏起来从"地方"拉到"中央"，并将它们排队一样排得整整齐齐。

"我这个头一看就像官员或者老板，说了你可能不信，为这个头，可费了不少心，好不容易找到一家美发店才做成现在这样。我原来的头发好着呢，可那一头好发让我看起来太老实巴交，一点儿都不像费尽心思搞投机钻营的官人或者老板，只好舍弃一头毛发，搞了个地方支援中央。你看看，我这样子是不是权势在握，或者腰缠万贯的样子?"

我看着师父，说实话，我到现在没见过大老板或者政府官员，不过，经过一番拨弄的师父看上去是跟我刚见到他时不一样，身上有一种让我敬畏的东西。

"不过，从现在起，我出门得换个发型了，换一副面孔出现，不然，被一些女孩缠上，我就没法休整了。"

师父买回几个头套，每戴一种头套，就像换了个人似的，不注意看，还真认不出来。

换了行头，我开始接受师父的培训。无论在什么时候，我都扮演师父的秘书，但秘书也有秘书的不同，培训主要分两项内容，一是扮演不同的角色时应该注意的事项。也就是说，师父充当官员时，我就扮演他的生活秘书，给他安排日常起居，像过去皇宫里的太监似的，形影不离；师父充当老板，我就扮演他的工作秘书，像他养的走狗似的，摇头摆尾俯首帖耳。二是培训说话的分寸，什么该说，什么不该说，什么时候说什么话，这里面讲究大着呢，不比找个好工作简单。我费了大半个月时间，才叫师父微感满意，他严厉地说，基础理论算是学到了，还得在实践中去摸索，去锻炼，才能取得成绩。我先带你实习实习。

实习开始前，师父郑重地给我叮嘱，干我们这一行的，动什么千万不能动感情，也绝对不能和哪个女孩子上床。师父说，记住，咱们经营的可是无本生意，为的是钱，一旦和哪个翻滚到床上，赔了身子，挣不上钱不说，反而会叫人家牵制住，到时能不能脱得了身，都很难说。

师父的这番理论我听着还是很新鲜，只有说女人赔了身子的，而他的眼里，却是我们这些男人有贞操，赔的是我们的身子。

师父要带我到几所大学附近的歌舞厅、酒吧去熟悉情况，他说那种地方才是最好的实习场所。

这次，我们的身份是老板和秘书。这里想傍大款的女孩子很多，一进酒吧，呼啦一下，跟苍蝇见了臭肉似的全冲着我们围上来，一边说着听不大懂的蹩脚北京话，一边在我们身上乱摸。一见这阵势，我心慌气短起来，那一张张凑到跟前的，可都是些年轻漂亮的脸，我一个年轻小伙，说一点儿感觉都没有可就不太正常了。我看师父镇定自若，仰着头只管往里走，对那些暴露很多的年轻身体看也不看。我着实很佩服师父的定力，也竭力装出满不在乎的样子，从苍蝇堆里钻出来。

我们在一个角落里坐下，服务生给我们点酒水时，那些女孩子个个像兔子似的，竖着耳朵听着，从我们点酒水的等级上，要分辨出我们的身份是官员还是老板——当然主要是师父的身份。至于我的身份，她们自然是一目了然，不是"太监"，就是"走狗"，这从她们看我的眼神里就能感觉出来。

因为是实习，师父有言在先，这段时间我们不打猎，所以我们对那些美貌如花的女孩视而不见。

师父说："你要牢记，干我们这行，最重要的得会看人，不是用眼睛看，而要用心。什么样的人会成为我们的合作伙伴，你的心得看穿她，她的前前后后，绝对不能走眼，不然后果不堪设想。"

后来我才知道，师父为什么要把这句话对我叮嘱了又叮嘱。他与我在工棚相识那天，正好是他马失前蹄的时候。过五关斩六将的关云长还有败走麦城的时候呢，师父也有看走眼的时候。那次，师父的计谋被一个叫程琳琳的女大学生识破，她纠结了十几个身强力壮的男生，把师父堵在北大东边蓝旗营附近，他们从怀里掏出早已准备好的刀子、棍棒，慢慢地缩小包围圈。师父就是有上天的本事，那十几个人也会把他从天上拽下来撕成碎片。师父是个明白人，一看脱不了身，也不充好汉，低头哈腰地向人家赔罪，连连答应退回所有的钱财，包括程琳琳与他在一起的所有消费。可那些人根本不听师父的赔罪，依然向他逼去。师父急眼了，他往后退着，一脚踩在一个井盖上，把井盖给踩翻了，师父眼前突然一亮，发现入地有门，没有犹豫，扑通跳进井里。那是一个架设各种管子的地下通道，当然少不了下水道，中间的空隙能容一个人爬行。师父疯了似的爬进黑乎乎的通道里，不管前景如何，只管没命地往前爬。那些大学生反应过来，有胆大的跳下井里，却没人敢像师父那样爬进中间的空隙，他们眼看着师父从他们面前逃走，还装作很负责任地把守着那个井口，以及旁边的几个井口，自欺欺人地相信师父还会从这几个井口当中的某一口里钻出来。他们哪里知道，师父沿着通道爬了两个多小时，到中关村一个小区的下水井里才钻了出来，他辨清所在的位置后，为了压惊，就到小区的小吃店里要了两盘菜，喝了大半瓶二锅头才稳定下来情绪。他醉醺醺地往回走时，由于跳井时腿受了点伤，又喝了酒，晕乎乎地栽倒在我们工棚外面，幸好被我看到，把他扶进工棚，用被子捂他，不然的话，他就算是躲过了程琳琳等人的棍棒，也躲不过冬天蚀骨的寒冷。

　　看来，命中注定我要撞上大运，在没有一点儿征兆的时候碰上了师父这样的贵人，不但把我带离了工棚那个环境恶劣的地方，还管我吃、管我穿、管我住，管教我生财之道，使我绝处逢生，在寒冷的北京终于寻找到了一条生路。虽然这条路前途未卜，可从师父现在的居住环境和生活条件来看，肯定不会坏到哪儿去。只是，对能不能混成师父那样，我心里没底，明显大脑缺氧供血不足。

三

　　受过惊吓的师父，比以前谨慎多了。我虽是他看中的，可刚开始，他也一样怀疑我的忠诚，曾严厉地告诫我说，他可以供我吃住，给我提供挣钱的机会，但绝对不允许我出卖他，一旦他发现我有一丁点儿这方面的倾向，他绝不轻饶。他能拯救一个人，也可以毁灭一个人。

　　见我被吓得不轻，师父又缓和口气对我说："小子，你跟了我，就已经上了贼船，我们今后成了一根绳子上的蚂蚱，谁想日鬼谁，谁就没好下场。还是死心塌地干吧，歌里不是都在唱'不是我们太坏，而是这个世界变态，逼着良家妇女出卖贞节'。"

　　其实，我并没有太多的想法，生活有了着落，跟着师父肯定不会再受太大的罪，我哪里会想着去日鬼师父呢。只是刚开始跟着师父出入奢华场所时，我突然想起了以前在工地上给我送热汤面的那位大嫂，我的突然失踪，她肯定很担心。我都能想象出她担心的样子，可我除过和她说过几句感谢的话外，连她的名字都没问过。现在我不但每天热饭热菜有的吃，而且还把那些饭菜吃得有声有色，相比期盼热汤面的日子来，生活优越得简直无法形容。可我还是会忍不住想起那热腾腾的汤面，它们在我的心里，就是寒冬里最不可求的温暖。每当这时，我就有一种要回报大嫂的强烈冲动，同时，我也想告诉她，我的生活有了着落，再不用那么落魄，叫她放心。但我没法找到她，唯一清楚的，是大嫂住在工地对面那幢高层楼里，具体哪个单元哪一室我是一无所知，我怎么去找她呢？

回报的心情有时很迫切时，我就到大嫂住的那幢楼前去等。没想到，那幢楼里住的人很多，出出进进像火车站的出入口，全是陌生面孔。我引颈在楼门口等了三四次，也没有看到大嫂的身影出现，只好失望地走了。

事后，师父知道了我的行踪，问明我的想法后，笑着对我说："看来你小子还真是个心地善良的人，干我们这一行，太善良可不行。不过，这也没有什么，要看你对什么人和什么事了。你一定要记住，做我们这行的，千万要心硬，不然，你会失败的。"

我点着头。

师父说："你看着在点头，其实心里并非这样想。你还是受的挫折和打击太少，没有太多的社会经验。这样吧，现在也该是你出手的时候了，师父就帮你先干一桩事体验体验，叫你知道在这个世界，人有多复杂。"

四

小鱼是我在师父的幕后操作下，开始做的第一桩正经事。

第一次见到小鱼，觉得她有点像小胖，对她自然而然地就有了一种亲近感。要不是师父有言在先，我肯定会暗示小鱼不上这个当的。

自从上次受创后，师父不敢出山，怕惹来更多的麻烦，他在幕后出谋划策，让我出头在外面打点。在师父的悉心指导下，没费多少周折，我把小鱼网住了。

小鱼在北大读自费，她看起来是那种急性子女孩，我和她见第一次面时，就发现她想要把自己挂在某棵大树上的心情很急迫，有一种奋不顾身炸碉堡的献身精神。我看着小鱼当时的样子，心想师父果然了不起，他把这种人的心理摸得这么准，难怪他的无本生意做得如此成功呢。

后来，小鱼给我讲她的身世，说她妈得癌症死得早，后妈又很厉害，她爸如果对女儿稍微好点儿，后妈就甩脸子，不让她爸上床。她爸为了不得罪这个老婆，也不敢对自己的女儿表现得太关心。从上初中，小鱼就有个梦想，一定要好好学习，将来考大学，远走高飞，永远不再回这个没有一点儿温情的家。

尽管我时时牢记着师父的话，但在当时，我想起父亲对我的态度，对小鱼产生了强烈的同情心。

我与小鱼还看过两次电影，银幕上演的什么，我全没记住，只记住了小鱼每次一进电影院就主动抓住我的手，还在我的手心里不停地叩，叩得我心里又慌又乱，哪有心思看电影。我一直用余光瞅着身边小鱼脸上的表情。小鱼看上去很平静，银幕上反射过来的光线，把她唇上的茸毛照得闪闪发亮，挺诱人的。我的想象力无限延长，到了小胖身上才能停住。到北京后，我最想的就是小胖了，尤其是她的身体，叫我经常彻夜难眠。以前在工地上，我不敢跟小胖联系，怕她看不起我，现在我又怕一不小心泄露秘密，就和小胖一直没有联系，有时心里挺愧疚的，把她的肚子都搞大了，害得她受了一次流产的疼痛，我却连个电话都不给她打。我是不是真变得没良心了，还是本来就没良心？这个问题我没法回答自己，我现在的主要任务，就是把小鱼拿下。这是师父给我下的死命令。

第二次我和小鱼是去北大看的电影。好像是韩国的一部片子，演的大概是一群大学生的生活，他们动不动就上床乱搞，有些镜头不堪入目。北大是什么地方？中国文化和文明最发达的顶端，放这种片子竟没有一个人发出小声的议论。这就是素质。要是放在别的电影院，早就议论得一窝蜂了。

电影散场后，我和小鱼出了北大西门，在等公共汽车时，我没话找话地说些晚报上的强奸呀、自杀呀、离婚判决呀，还有司机撞了人逃跑之类的热门消息，可小鱼看上去一点儿都不感兴趣，她用热烈的目光不时地瞧着我，都有点挑衅的意思在里面了。我不能再装，否则小鱼还真以为我是个真太监呢。我鼓足勇气突然抱住了小鱼，开始她还像个贞女似的象征性地挣扎了几下。迈出艰难的第一步，我当然不能败给她，毫不含糊地把小鱼抱得更紧。小鱼不再挣扎，她在我怀里变得非常温顺，像只猫咪似的，我心里好一阵感动。从这时起，我不再说话，我们紧紧地拥抱着，像一对真正的情侣那样难舍难分，几辆公共汽车白白从我们身边开走了都不知道。等我从热烈的拥抱中醒悟过来时，才发现时间有点晚了，我们要坐的小五路早过了行运时间。我问小鱼怎么办？小鱼说："我咋知道，随你了……我有点冷，不想在这里待……"

我只好拦了辆出租车拉着小鱼钻了进去。司机问我们去哪里。没等我想好该怎么回答，小鱼已抢先告诉司机去万泉庄。我知道她租住在万泉庄。我想这样也好，先把小鱼送回去。

到了万泉庄，小鱼给司机扔下十块钱，却把我拖下出租车，要我去她的住处看看。我不好推托，况且心里也很向往，便跟着小鱼去了她的住处。小鱼住在万泉庄一栋楼的地下室里，她一个人租了一间小屋，大概七八平方米的样子，阴暗潮湿，有股香水混杂其间的霉味。我仔细看着，屋里除过一张床、一个桌子外，几乎别无他物。

看到小鱼住得这么寒酸，我心里挺不是滋味，这么一个处境艰难的女孩，还要昧着良心挣她的钱，于心何忍！

小鱼看出我脸上的变化，却错误地领会了这变化的实质，顺势倒在我的怀里。我记得自己当时是推了几下的，但没有推开。像我这么一个大小伙子竟然连一个弱女子都推不开，鬼才信呢。其实，我心里还是谨记着师父的教导，不能随便发生那种关系，努力克制住自己的。可是，从一开始我就抱着不想和小鱼把这桩事做下去的心理，按照师父的原则，小鱼的父母都不是官人，算不上腐败分子，她的家境又说不上很好，和她的生意当然不能做了。因为有了这样的念头，我心里就没有了压力。没有金钱的关系，我和小鱼就不算是交易，不是交易就可以有感情。再说了，当时干柴已被烈火熊熊点燃，又怎么轻易能扑得灭呢？

我忘记了师父的话。接下来发生的事，顺理成章，没啥新鲜的。我这个人缺乏描述和表达能力，没法把细节说得多么生动吸引人。可是，其间发生的一个小插曲还是得说说的。我俩脱光衣服钻进被窝不能自已，正要行动时，突然我想起不能给自己再惹麻烦，已经有过一次教训了，就问小鱼有没有防护工具。小鱼生气地一把推开我说，你把我当成啥人了！

我连忙解释不是那个意思。

不是那个意思，那你是哪个意思？

我绝对相信你是……纯洁的，我是怕给你添麻烦。

小鱼这才缓和下来，回到我怀里，小声地说，不怕，一次不会轻易怀上的。

可这打消不了我的顾虑，在这方面，小胖给我的教训是惨痛的，我再不能犯这么低级的错误了。我爬起来穿上衣服，不顾小鱼的劝说，坚持要到外面街上的自动售货机里去买个套子。到街上找一个自动售套机不难，北京把这工作做得很到家，可犯了一个不小的形式主义，就是必须用一块钱的硬币，才能得到那玩意儿。我翻遍了所有口袋，也没有找到一枚硬币。回到小鱼的住处，问小鱼要，她光着身子到处找，也没有凑够一块钱硬币。她等不及了，再次把我拉上床。因为有所顾忌，我觉得不顺，差点儿泄气时，突然想起外面路边一个药店，好像夜间也售药的，便又爬起穿上衣服跑到街上，来到那个叫大象的药店门口，敲了半天门，一个中年妇女才愤怒地打开小窗口，问我是不是要死人了。我气愤地对她说，人倒没死，我不想给这个社会再添一个新人，给国家基本国策做点贡献。

卖药的妇女听懂了我的意思，她可能提前到了更年期，打着哈欠生气地说："旁边就是自动售那玩意儿的，你没长眼啊。"

我说："眼睛倒是长了，可那玩意儿要硬币，我没有。你要嫌麻烦，给我换点硬币也成。"

卖药的妇女扑哧笑了："原来你是软的，弄不成事。我换给你硬的，还不如直接卖给您软的。拿钱来，二十块。"

"这么贵……我要不了这么多的。"

卖药的妇女从窗口扔出一个盒子说："拿着吧，省得半夜还要用时再叫醒我。"

"我真的不需要这么多！"

"嫌贵吧？这是美国进口的，保险。贵有贵的好处，上面有刺……你该不会是去找那种女人吧？"

我心想你管得着吗，扔过去二十块钱，我一把抓过盒子，转身走了。

这天夜里，我和小鱼折腾得很疲惫，睡下什么都不知道了。半夜时，地下室暖气的管道漏水，小鱼的屋子地上积了厚厚的一层水。我们俩的鞋子漂到床下去了，早上起来下床时，我迷迷瞪瞪一脚踩进了水里，吓得我惊叫起来，把还在沉睡的小鱼给惊醒了，她爬起来见多不怪地看了地上一眼，又躺下了。我找不到鞋子，只好把脚又收回到床上，但脚是湿的，一时不知该咋办。小鱼抓起自己的短裤扔过来叫我擦脚，我愣了一下，还是用她的短裤擦了脚上的水，总觉得该说句话才对，就调侃了一句：

"你还真是条鱼啊，连睡觉都在水里。"

小鱼忽地爬起来，笑道："你还有劲啊，这么多话？说吧，什么时候带我去见焦处长？"

焦处长是师父化身时用的其中一个。我犹豫着，得好好想想，别给小鱼把师父的身份搞错了，穿帮了可不好。我正在思考，小鱼却从后面扑过来抱住我的背，突然哭了。

我问她是不是后悔了。

小鱼被我的这句话逗得扑哧一笑，眼角还挂着泪，说："我看你刚才怕回答我问题的样子，突然觉得我们俩像乱伦。"

"乱伦？"我一头雾水，"你怎么会有这种想法？"

小鱼眼泪又出来了，她抚摸着我说："我只是一时冒出这么个想法，你别当真。不过，你还是把我的事当真点儿吧，什么时候和焦处长见见面，把我的事给催催。"

我答应小鱼尽量催催。

从小鱼住的地下室出来，一上到地面，强烈的阳光照在我脸上，就像打了我一个耳光，我被打清醒了，心想着该怎么向师父交代。我是想着不和小鱼往下做这笔交易了，可师父未必会这样想。这可是我第一次出道，师父对我是满怀希望的。我和小鱼刚接触时，就给师父汇报过她的情况，说这个生意不能往下做了，这个女孩子不容易。师父却说，不要轻易下结论，接触接触再说。我遵照师父的意思，和小鱼往下再接触，就发展成这个样子。

五

我正愁没法向师父交代时，师父却出了大麻烦。

那天，我和师父一起去八一湖滑冰，师父突然捂着胸口，弯下腰对我说，小毛，咱们走吧，我有点儿不舒服。

可能是太冷的缘故，我没当回事。师父也没当一回事。我们还到紫竹院吃了一顿湘菜，才回到世纪城。到了晚上，我已经睡着了，师父可能疼得不行，过来叫我，说他坚持不住了。我赶紧爬起来，打开灯一看，师父手捂着肚子，额头上布满了豆大的汗珠，吓得我脸色顿时变白了，手忙脚乱地不知该怎么办才好。师父摸了摸我的脸说："别怕，没啥大事，你陪我去医院看看就行。"

我这才醒过来，奔向电话想给120打电话叫救护车过来。

师父一把按住电话，说："不要乱打电话，留下号码会给咱们惹来麻烦的，我们就去旁边的四季青医院好了。"

"四季青是个乡里的医院……"

师父说："没事，咱又不是啥大病，不用去大医院。"

我陪师父到四季青医院，值班的急诊医生一检查，说可能是肝硬化，已经很严重了，叫我们赶紧去大医院。

师父一听，脸色一下子变了，拉上我出了医院门，打出租车去五棵松的一家大医院。医生怀疑是肝癌，等天亮了得做个全面的检测才能确定。他先给师父打了一针止痛针，然后要我们先回去明天早晨再过来。

我和师父的心都吊到了嗓子眼里，对结果的未知让我们惴惴不安、忧心忡忡，索性就坐在急诊室外面的走廊上等到天亮。一等到医院上班，我扶着师父楼上楼下地跑了一上午，到各个科室检测了一遍，最后医生会诊，确定是肝癌早期，还有治疗的可能。这是目前最权威的医院，不可能出错。一听这病能治，我和师父担了一个晚上的心才慢慢放回肚子里。可是医生又说，治疗的最好办法就是换肝，否则……

　　医生没说否则后面的话，但我和师父都知道是什么了。

　　"换，我换！"师父有点迫不及待。

　　医生看了师父一眼，好长时间没说话。

　　"怎么了，医生？"

　　医生说："你得有思想准备，换肝可没你想象的那么容易。这些肝基本上是从那些死刑犯身上取得的，这得碰机会，首先得有适合你血型的肝，其次是……价钱很昂贵。"

　　"换一个得多少钱？"

　　"在我们这儿，最少得二十五万。"

　　"二十五万？"师父没有犹豫，"二十五万就二十五万，我换！"

　　按医生介绍的情况，我们去了最便宜的黄金总医院，他们要二十万就可以换肝。在这里，我们才知道，原来肝的价格有好多种呢，什么年龄、肝型都有不同的标准。我们按型号登记好后，留下我的手机号码，就回家了。一到家，师父像换了个人似的，突然哭了，他抱着我说："我的命好苦，刚过上几天好日子，就得上了这病。"

我劝师父不要伤心，医生不是说了还可以治嘛，这个时候一定要保持乐观，千万不要太难过，否则会加重病情的。

果然，师父不哭了，他依旧抱着我说："小毛，师父算是看出来了，你是真心对师父呢，看你在医院一听我的病吓得那样，师父当时心里热乎乎的，觉得这个徒弟没白收，知道疼师父呢。"

我说："师父，要不是你，我在这个冬天不是变成木乃伊，就还在那个破工棚里窝着，苦苦地等那个大嫂送热汤面呢。"

师父拍着我的肩，挺感动的样子。又说了一些他早就知道会有这一天的，他的身体他心里清楚，可没想到会来得这么快，还有好多事要他做呢，所以他得换个好肝，把没完成的事业继续进行下去。

过了半个多月，我接到医院预约换肝的电话，他们说师父定的肝到了，让我们快到医院去住院，准备接受换肝手术。

师父一住进医院，准备好了一切的医生立马给师父进行手术。经过四个多小时漫长的手术，师父换上了一个和他血型相同的肝。经过一段时间的观察，师父的新肝在新的环境里并没有出现强烈的血液排斥反应。也就是说，师父又重新拥有一个健康的肝脏了。我帮师父办了出院手续，回到家里。

但是不久，又出现了一个新的问题，师父总觉得肝部有不适感，这种不适与原来肝脏的疼痛感不一样。尤其是出院后，不适感越来越强。我问师父是怎么回事，师父说不太准确，好像有点馋酒，但又不是正常的那个馋。

我们去医院问医生。医生对师父做了全面检查后分析，可能这个肝的主人原来很有身份，不是当官的，也是个老板，他经常喝茅台、五粮液等高档名酒，移植过来后，不太适应师父经常喝普通酒的身体，它在闹别扭。

"只要不是血液出现排斥反应，这种小别扭并不碍事。"医生说，"慢慢会好的，这要允许它从高档环境到中下等环境有个适应的过程。要让肝来适合你的身体，不能叫你去适应它，你说是不是？总不能为了迎合它，天天去喝茅台五粮液吧。"

医生说这句话时轻松地笑了。

我紧张的心才松弛下来，也没去想这样经常喝酒的肝怎么会成为正常的肝，这也不是我要考虑的范畴。医生的话也让师父踏实下来，他想着像医生说的那样，回家静养一个时期，给新肝一个适应过程，新肝会变得通情达理起来，慢慢就不会再与他闹了。

可是，师父的身体状况，并没有像医生说的那样慢慢好起来，反而越来越不好。有天夜里，我睡得正香，突然被一种奇怪的声音惊醒。我爬起来才听清，这个声音是从师父的屋子里发出来的，我想着师父是不是不太舒服，就赶紧打开灯跑到师父屋里。果然，师父一手捂着肝部，一手狠劲地拍打着床，那样子看上去既滑稽又可笑。好像他的肝不舒服是床给害的，只要把床拍打一番就能解决问题。我没敢笑，走上前问师父到底怎么了。师父脸色惨白，痛苦不堪地摇摇头。我这才发现他满头汗水，牙关紧咬，嘴唇都咬出血了。我没见过这场面，吓坏了，眼泪涌了出来，扶住师父，要带他去医院。

师父摇摇头，咬牙切齿地对我说："去医院没啥用。还不如给我……喝口白酒……"

我说："师父，酒可不敢乱喝，你刚换的肝，会受不了的。"

师父咬着牙摇头："管不了那么多，小毛，你不想我死，就快给我……白酒！"

我还能说什么，只好去拿酒。

翻遍了厨房的大小柜子，能找到的也只有一些像二锅头、剑南春之类的白酒。这些酒恐怕解决不了师父那个新肝的馋劲，可能还会增加师父的难受度。我正犹豫着，师父又重重地拍起了床。我跑进师父的屋子，师父用手指了指他屋角的一个柜子顶端，我踮起脚尖一看，上面有一瓶"茅台"。原来师父早就准备好了高档酒，以防万一呢。我抓过酒瓶，封口已经打开，看来师父早就偷偷地喝过。我把酒瓶递给师父，他强忍住难受，往牙缝里灌了些茅台酒进去，这才松开牙关，大口大口地喘起气来。

我一边给师父抚摸着胸口，一边端着酒瓶协助他又喝了几小口。

慢慢地，师父平静下来，脸色也恢复了红润。我紧张的心才放松下来，问师父是不是早就喝上茅台了。

师父苦笑了一下，说："没办法，我实在忍受不了这种难受。小毛，多亏有你在师父跟前，不然，还不知道师父会怎么样呢。"

"师父，你现在的情况喝酒不好，酒伤肝。"

"我知道，可有什么办法。谁叫我摊上这档子事呢，你不知道，这肝捣起鬼来能要人命呢，我不喝上几口，根本硬撑不过去。"

"可是，师父……"

"好了，小毛，师父知道你为我好。我会掌握好这个度的。现在没事了，你回屋去睡吧。"

我回到自己的屋子，躺在床上却怎么也睡不着，为师父的这个肝担忧起来。

不久，师父的肝出现了大问题，再疼起来喝茅台酒也很难解决问题。我怕出意外，劝师父到医院再去查查。

检查结果，师父的肝功能衰竭非常严重，新换的肝已经无法再正常运转，再这样下去会有更大的危险。

刚换的肝就成了这样，肯定不能罢休。我和师父经过三番五次与医院的交涉，才达成协议，我们再补交八万元，重新给师父换一个肝。

大约等了十天左右，师父第二次被推上手术台，又重新换了一个肝。为以防万一，师父索性在医院住下，等新换的肝完全适应了他的身体再出院。

这段时间，小鱼和我已经是难舍难分了，在师父换肝期间，她不断给我打电话，我躲着接她的电话，怕师父对我有看法，忍耐着新换了个手机号，暂时不和小鱼联系。看着师父没啥大碍，我急切地想和小鱼联系，师父看透了我似的，催问小鱼的情况，我说了最近没联系，不知道是啥情况。师父叫我尽快取得联系，不要误了正事。

终于又见到了小鱼，我们疯了似的各取所需，累得一身大汗后，我才想起，按师父的要求，该和小鱼谈判了。可我不知道该怎么和小鱼说，她刚才疯狂地配合我快活，现在小鸟依人般倚着我的肩膀，我实在是举不起那把明晃晃的斧头冲她宰下去。我又没有听师父的话，没给小鱼说正经事。

我心不在焉地跟着小鱼，在双安商场附近的一家西饼店吃比萨。比萨半生不熟，咬一口能拉出很长的生面丝来，并且还有股说不清道不明的怪味。我奇怪来这里吃比萨的人还不少，而且大多是成双结对的。我咽不下怪里怪气的比萨，看着小鱼吃得很带劲，又不好把自己的感受说出来，只好忍受着恶心生生将比萨一口一口吞咽进肚子。这顿饭照例是小鱼买的单，我没有和她抢，我有时候是非常谨记师父说过的话，我要抢着付账就乱了规矩。

吃过饭后，小鱼硬拉着我要去双安商场逛逛。我还没想好用什么样的话来和小鱼谈判，就跟着她去了。进到商场里的小鱼，真的跟水里的鱼一样，很欢畅地游来游去，她看看这个摸摸那个，脸上充满了向往。想起她陪我的日日夜夜，我心里忍不住一软，便叫她选样东西我来买给她，她兴奋地望着我说是真的吗？我说这还能有假。

小鱼奔来跑去，最后选了一件七百多块钱的化妆品。我从师父的药费里抽出七百块钱，付完款后，小鱼突然犹豫起来，问服务员这么贵的东西，如果拿回去后，觉得不是自己最喜欢的那种，能不能换？服务员说可以，我们信守承诺，包退包换。

我没有把小鱼的话当回事。到了晚上，师父问起我和小鱼谈判的事，开始我还想编个谎话遮掩一下，但看着师父的眼神，我不敢，便说了给小鱼买化妆品的事。师父听了，明显紧张了一下，他还没有和小鱼见过面，不知道小鱼到底长什么样，他问我小鱼是不是长得还不错，我和小鱼之间没有发生其他事吧。这下，我不能再交底了，再交我就完了，一旦师父发怒，把我赶走了怎么办？我坚决地说："她长得只能说还可以，我和她绝对没有别的事。"

师父看上去相信了我，说："咱们有时做一点儿投资也是应该的，为了更多的收入嘛，有些鱼是需要一些饵料的。"

我没吭气。师父想想又说："不过这个小鱼，你可能得警惕一下，她叫你去商场买东西，看上去平常，但仔细想想，能看出她工于心计，按理，她有求于你，是不会叫你给她买东西的，而且还是那么贵的东西……我现在有点儿怀疑她是不是大学生，是不是想留在北京，还有，她是不是从你的话中，已经套出了什么，识破了你的意图？小毛，你现在去一趟双安商场，问一下卖化妆品的小姐，看小鱼回去换过商品没有。"

说句实话，师父的话使我心里不踏实起来，让我对她一下子有了猜测。为了证实师父的话，第二天我乘公共汽车专门去双安商场，正好还是昨天那个售货小姐。听我一问，小姐说昨天中午和我一起来的小姐已经把化妆品退了。我问为什么？小姐说，那个小姐说她拿回去仔细研究了上面的说明书，觉得不适合自己，她不喜欢。

我心一凉，还是师父看事深刻，看来这个小鱼果真有问题。我心里很虚，不敢把这个真相告诉师父，怕他刨根问底。我想瞒着师父，先从小鱼那里弄清她的真实身份再说。

再见到小鱼时，我还装作一如既往的样子，不能表现出异样来。可能小鱼觉察到了，她什么话也不多说，扑进我怀里就逗弄我，缠绵时，我对她还是动了欲念。可那天的事情出乎我的意料，我怎么努力，都没有弄成功。我伏在小鱼身上，像个失败的战士，痛苦不堪，疲惫地闭上了眼睛。

小鱼却抱着我问爱不爱她。

我对她说："这种话毫无意义，像我们现在的状况，还是不谈这个话题的好。"

小鱼似乎很生气，她把我推开，转过身去不理我了。

我也认为我这样说不妥，可有什么办法呢？这种情况，叫我说出爱她也是假的，连我自己都不信，恐怕满足不了小鱼的虚荣心。可她终究是个女孩子，我这样说总归是伤了她。我脑子很乱，迷迷糊糊地想着得怎么安慰一下她。

我被一阵窸窸窣窣的声音吵醒，我以为是地下室里的老鼠上了床，呼地一下爬起来。我的感觉里似打了个盹，一直就没睡踏实过。可爬起来一看，天已经大亮，地下室里居然也照射进一缕阳光来，刺得我眼睛生疼。我闭着眼睛适应了一会儿太阳光，再睁开时，看到小鱼站在床下正在穿衣服，窸窸窣窣的声音就是她弄出来的。她才穿了一半，是裤子，上半身还赤裸着，看到我起来，她转过身来，把坚挺的胸部朝向我，冲着我说，看啥看？你是看地上有没有水漂走你的鞋子，还是想看我的身体？

看到她轮廓分明的身体，我心里一热，想起昨晚上给她说的那句话来，一丝内疚涌上心头。我很想为自己昨晚的那句过头话，用什么来弥补一下，小鱼却像看透了我的心思似的，走过来把我的头拉到她柔软的胸口抱住说："其实，我一点儿都不怪你，真的，在北京就得这样，我们什么都没有，户口、金钱，没有这一切谈什么就都很虚假。我们这样在一起，没啥负担，也没有压力，挺好的。"

我的泪水再也控制不住，涌了出来，流到小鱼的胸部上，与她的胸一起温热着。我当时心想，师父这人太多心，把什么人都想得挺坏，好多人并不是他想象的那么绝对，还是有好人的。师父他自己不就是个好人吗，收留了我，给我吃，给我住，还给我钱花。想想以前和小胖，我是把她的肚子搞大了，但我有娶她的心呀，可她们家看不上我，不依不饶，还逼我父亲把我赶出家门，叫我在北京受那么多委屈，有家不能归，我不是碰到了那位好心的大嫂，又碰上师父，现在又还碰上了小鱼。

我被小鱼深深地感动了。

六

不久，小鱼突然有天给我打电话，说她父亲被查出来是癌症早期，还有救的可能，她要回山西老家，给她父亲治病。小鱼还说，不管怎么说，父亲生养了她，是她唯一至亲的人，她不能不管。当然，现在还有一个我，是她世上最亲的人。

我心里还挺温暖的。

小鱼接着哭了，说她没钱，回去也是白搭。

我没有时间做过多考虑，说替她想想办法。

小鱼带着哭腔说："小毛，你是我最亲的亲人，我爱你胜过我父亲！"

为了这句话，我从师父那里偷偷拿出一万块钱交给小鱼，又把她送往火车站。如果不是师父打电话叫我，说有急事，我肯定要把小鱼送到火车上，才能放下心。

我与小鱼告别，匆匆回到病房，准备好的谎话还没说出口呢，师父就对我说："送走了吧？"

我一脸惊愕。

师父说："我知道你会这么做的。"

"你……发现了？那你还……"

师父捂着肝部说："就算师父留给你的，叫你把这个好人做了……师父已经没做好人的资格了……"

"师父……"我哭了。

"没出息的货，哭什么哭？我还没死呢！小毛，师父对你说正经的，这次换的肝好是好，可它的主人肯定没干好事，不然，他不会这么早就被送上断头台的。这次的肝主人不爱喝酒，生前肯定搞过不少女人，这几天，我心里光想那事，老定不下心来……"

"师父，那我给你找个那种女人……"

"胡说，这是医院。"

"那……"

"我能克制住，过阵子它和我的身体会适应的。"

过了几天，师父的身体还是适应不了新换的这个肝，反应越来越强烈。没办法，师父只好红着脸同意了我的想法。接下来，我开始给师父找那女人。这对我是个难题，我不清楚什么地方才能找到那种女人，这种事又不敢随便在外面找个人来问，我出去转了一圈，连个门都没摸着就回来了。

师父是个聪明人，看我沮丧的样子就知道我没找到地方，便对我说，找这种人哪能在大街上瞎转悠呢，得去美容美发店，或者夜总会、酒吧才行。

夜总会和酒吧我不想去，那是种喧闹的地方，进去了首先就得有消费，像我这样离了师父的指教就显得硬生生的人，那种地方的女人不一定能看得上我。我想想，还是去美容美发店吧。

医院外面的街上开着好几家美发店，我转看了一下，选了一家在我看来像是经营那种生意的店面走了进去。几个头发染得不是红就是黄的新潮女孩马上迎上来，问我洗头还是美发。

我只顾找美发店了，却没有想这个问题，她们猛地这么一问，我才想到，自己该干点儿什么做幌子呢？

几个女孩见我犹豫，扯着我往里屋走，给我推荐做按摩。

一个红头发的女孩扯着我说："我们这儿的推拿按摩，不敢说在整个北京前几名，但在海淀区绝对算得上一流，来我们这儿的大多都是回头客呢。先生，不信你试试，爽着呢。"

我半推半就地躺在里屋的按摩椅上，问："如果……到别的地方去……按摩，行不行？"

"你啥意思？"

"我是说……到床上去做……"

红头发女孩瞪圆了眼，大叫一声，马上冲过来两个男人，怒气冲冲地站到我身边，问我想干什么。

我一看两个牛高马大的男人，吓傻了，赶紧跳起来解释，说是没别的意思，我有个病人在医院里想……

"滚！"一个男人指着我的鼻子气势汹汹地吼道，"趁我还没有动粗，你赶紧给我滚出去。把我们这儿当成啥地方了？你以为美发厅都是妓院啊！"

我滚出美发店，不敢再去街道边别的美发店了，只好漫无目的地走着。每走到一个美发店外面，像惦记着想偷他们似的，心里很虚，又不肯放过，就低下头偷偷往里面瞅，瞅着有些店里面的女孩很浪荡的样子，就想自己要不要进去问一问。正犹犹豫豫着，突然背后有人拍了一下我的肩，我吓了一跳，回头一看，是刚才那个美发店里红头发女孩。她冲着我正笑呢。

"你还想干什么？"我心有余悸。

"先生，你不必紧张，咱们往前走走，到前面那个公共汽车站再说。"

我奇怪地看着红头发女孩。她依然笑着对我说："走吧，我知道你是真心的，刚才，我们那样做，怕你是便衣。"

"我就是便衣，来抓你们这些女人的。"

红头发女孩还是一副笑模样："对不起，先生，别说气话了。从你出来，我就一直在观察你呢，你若真是便衣，哪能这样胆怯窝囊的样子，刚才早亮出证来收拾我们了。说正经的吧，你需要服务的那个先生年龄有多大？"

我毕竟是来为师父找那种女人的，他还在苦苦地等着呢，再犟下去只会拖延时间。我缓和下来，跟着红头发女孩走到汽车站，与她谈起了价钱。

红头发女孩坚持说："你得先告诉我，那个先生的年龄。"

"反正就是那个事，你管年龄干什么？"我又不高兴了。

红头发女孩一笑："大哥，不瞒你说，干我们这行也不容易，碰上个年轻身体好的，自己也快乐，如果是年龄大身体不行的，那才倒了老霉，他们大多都变态，自己不行，光掐人，这种客人价格当然不一样了。"

行有行规，看来她们也不例外。我就说了师父的年龄。

红头发女孩说："是你爸呀？"

"是我师父。我哪有这么年轻的爸，我今年都二十二了，老爸怎么着也该有四五十才对。"

"说得也是，不过你师父别看只有三十六岁，可他有病，和半大老头没啥区别，和年龄大点的一个价钱。"

"这怎么行？我师父那病……不算啥，他身体好得很，你得便宜点。"我讲起了价钱。

红头发女孩不高兴了，翻着白眼说："要是你做，我给你打六折都行。可他是病人，我不管他是啥病，一般能出来找我们去做那种事，大多都是命不长了才这样，你想想有多恶心。我是为成全你，不嫌他是个将死的人，你还拼命往下压价，这样的话，咱这生意就没法做了。"

我一听生气了："谁说我师父命不长？就因为他正常才会有那种想法。你不做算了，我找别人去。"

"哎，大哥，你先别走。"红头发女孩扯住我说，"这行有行规，有个先来后到，你先找的我，咱好说好商量，就看在你的面子上，打个八折。"

"这还差不多。说吧，什么时候叫我师父过来？"

"你师父在医院是住单间，还是几个人合住的大病房？"

"当然是单间了，我师父可不是个普通人。"

"那就好，不要叫他老人家跑来跑去了，我上门服务吧，谁叫我碰上你呢，小帅哥，记住，我叫飞飞，姓吴。我说话算数，你要是需要了，保证打五折。这是我的手机号码。"

当天中午，趁午休时间，我带着红头发女孩——吴飞飞躲过护士，来到师父的病房。师父还有点儿不好意思，当着我的面说了一些违心的话，什么他不愿意，都是我这个徒弟搞的这种事。

我听着身上起了不少鸡皮疙瘩。

吴飞飞对师父说："你这个徒弟对你真够孝顺的，我今后要是能找这么个懂得照顾人的老公就好了。"

师父看了我一眼，突然变脸了，狠狠地说："还不出去，等在这里看西洋景呀。"

我这才反应过来，转身要走。师父又叫住我，要我拉上窗帘，出去时把门扣上，不要走太远，就在过道拐弯处。他还要我特别注意别叫护士冲进来，她们手里都有病房钥匙。

我拉窗帘时，吴飞飞飞快地把衣服脱光了，我赶紧关上门，逃也似的出来，轻手轻脚地跑到过道的转弯处站定，我能听见自己体内的血液哗哗流动的声音。在心里，我一点儿都没有怪师父态度的突然变故，怪只怪这个女人，她是我替师父找来的女人，却当着师父的面这样说我，师父心里能是滋味才怪呢。

我想着下次再找这种女人，就不要这个女人了，还吴飞飞呢，一听就是个不地道的假名。

可是，师父却恋上了这个叫吴飞飞的女人。隔了一天，他又叫我去找她。师父还冠冕堂皇地对我说，不要找别的女人了，缩小范围，影响面越小越好。

就这样，隔上一天两天，我就给吴飞飞打电话，叫她上门来给师父服务一次。还别说，师父的身体状况看上去慢慢地好多了。看来，师父的行为给了新换的肝很大的安慰，它在逐渐适应师父的身体了。

七

这天，吴飞飞又一次给师父上门服务完走后，我进了师父的病房，师父对着空荡荡的病房发呆，眼睛直直地盯着屋顶，一点儿都不像以前做了那种事后，脸上是满足的疲惫。我问师父怎么了，是不是这个吴飞飞不行？

师父的脸上掠过一丝难堪，他摇了摇头："不是，是我不行，与她无关。不过，今后再也不要叫她来了。"

"为什么？师父，你的身体看来和这个肝刚刚有些适应，不能半途而废呀。"我突然醒悟过来，"是这个女人服务不好，那我换一个更好的……"

师父打断我的话，有点伤感地说："小毛，不是这个意思，实话对你说吧，我的身体不行了……"

我说："师父，不会的，这阵子我看你气色好多了。"

师父摇了摇头："你光会看个表面，不知道真正内质，师父身体确实不行了。"

我安慰师父说："你别这么想，其实每个男人都会有这样的时候。"

我想起原来和小鱼在一起时，有时因为紧张，也有挺不起的时候。

师父看上去真的像被我安慰好了的样子，他淡淡地笑笑，说："小毛，师父很欣慰，收了你这么个徒弟，也算师父后继有人了。你曾问过师父为什么要走这条道，我都没给你讲，今天就给你说了吧。"

师父说，他师专毕业后留校做了老师。他那时候年轻，有一个长得还算漂亮的女学生喜欢上了他。那个女生毕业后不想回自己的家乡，想留在市里。师父也是真的很喜欢那个女生，就想尽办法帮她办留校，求了不少人，也花了不少钱，总算帮她办成。就在师父想着要向那个女生求婚时，没想到那个女生却要和他告吹，并且还泪水涟涟地说她以前失过身，自己配不上师父，想让师父找一个纯洁的女孩。师父一度痛苦得死去活来，还真以为那个女生是为了自己。但不久他就知道，原来那个女生上学时就傍上了一个大款，盼人家离婚娶她，可大款一直离不了，为此，她只好脚踏两只船，为的是不让自己最终悬空。没想到她留校后，那个大款为她又把婚离成了，这个女生便迅速甩了为她跑东跑西的师父，和大款结了婚，结婚后两人只生活了十八天，从大款手里搞到了十八万块钱，便以大款性变态为由，第十九天宣布与他离婚。

师父愤恨地说，这样的女人太可恶了。

我却想，如果照那个女人的做法挣钱，都赶上开个小型印钞厂了。

师父后来到北京做这种事，与他当年受那个女学生的启发有很大关系。等于是交了一次学费。

师父对我说："干这一行，也是给逼的，这样说有点自圆其说，可你出去看看，在北京这种地方，谁拿我们这些人当人了！所以，我就想着换个身份试试，哪怕是假的，没想到，你马上会变成人五人六，成为尊贵的上等人。所以，我就利用别人想留在大都市的心理，按北京话说，找到这么一个饭辙。说句老实话，我早想洗手不干了，每天提心吊胆的，心里总不踏实，可人总得生存，叫我去干别的，真不知会干什么，北京这地方，没来头只有像你以前那样，不是饿死，就得冻死，可活那样的人，到底为啥来？"

我回答不出来，这阵子，我基本上对这类问题的反应麻木不仁，管他什么爱呀恨呀情呀仇的，只要活着就好。

师父的身体状况越来越差，我私下里问过主治医生，他告诉我，师父的症状非常奇怪，明明换的肝和他的身体没有医学上的排斥性，可肝的运作功能却明显越来越弱，这种症状是这个医生临床多年都没遇到过的，就是查遍了各种医学书籍，也没发现有这样的病例。医生又说，等过了这阵，他可以把师父的症状作为临床经验写成论文。我问他等过了哪阵？医生说，只有等你师父离开人世后，这个结果才能成立。

也就是说，师父在人世的日子已经不太多了。一想到这个，我的心里挺难受的。为了报答师父的知遇之恩，我还是不时地把吴飞飞叫来，给师父服务一次。我想叫师父在弥留之际，再享受几天美好的日子。师父虽然不愿意这样做了，可我能看出，他心里还是高兴叫来吴飞飞的。

只是，吴飞飞后来不愿意了，说师父已经做不了那事，每次都叫她受活罪。好几次，我给她打手机，她竟然拒绝来服务。没办法，我只好去她的美发店里亲自叫她，并将费用比原来提高了近一倍，可她并不为所动，她说她不是不想挣钱，钱跟谁有仇啊，可是她实在挣不了这个钱。她当着我的面，还褪下裤子让我看她大腿上的伤痕，果然是斑斓一片。可为了师父，我只能好说歹说，简直都在央求她了，可她就是不松口。她被我缠得没办法，才答应给我另找一个女人顶上。吴飞飞做了半天工作，她们店里的那些女人没有一个愿做我师父的生意。总算吴飞飞还讲些义气，她答应给我从别处找一个，叫我等她的电话。

八

这天，我在家里给师父炖鸡汤，接到了吴飞飞的电话，她说人已经找到，她已将具体地址告诉了对方，半个小时后她上门服务，叫我在病房里等着就行。

我怕换了人，师父会不高兴，我得赶在那个女人到之前赶到医院，以防师父怪罪时打圆场。我忙关掉火，把炖得还不太烂的肉捞出来，还装了一保温杯热鸡汤，下楼打出租车赶到医院。

师父的鸡汤还没喝完，那个女人就准时上门来服务了。

女人来时，我正在卫生间帮师父洗尿壶。师父听到敲门声，他以为是护士，却进来了一个陌生女人。女人进来对师父说明，是吴飞飞叫她上门来服务的。我说过的，师父内心里并不拒绝这种事。况且，这个女人比吴飞飞的身材要好。她说完就脱衣服，她深知时间就是金钱，时间观念还挺强的。

我从卫生间出来，一眼看见的竟是小鱼，如果不是她在脱衣服，我还以为是她想法找到这来看我的。可是，她已经脱得身上没像样的衣服了。我惊呆在那里，小鱼是我亲自送去火车站，她要回山西给她父亲治癌症的，这个时候出现，又是以这种身份出现，着实叫我吃惊不小。我的脑子像一个删除了所有程序的电脑，突然间一片空白，什么都没有了。我真不敢相信，在北京我曾和一个叫江小鱼的女孩有过亲密的过往，而这个女孩还有另外一种身份。我不知该说什么，一切都像梦里一样，情节的变幻根本叫人无法掌握。

小鱼看到从卫生间出来的我，她也吃惊不小，呆愣了一下，随即像没事似的，很快就把目光从我身上挪开，进入她的角色，做她应做的工作。

我头木木地退了出来。

出了师父的病房，我头重脚轻地走在外面的过道上，直走到拐弯处，我都没弄清楚，我现在是给师父站岗放哨，还是给自己负重的心脏一个换气的机会。我在拐弯处站着，走廊里寂静无声，这个住院楼像个装着病人的仓库，除了一股难闻的药水气味外，隐隐还能闻到一种发潮的汗水的气息。这种气息闻着很熟悉，是大街上到处都能闻到的人的味道。在师父临近死亡的这种时候，我闻到这种气息，突然感到毛骨悚然。

真情为谁放送

一

吕萌萌是从晚报夹缝里看到天使传媒文化有限公司招聘广告的。招聘要求的文凭、年龄，还有户口等条件，吕萌萌都符合，她抱着试一试的心态前去应聘。

按广告上的地址找到天使传媒公司一看，吕萌萌差点儿转身就走，没想到报纸夹缝里的广告也有这么大的吸引力，居然有二三十个美女帅哥在那里排队，等候老板挑牲口似的一遍又一遍筛选。吕萌萌仔细打量了一下，和队伍里那些花枝招展的女孩子相比，自己的外形实在没有任何优势可言。她不是那种假模假式，靠着脂粉叫人眼前一亮的美女，她勉强属中等略偏上，打眼一看只能打个及格分，细看看，还能努力再加个十分八分的。倘若她还有那么一星半点光芒的话，往一群俊男靓女群里一站，哪里还有什么光芒，整个人几乎都被淹没了。要不是因为有这点遗憾，吕萌萌怎么会屈尊到报纸夹缝里找私营公司应聘，说什么也得去正规电视台挑战一下主持人的。可她的父母没给她配备一张能博得电视台领导欢心的脸蛋，她曾去过电视台应聘，被楼道里打扫卫生的大妈上上下下一番打量，没等招聘的人来，自己半道就跑了，为此，还懊恼过好长时间呢。后来才听人说，要成为某个电视台的金牌女主持人，可不是光靠随机应变的口才，最重要的是赢得领导的宠幸。掂量掂量自己的分量，怎么也不够叫领导宠幸的份儿，吕萌萌心里这才踏实下来，不再为自己的逃跑沮丧了。这次，叫吕萌萌没转身离去，留下来参加天使传媒应聘的，是她有张像欧元一样坚挺的广播电视学院的本科文凭。她心里有数，别看来应聘的帅哥美女这么多，未必就有她这张王牌。所以，吕萌萌过五关斩六将，在那帮美女中脱颖而出，成为最后的赢家。但吕萌萌心里清楚，彻底征服老板"芳心"的，不光是广播电视学院的本科文凭，主要还是她三年大学练就的一副能说会道的好口才。像何老板的这种私营公司，需要的是能言善辩的员工，而不是花容月貌的花瓶，他要招聘的人，首先得是挣钱机器，而不是花钱能手。

天使传媒文化有限公司，说白了就是为电视台制作各种社会生活节目的私营公司。这种公司除了不贩卖人口和毒品外，什么都做，当然，大多与影视或者文化沾点边，有没有文化含量倒在其次，重要的是能赚钱。类似这样的公司，听说在市里的每座租用写字楼里，有不下百家。

吕萌萌还清楚地记得当时的情形，何老板坐在总经理室里，一脸的傲慢与偏见，听了吕萌萌的一番应聘词，问了几个问题后，他的眼神就出卖了他，吕萌萌看到何老板有了宠幸她之心。在应聘成功的那一刻，吕萌萌有种预感，公司迟早要重用她。从何老板和她对答时的眼神里，她看出了老板对自己这部未来赚钱机器的满意程度。

果然，只熟悉了半月情况，老板就叫吕萌萌去节目部做《真情放送》。这个栏目可是公司的王牌，每期制作的节目，通过各种渠道送审均能顺利过关，电视台的收购价格比较可观，基本上支撑着公司的大半边天。

听到这个消息，吕萌萌很兴奋，梦想终于要照进现实，该有番作为了，她劲头十足，去向节目部的高主任报到。高主任不像他的年龄那样老成持重，一点儿都不给何老板留情面，直截了当地打击吕萌萌，说她还不具备单独做节目的能力，做《真情放送》不仅仅要能说会道，还要反应敏捷，能应对各种突发事件。最重要的，是需要真正的感情投入，这样才能打动主人公，让其用心配合做好节目，最终征服观众。征服了观众，也就有了收视率，收视率的背后是赢得电视台的高额收购。

"你呢？能在关键时刻投入你的感情吗？"高主任取下眼镜，一双深陷的鳄鱼眼死死地盯着吕萌萌问道。

"您怎么知道我就不能投入感情？"除了长相不尽如人意，是个软肋，没法与那些天生丽质的美女过招外，吕萌萌不是个轻易示弱的女孩，她绝不屈服于表面看问题的人，尤其是那些有些阅历，自认为已经很深刻的老男人。

高主任还算不上老男人，三十六七岁吧，再老，公司就不愿要了，整天不是闹离婚就是折腾小孩上学考试，心思用不在工作上。高主任算是公司年富力强的干将，不然就不会在节目部挑着主任的大梁了。半个月来，吕萌萌对高主任很崇敬，离老远就赔上笑脸，为的是日后能跟着他搏出一方天地。没想到，半个月的热脸碰上的却是个冷屁股。

高主任把卸下的眼镜又戴上，像真正的老男人那样用眼镜上方的目光看着吕萌萌，一字一句地说道："现在的女人，还能有几多感情可以投入与自己不相干的人身上？话倒说得比唱的好听，哼，真要上手了，全是中看不中用……不过，小吕，何老板推荐你，想必你有你的实力，我不是怀疑你的能力，只是，制作一个节目需要慎重，不然，预算花出去了，电视台那里通不过，这笔钱可就瞎了，到时，公司会把账算在我老高的头上……"

一盆凉水浇透了吕萌萌，她恨死了眼前这个几乎成了秃瓢的老男人，咬着牙说："依高主任的意思，我永远别想在这里混了？"

"小吕，话别说得这么难听。我知道老板不会随便把人放进来，不过，《真情放送》不是你们想象的那么好做。何老板高高在上，他是体会不到其中甘苦的。我是为你好，如果你听不进去，就当我没说。"高主任把眼镜推到正常位置，正色道，"何老板要你做《真情放送》，我没理由阻拦你，我也希望自己的部门个个都拿得起放得下，制作出一大批感人至深的节目，还增加我的奖金呢，是不是？我只是在尽力提醒你，而不是拒绝你，就当作个忠告好了。这样吧，如果有合适的时机，我会安排给你，让你尽早有锻炼的机会。"

吕萌萌没把这个老男人的话当回事，鬼都听得出他在敷衍她。从此以后，她不再像以前那样见到他就笑容满面了。有些人就不值得尊重。

二

天使传媒曾做过一期关于解救被拐卖妇女回家的节目，当时赚足了观众的眼泪，在社会上引起了强烈反响，公司也从电视台那里赚得了不少的利润。按说，这期节目是相当成功的，挣名又得利。可没想到，就是这期节目，给公司带来了一系列的麻烦。当时在节目里背对着镜头字字血泪控诉人贩子的被拐卖妇女，被解救回到西北自己的家后，竟无法适应老家的生活，加上想念亲生的孩子，竟然对苍蝇一般飞去采访她的报纸、杂志、电视台等媒体记者，一把鼻涕一把酸泪地控诉天使传媒为做节目，制造假新闻，生生拆散了她与丈夫子女的幸福家庭，把她从四川的富饶之地送回西北穷山沟里，让她又回到了以前连吃水都成问题的贫苦日子。当时看到这些报道，天使传媒非常气愤，只认为这个妇女尝到了被社会关注的甜头，学会用自我炒作来博取更多人的注目，说她不知好歹，没往别处想。过了不久，不知是谁给那个女人出主意，说她被拐卖前在西北老家还没结婚成家，可以去四川找丈夫子女，只要补办个结婚证，他们夫妻关系就合理合法了，她也可以名正言顺地到山清水秀的天府之国过正常的生活，不必一家人离散，在西北过苦日子。那个女人立即照办，回到了四川亲人身边。不久，她与自己的合法丈夫将天使传媒告上法庭，索赔名誉损失费十五万元。当初，何老板对这个案子没当回事，解救被拐卖妇女，做节目帮那个女人回到自己家，从哪方面说他们都没错，官司怎么打，理都在天使传媒这边，那个女人根本没赢的可能。但是，法院的最后判决叫何老板大吃一惊：那个女人起诉成功，法院责成天使传媒十日内赔偿给对方十五万元。费尽人力物力、倾尽感情不说，还要平白无故赔人家十五万元，凭什么呀？何老板这下急了，找律师上诉，很快被驳回，官司打到高院，还是输了。不知是谁在背后给出的高招，让那个女人在与丈夫领结婚证时，把日期改到被拐卖那年，是明显做了手脚的假日期。可白纸黑字，法律只认证据，天使传媒做这个节目的时间是几年后，他们败得一塌糊涂，不但赔给那女人十五万元，还出了诉讼费和请律师的费用。赔这些钱对天使传媒不是个大数目，可造成的后果却很大，与电视台好不容易建立起来的伙伴关系受到了影响，其他同行公司乘虚而入。影视市场的竞争非常残酷，稍不留神就会叫别人钻了空子，把你挤兑出局。当然，凭着天使传媒这些年与电视台铺垫的底子，还不会出现大的问题，可今后制作的节目再送到电视台，人家总会掂量掂量，或多或少打打折扣的，谁让你出过事，被告上法庭而且败诉了呢。

那期节目虽然不是高主任一手策划制作的，但他是节目部主任，负有不可推脱的领导责任。何老板为维护公司纪律，扣掉高主任等人的三个月工资。扣掉工资的其他员工还好说点，难辞其咎，可高主任有苦却没处说。

吕萌萌来公司还没把屁股坐热呢，就叫她上马做强档节目，公司上上下下对老板如此看重新手吕萌萌，还是有些想法的。《真情放送》有社会效益，也有经济效益。更重要的是，节目成功的背后，还有名利，这对每个人都充满了诱惑，谁说不想进这个栏目那是假的，要想进却又不是那么容易。在公司做过几年都没能进《真情放送》栏目的人比比皆是，吕萌萌凭什么？读过四年专业是她的优势，可她有实际操作的经验吗？在这个行当里，仅凭一纸文凭，代表不了什么。

但想法也只能是想法，关键是老板，何老板认为吕萌萌行，那她就行。领导欣赏，别的都不重要。高主任深知其中道理，他把该说的话还得说在前头，听不听得进去，就由着吕萌萌自己了。

"叫你赶上了，马上要做的这期节目，与两年前那个妇女被拐的节目有极其相似之处。"不久，高主任严肃地叫来吕萌萌，说，

"何老板的意思很明确,叫你去做这个节目,尽快进入情况。我尊重他的意见,但我有必要再提醒你一下,遇事要沉着冷静,做到耳听八方,眼观六路,哪个方向有风吹草动,咱一定要搞清楚,千万不能不管不顾,轻易下结论。哪怕这个节目做不成,损失点费用,也比惹上麻烦,坏了名声,赔了夫人又折兵强。"

听到有了机会,吕萌萌想着终于能施展自己的才能了,心里高兴,把对高主任这番忠告的反感情绪压住,脸上堆起笑容使劲点头,一副牢记谆谆教诲,绝不辜负领导期望的样子。

高主任心里舒服了点,把眼镜摘下在手里玩弄着,语重心长地说:"小吕,这个节目起点非常好,做好了肯定能叫响的,这对你今后的发展有相当大的帮助。你能言善变,有做节目的实力,我也相信你的能力。所以,我会尽力支持你的工作,派最好的摄像师与你一起去,看你还有什么要求?"

吕萌萌略微沉思了一下,摇摇头说:"主任想得很周全,我会努力完成任务。我唯一的要求,就是尽快见到这个小主人公,与她沟通一下,看能否商量好送她回家的行程。"

这次要做的,是送一位流浪在外的小女孩回西北老家。据项目部的人介绍,这个名叫马丽娟的女孩,今年十五岁,亲生父亲病亡后,母亲带着她改嫁,后爸对她另眼相看,她受不了后爸对她的歧视,偷跑离家已将近一年。她因年龄太小,找不到能打工养活自己的地方,一直靠捡破烂为生。要知道,现在破烂也不是那么好捡的,每个垃圾箱基本都有固定的人霸占着,马丽娟身单力薄,至今没给自己争下地盘,一直在打游击,动不动被人追打,活得很不容

271

易。项目部的人是偶然遇到马丽娟的，当时马丽娟正扑向马路上一个空塑料瓶，差点儿撞到汽车。项目部的人看到这个女孩眼神里流露出来的茫然，就感觉这个女孩有些不一般，在她身上也许隐藏着别的什么，当即把目标锁定。下车一询问，果然是个绝好的素材，这个节目做好了，肯定会在社会上引起对流浪少年普遍的关注。见有人关心，马丽娟的眼泪哗哗直淌，哭着说她好想好想家，想妈妈，在外面流浪了这么长时间，也不知道妈妈咋样了，是不是病了？她没攒下回家的路费，才一直在外漂着回不了家。

项目部的人像发现了金子，当即给何老板打电话汇报情况。何老板一听，帮助一个流浪的少女回家，表面上看好像没多大意义，但往深里想，社会上有多少因为家庭问题而离家出走在外流浪的孩子，他们是不是也需要更多的人来关心和帮助？这样一挖，何老板品出其中的意味，当即同意项目部的建议。征得了老板同意，项目部的人将马丽娟领到附近商场，给她买了身新衣服，又在招待所开了个房间，叫她洗澡换新衣服，领她再去吃饭，还带她看了场电影，宝贝似的呵护着她。

吕萌萌跟着何老板坐他的奥迪车，与高主任一起去招待所。按说，为一个节目的小主人公，何老板不必亲自出马，完全可以交给部门主任处理，可自出现上次的节目被告的事后，碰上摸不着底数的人，何老板还是要去瞅上一眼，问上几句话，在心里掂量掂量，权衡一下利弊，好做到心里有数。高主任也真心希望老板同去，看了情况，做与不做老板能在现场拍板，这就少了他几分风险。再说，此次节目又是老板力荐没有经验的吕萌萌来经手，深浅不知，以后万一有个闪失，老板就不能怪罪他了。所以，高主任的心情很好，喋喋不休地说东说西。吕萌萌没有听进去一句。

一路上，吕萌萌都处在兴奋还有紧张之中。第一次即将参与制作节目，就像怀春的少女终于要做新娘一样激动，心里做着各种各样的设想。长到二十三岁，做了不下十年的明星梦，一直盼着这样的机会，虽然她做的只是一个简单的节目，跟明星梦没有一点儿关系，但不管怎么说，总算是要上镜了，没有明星的闪耀，却像明星一样在镜头里生动，一样会被镜头外成千上万的人关注的。吕萌萌轻呼一口气，觉得自己其实一点儿也不比明星们差，自己长得也不是太差，之所以不像明星那样光彩夺人，那是因为她缺少品位，她知道，每个明星都有自己的化妆师，长相再难过的明星，一化上妆，就有了先声夺人的气势。所以自己也绝不能马虎。昨天晚上，她得知今天要去看马丽娟，就把要穿什么衣服，口红用闪的，还是艳的，脸上打不打脂粉，画什么颜色的眼影，戴多长的假睫毛，什么式样的发型等，心里一直盘桓着，弄了大半夜，设想了好几套方案，又一一被自己推翻。最后实在睡不着，爬起来给男友江小东打电话，要他给自己出主意。睡得迷迷糊糊的江小东一听半夜打电话竟然是问他化妆的事，气不打一处来，骂了一声"神经病！"，挂了电话。吕萌萌一颗热情的心遭遇到男友的寒流，霎时被冰冻起来，握着电话愣怔了许久。

一早起来，吕萌萌就发现自己有黑眼圈，眼袋也略显得大了点儿。这不是一个要上镜的人应有的状态！她用热毛巾敷了眼睛，往脸上打底霜的时候，老想着江小东那句"神经病！"，心里凄凉苍茫得很。

江小东和吕萌萌是广播电视学院的同学。广播电视学院美女众多，以吕萌萌的貌不惊人，实在没理由赢得帅气十足的江小东青睐，吕萌萌也不做那个灰姑娘的梦。再说了，江小东家在外地，吕萌萌是本市人，父母是大学的教授、副教授，住房待遇都不同于其他人，十足的高知家庭，她也不至于在乎一个小白脸呀。所以，吕萌萌对江小东并不像其他女孩那样表现出极端的热情，和对待其他男同学一样淡然。这叫江小东很不解，依他能文能舞、方方面面都颇具才能的个人魅力，怎么会引不起这么一个平淡女孩的注意呢？刚开始他以为是吕萌萌自卑，便刻意藏了身上的光芒去亲近她，通过一段时间的接触后，才发现这个女孩其实是很傲的。她的傲，是大城市人天生就有的那种，不露声色、浅淡的、和风细雨式的。她的淡淡一笑，你以为她是在接受，实际上却是拒绝，不会叫人难堪的拒绝，是骨子里的。吕萌萌身上也含藏着一种执拗，这种执拗，让吕萌萌的专业课程在班上所有女孩里是最好的。江小东不清楚自己被吕萌萌身上的什么东西迷惑了，他奇怪地萌生了要全面了解这个女孩的愿望，这个愿望最终使他由被追随者，变成了吕萌萌的追随者。

吕萌萌并没有对江小东的追求表现得欣喜若狂，她其实很迷惑，风言风语传说江小东追求吕萌萌，是看上了她的高知家庭，将来毕业后在这个城市好有个落脚点，而不是真正看上吕萌萌本人。传言不管是真是假，那阵子，吕萌萌躲江小东就像躲瘟神，可她越躲，江小东的追求越是执着。吕萌萌的心又不是冰，她的感情世界也充满了色彩，爱情于她，同样是梦幻和美丽的，何况江小东是这样一个既有才情又帅气十足的男孩呢，说不动心那是假的。动了心，两个人的爱情就变得顺理成章了。

被美丽的爱情填满的日子像个越飘越高的气球，轻盈的快乐飘得太高了就逐渐模糊起来，变成了一个小小的点，最终，什么也看不见。

吕萌萌不明白她和江小东之间到底缺点儿什么，临近毕业那阵，大家都忙着到处去逛人才市场，推销自己。起初，他们还像恋人似的一起商量就业问题，一起去应聘。广播电视系统很注重外在形象，对江小东比较感兴趣，对吕萌萌就冷淡多了，每次倒成了他的陪衬。很快，江小东被一家教育电视台相中，他跑来跑去在办手续了，这个消息在同学之间都传遍了，江小东却没告诉吕萌萌。等走出校门，过了几天，他才打电话告诉她，教育电视台留下了他，台里决定让他来主持一档重要节目，还要派他去外地电视台考察学习一段时间，所以今后他会与她联系少一些。江小东说话的语气很淡然，跟转达一个会议通知似的，听不出一点儿温情的味道。吕萌萌知道，这是借口，是江小东用婉转的方式淡淡隐去他们的关系。他在这个城里有落脚点了。爱情也许绚烂，但当绚烂落幕，剩下的就只有寂静和落寞。

后来，吕萌萌还是和江小东接触过几次，她觉得江小东对她越来越冷淡。每次她说什么时，他的眼睛分明是看着她，可眼神却是飘移的，甚至她停下来不再说话了，他也觉察不到，依然带着迷蒙的眼神看着她微微笑着，她的心一片凄风苦雨。

吕萌萌不甘这样的落寞，原本她生活得自自在在，是江小东非要闯进来，如今却留下她一个人眼睁睁地看着和江小东最初的亲近与幸福变成一朵即将开败的花，那份凋零刺痛她的心。吕萌萌是个极为自尊的人，但在江小东面前，她藏起自尊，装着很迟钝，对江小东依旧桃红柳绿，春风一派的样子。她要逼着江小东亮出他最锐利的刺痛，或者，这样她会更痛快一点。

关系到了这个份儿上，吕萌萌自然不会为脸上的妆深更半夜去给江小东打电话，之所以打了，总是有目的的，事实是她要江小东明白，她也要上镜了。甭看你江小东说自己是节目主持人，可至今未必真正在电视镜头上露一回脸，而她吕萌萌，却要实实在在去做一档黄金节目，在镜头前招招摇摇了。

想到这里，吕萌萌心里快意了许多，心思也重新转到化妆上来了。她不知道马丽娟这个小姑娘长什么模样，这个很重要，虽说只是个流浪儿，可她的美与丑直接关系着她的衣着。要是个漂亮的小姑娘，那她就不能穿太艳的衣服，化很浓的妆，这样就太突出对方的缺点，会招来一些观众，主要是一些爱挑剔的女观众的骂声，本想依赖在镜头里的表现赢来赞扬，因为化妆的不恰当适得其反就糟了。如果马丽娟长相一般，还不如她吕萌萌的话，那就好办多了，浓妆淡抹总相宜，反正旁边的小姑娘多少会起一些陪衬作用的。

到了招待所楼下，吕萌萌从车里钻出来，心跳加速了不少，额头已出了细密的汗珠。马上就要见到那个女孩了，真是奇怪，一个小女孩，竟平白地叫她紧张起来，好像农村姑娘第一次去相亲。她没有感觉到秋天的一丝凉爽。

几人上楼，在招待所的房间里没找到马丽娟和项目部的人。高主任打手机，得知他们还在楼下的餐厅里吃饭。高主任挂断电话，要喊服务员开房门，何老板说，去餐厅看看。

几人又下楼，曲里拐弯地找到餐厅。早过了午餐时间，偌大餐厅里空荡荡的，只有靠窗口的一个餐桌边，坐着项目部的小阮和那个叫马丽娟的女孩。

摄影师小陈扛着一部老式摄像机，眯着左眼待在远处的屏风跟前正在实景拍摄。这类纪实性节目，实际上从开始寻找目标就得拍摄资料，不然后期制作时，缺东少西的，要再补拍镜头非常麻烦。再说，拍摄经费也有限，不可能拍一期节目花两期的钱，那还有什么赚头。

吕萌萌不操心经费怎么花，她只想尽快进入角色，把节目做好。她紧盯着窗口餐桌边那个单薄的背影，她穿着一件浅底带些素花的外衣，扎着马尾辫，背对着门口，正在认真吃饭，这个角度看不见她的面目，仅从背影看，并不能引起特别的注意。吕萌萌的心跳莫名地又加剧了。她奇怪，一个陌生的在外流浪着的小孩子，能给她制造什么压力？真是太没出息了，亏自己还是广播电视学院出来的，以前的自信到哪里去了？难道她是纸糊的老虎，所以江小东才看轻了她，要离开她？

这个念头叫吕萌萌心里一紧，一阵酸麻的疼痛顿时由心头向周身弥漫开来。她微微闭目，待这阵疼痛过去，她已经镇静下来。

项目部的小阮看到何老板走进来，站起来叫了声"何总"。马丽娟坐着没动，只略微侧了一下头，嘴里塞满了面条，她停下咀嚼，于里拿着的筷子头上还挑着几根菜。她望着大家的目光里有一丝恐慌、畏缩，也有警惕，随即，就镇定了下来。吕萌萌注意到了这一点，眼前的这个马丽娟不是想象中那种农村小女孩，见到生人会惊恐或者羞涩。她没有，她只是略迟疑了一下，目光在每个人的脸上扫视一遍，便转过头继续嚼她的面条。

小阮伸手扯了一把，马丽娟站起来，目光在餐桌上留恋着。吕萌萌仔细打量马丽娟，她的个头不是太高，一米五左右吧，如果不是遗传，就是受家庭环境影响，营养不良。她的个头是矮了点。仅从这点来看，这个马丽娟家里的生活状况不太好。吕萌萌的同情心油然而生，她的眼圈开始发涩，走过去把手搭在马丽娟的肩上，零距离地与这个女孩对视着，谁说她不能投进自己的感情，一见这个女孩，她的同情不就是最好、最原始的感情流露吗？马丽娟的肩膀摸上去很厚实，并没刚才看到背影时透出来的单薄感，或许是项目部的人买的衣服有些大，毕竟还是个孩子，没发育完全的身体总没有成年人感觉上的厚重。近了看，她的眼睛很小，脸圆圆的，有点胖，整体看上去很敦实、很健康。当时，吕萌萌有种想法，难道在外流浪，与别人争抢垃圾，内心充满了对家的渴望和思念，让她的生活反而是充盈和充实的？

　　马丽娟对吕萌萌的打量，一点儿都不慌张，脸上表情很淡，眼睛仍不停地扫视着餐桌上的饭菜。吕萌萌发现，马丽娟本人要比她的年龄更成熟一些，并没有她想象的那么单纯。这是好是坏，吕萌萌心里没底。她下意识地看了一眼何老板，心想，她能和我配合好吗？

　　何老板没有给出答案，他也不了解吕萌萌此时的想法，他指指餐桌，对小女孩说："快吃快吃，饭别凉了。"

　　马丽娟看了一眼小阮，眼神里有征询的意思。

　　小阮点点头说："快吃吧，叔叔和阿姨都是来看你的。吃了这碗，不够了再盛。"

　　马丽娟一屁股坐下，埋头继续吃饭。自始至终，她没说一个字。但她没再吃一口菜，只对付那碗面条，吃得很慢，极不自然。好不容易吃完这碗，小阮要给她盛，她摇摇头，小阮还是拿过碗给她又盛了，她接过来，谁也不看，突然间飞快地几口吃完。小阮再给她盛，她站起来抱紧碗摇头，大家再劝，她只是摇头，把碗抱到身后。脸上憋出一丝微微的红晕，同时，额头也渗出一些汗珠。她还是没能坚持一直平静下去，在众人的目光中，紧张了。

她这时候显出孩子气了。吕萌萌递过去一张餐巾纸，马丽娟顺从地接过，擦了擦嘴。吕萌萌心里踏实了，这个举动说明马丽娟并不是特别排斥她，她还担心会碰上一个心理扭曲、性格古怪、倔强任性的孩子，你说东她偏偏向西，到时没法合作，会把节目弄砸。现在看来，这个小女孩实际上还是温顺、听话的。

三

秋季是这个城市最美的季节，难得见到蓝天，还有白云，尽在这个时候展示着辽阔、高远、美好。人们享受到凉爽清新的空气，心情随之也变得敞亮起来。

见到主人公马丽娟，接下来就是进一步摸清她的家庭情况，好给后面开展工作拟订计划。制作这类节目，需要主持人与主人公的基本生活场景。这天晚上，吕萌萌与摄像小陈都住在招待所里，与马丽娟进一步接触交流。

吃过晚饭，吕萌萌到楼下超市买来一大堆话梅、巧克力、口香糖等女孩子爱吃的零食，撕开摊在马丽娟房间的床上，与她一边分享，一边聊些不着边际的话，试图打开马丽娟的话匣子。

可能为显示自己的镇定，马丽娟在吕萌萌的劝说下，吃了一颗巧克力，后来任吕萌萌怎么劝，她不再吃第二颗，却拿起话梅，一连吃了一袋，吐出一小堆话梅核，看上去一点儿都不拘谨。吕萌萌心里高兴，只要她不和你拧着，凭着自己的真诚和随机应变能力，肯定能打破她的缄默，了解到更多她背后的故事。吕萌萌边吃边和马丽娟说些女孩子天生爱吃零食，是因为女孩子的嘴比男孩子的嘴甜，需要这些玩意儿养着，才能长甜不衰。果然，她的谬论引来马丽娟的反驳。她说女孩子的嘴也不一定都是甜的，像她这样的女孩，就不甜，她没钱买这些东西养嘴，平时能把肚子吃饱就不错了。

说完，垂下眼睑，一副心事重重的样子。吕萌萌一看有戏，偷偷给坐在窗边的小陈做了手势，把话题往她家里引："一个女孩子光想着吃饱肚子可不成，你看你，小脸儿美着呢，如果在家里，有父母疼着爱着，肯定会被养得滋滋润润，比现在更俏。唉，想想你一个人只身在外受苦，你爸妈的心不知会有多痛呢。他们现在一定日思夜想盼你回家呢。告诉姐姐一些你家里的情况好吗？让姐姐多了解一下你的家庭，特别是你母亲，这样才能更好地送你回家。"

马丽娟低下头沉思了一阵，在吕萌萌的催促下，才小声说道："他们谁也不会为我担心的，都嫌我是个麻烦哩。"

"怎么会呢！想想你妈妈，她肯定盼望你回去呀。"

马丽娟一仰头："我说了她不会想我的，她巴不得我永远不回去呢！"

"丽娟，你怎么会这样想？那可是你的亲妈，世上有哪个妈妈不爱自己孩子的？也许是你不小心惹妈妈生气，她说些气话，可心里，永远都是爱你的，你说对不对？"

马丽娟看了一眼小陈的摄像机，没有回答。

吕萌萌摸了下马丽娟的头，递给她一颗话梅："来，吃。丽娟，别理那个哥哥，说咱们的，就当他是隐形人，屋里就我们俩。说说你对妈妈的看法。"

小陈在马丽娟眼里无法隐形，面对小陈扛着的摄像机，马丽娟感觉像有架日本鬼子的小钢炮对准自己，心里很恐慌，她不停地看镜头，一点儿都不自然。小陈停住拍摄，不断提醒马丽娟自然些，不要看镜头。这下，马丽娟干脆闭口不语，低头谁也不理了，吕萌萌问得急了，她突然说道："我不能说，你们拍下来拿给我妈看，她会打死我的。"

吕萌萌扫了一眼小陈，对马丽娟说："我们不会给你妈看的，你放心吧。"

马丽娟怎么会信，她铁定了心，只要那个大炮筒子对准她，她就连一句话都不说。

这样僵持下去，说不定时间拖长了，马丽娟心里会生厌烦，如果她拒绝合作，不肯配合，这个节目就无法完成。这可是吕萌萌到天使传媒后第一次出马，不能刚出门还没上路就马失前蹄啊。吕萌萌有点着急，又不能显示出急躁来，心里想着对策，她眼珠一转，灵机一动，可以不做实景拍摄，只要想法套出马丽娟与父母的实情，可以写成解说词，到后期做成画外音也行，不一定非要从马丽娟口中说出。有了这个想法，吕萌萌装作瞌睡来了，打了个哈欠，回身给小陈使了个眼色，说声有点犯困，叫他回房去睡，她再陪丽娟聊会儿女孩之间的事。

小陈收起机器走了。

吕萌萌上了趟卫生间，出来问马丽娟要不要冲澡，她帮着调热水。马丽娟摇摇头，说她中午刚洗过，晚上不洗了。吕萌萌知道她不会洗的，这样说是为了显示对她的关心照顾。果然，马丽娟放松了些，有点感动地对吕萌萌说："姐姐，你困了就洗澡睡去吧，我现在还不想睡。"

吕萌萌一笑，贴心贴肺地说："没事，我不能把你一个人丢下自己去睡，咱们说点儿别的，或者干点儿什么吧。"说着，过去打开电视，把遥控器交到马丽娟手里，叫她换爱看的节目，想把气氛调节得宽松一些。

马丽娟接过遥控器，随手换了个台，是湖南卫视，正在播《超级女声》全国总决赛的十进八赛，台上是阳蕾和唐笑进行PK，阳蕾的票数明显低于唐笑。马丽娟惊叫一声"坏了"。将遥控器摔到床上。吕萌萌忙问怎么了。马丽娟自知失态，偷看吕萌萌一眼，见她没有责怪的意思，便盯着电视屏幕，紧张地说："阳蕾要输了。"

吕萌萌不喜欢《超级女声》节目，尽管这档风头正劲的节目吸引了大量的观众，也调动起无数观众的情绪，更成就了很多女孩的明星梦，但吕萌萌不喜欢。原因很简单，她不喜欢那个光练自己嘴皮子的主持人。在她心目中，一个优秀的主持人，话不在多，得起到画龙点睛的作用，而不是一个碎嘴子，净抢别人的风头。

此时，吕萌萌指着屏幕上已经泣不成声的阳蕾，问马丽娟："你喜欢阳蕾的歌声？"

"我几乎没听过她唱歌，只有一次在火车站候车室看了一眼电视，那里的人不让看，把我赶了出去，我趴在外面窗户玻璃上看了一阵，刚好看到阳蕾在成都唱区总决赛上，哭着讲她家里，她爸爸妈妈在城里开了家批发店，还住过大棚，她家不像别的超级女声，有那么多的钱供她唱歌、花费……"说着，眼泪涌了出来。此时的屏幕里阳蕾已经被唐笑PK下去，她随升降机慢慢消失在人们的视线里。

吕萌萌第一次看到马丽娟流泪，她掏出纸巾递给她，轻轻地说："丽娟真是个好孩子，有同情心。姐姐像你一样，也喜欢那种不靠家庭，凭自己能力闯出天地的人。"

"真的?"马丽娟的眼睛明显亮了一下，把吕萌萌的手紧紧抓住，"姐姐，你说为啥像阳蕾这样的苦孩子就不能唱到最后，也像去年的李宇春那样出名呢?"

"这个问题我不好回答，人除了自身的能力，还需要机遇和运气。还有，社会上的一些事很复杂，人为的东西很多，所以谁也无法保证什么。丽娟，你喜欢阳什么——"

"阳蕾。"

"噢，阳蕾。姐姐问你个问题，你喜欢她们这种穷苦人家出身的女孩，如果你也参加超级女声，你爸爸妈妈会同意你参加吗?"

"你是说我后爸，他才无所谓呢。至于我妈，她这个人一直是看我后爸眼色活着的，我后爸不出声，她肯定不敢点头。她不会为我和后爸闹翻的。"马丽娟低下头，"再说，我也没阳蕾长得那么可爱，歌也唱得不好，我要是参加《超级女声》，恐怕海选时就被刷下来了。"说着，忍不住笑了起来。

"姐姐还没听过你唱歌，你歌唱得肯定不错吧?"

"哪里呀?"马丽娟连连摆手,"我一点儿都不懂调子,只会乱哼哼。不过,上学时,音乐老师还叫我领过唱呢……"

这一刻,马丽娟是羞涩的。

从见到马丽娟到现在,大半天时间了,吕萌萌还没看到过她有这种表情呢,握着马丽娟的手,看着她此时的样子,一个画面在吕萌萌眼前浮现:灰扑扑的乡村学校教室里,马丽娟站在同学们前面,正在放声高歌,她唱一句,下面的同学们跟着唱一句……那是怎样的情景啊,一个正在成长的苗子,却被家庭的变故突然拦腰斩断,她失去了正常生长的环境,忍受不了新家庭的压力,离家出走,在外流浪。这么小就受尽了人间的冷暖,她的心灵不扭曲变形才怪呢。

吕萌萌心里异常难受,什么滋味都有。她深情地望着马丽娟,轻声说道:"那你想不想马上回到过去那种生活?"

马丽娟脸上的表情变了,淡淡地说:"如果能回到过去,就轮不到我了。"

说的也是,谁能回到过去?能实现的愿望,都不属于普通人。

"请你相信姐姐,姐姐一定帮你再回到学校里去,你妈妈和后爸的工作由我们来做,必要时,我们会找当地政府,依据法律手段解决。今后绝不再叫你后爸像以前那样对待你的,你相信我的话吗?"

马丽娟没说相信,也没提出质疑。她没有回答吕萌萌的话,而是专注地盯着电视屏幕。此时,是《超级女声》的十进八比赛,尚雯婕终于把唐笑PK了下去。马丽娟兴奋地叫道:"好,太好了,谁叫你刚把阳蕾PK下去呢。以为你唐笑是长沙人,就能永远站在

《超级女声》舞台上！"

看上去很解恨，马丽娟真正还是个没长大的孩子。

那一刻吕萌萌决定，这个节目她做定了。第二天回公司把了解的情况给老板做了汇报，老板说，只要你觉得可行，并且有信心，就交给你去做，我相信你的能力。

何老板打电话把高主任叫来，给他交代立项的事尽快办理，上次节目被告上法庭，在圈子里受了影响，但凭着天使传媒和电视台的老交情，不会太为难天使传媒的。老板交代，还和以前一样，需要怎么做工作，一定要做在节目制作出来之前，不要临时再烧香，黄花菜都凉了。

高主任点点头，看了一眼吕萌萌，对老板建议道："要不，等把项目跟电视台打通了，咱们再做节目，这样保险点。"

"这是什么话？一朝被蛇咬，还真十年怕井绳呀。"何老板说，"咱们是私营公司，没有人养咱，要是一天不把项目立好，咱就一天不开工？放心吧，这次选的项目关乎青少年失学问题，国家对此一直有所关注，这次咱正好赶上了。我刚听小吕汇报，这个小女孩很典型，等会儿你们再去谈谈。你安排人去给小吕他们搞车票，尽快出发。"

高主任又看了吕萌萌一眼，说："既然何总这么有信心，加上小吕的才华，一定能制作出一档精良的节目，到时就等着好收视率吧。"

吕萌萌从高主任的话里，听出了些什么。她想，是不是她直接找老板，没先去找他，他心里不舒服了？从老板办公室出来，吕萌萌要给高主任解释，高主任却说，小吕你不要多虑，你先给我讲

285

了，我还得给老板汇报，时间紧嘛，省了这道手续，也省去了麻烦，都是为工作嘛，能理解。只要能做出一档好节目，别的不说，把我这个主任头衔交给你都心甘情愿啊！年轻人嘛，做事有气势，我这个老牛还是愿意为你们助威的。

吕萌萌听得一愣，看来还是少了历练，做事粗心，自己毕竟在高主任手下，越级汇报，这不明摆着是不把人家高主任放在眼里嘛。但事已至此，说什么也多余，索性不解释了。

四

拿到车票，吕萌萌到招待所去接马丽娟，还是何老板给她派的奥迪车，说她第一次单独接受任务，坐他的车壮一壮威，希望她的这期节目能马到成功！吕萌萌很感动，心里油然生起一种使命感。坐在车上，望着外面来来往往的车流人流，她想自己人生崭新的一页就这样开始了。

吕萌萌被这样的激情激励着，一路上看什么都觉得很亲切。唯一叫她心里不痛快的，是在一个路口等绿灯时，无意中看到一个熟悉的身影——江小东。他的脸庞上挂满灿烂的笑容，只是这份灿烂不是给她吕萌萌的，而是他身边那个一脸傲慢，却又美不胜收的女孩。他们正手挽手走过人行道，那个女孩吕萌萌看着有些眼熟，想了半天，还是没想出在哪见过。虽说他们分手是早晚的事，可亲眼看到分手前他与别的女孩在一起这么亲热，吕萌萌还是受不了，她狠狠抓着车门把手，牙咬得咯嘣嘣响，努力克制自己没打开车门跳下去。她的快乐像被泼了水的火炭，随着江小东的出现"嗞"的一声灭了。

吕萌萌垂头丧气地到了招待所楼下，车刚停稳，守在那里的小陈一把拉开车门，小声说道，楼上出了点事，去看看吧。

吕萌萌心猛地一沉，不是马丽娟出事了吧？

小陈摇摇头，让她上去看看就知道了。

吕萌萌狐疑地看着小陈，不知他在搞什么名堂。小陈也不多说，拉着吕萌萌上楼，来到马丽娟的房间。招待所里的管理员牛大姐带着一个服务员正在打扫卫生，见他们进来，牛大姐抓起床上揉成一团的床单，说：

"吕小姐，你看看，这床单成啥样了。这睡觉能把床单睡成这德行，我在这里十几年，还是第一次看到。你说一个小姑娘，咋干这种事？"

牛大姐把床单展开。应该说，此时的床单已不能再称为床单，而是一片一片破碎的布条，这一片片布条因了一丝牵连而没有完全散落，像秋天里枯零在树梢上的黄叶，微微地在众人的目光中颤抖着。

吕萌萌大脑暂时出现了空白。这样的情形她想都没想过，最多，她认为马丽娟心里会产生一丝抗拒，而这种抗拒是很容易消退的，只要对她真心，能感动她。但马丽娟一点儿也没有配合吕萌萌良好的感觉，这才一天一夜的时间，就给她制造了一出这种尴尬事。

吕萌萌把床单接过来，床单上的每一道口子都很整齐，显然是刀子割的。如果只有一道口子，或者还可以理解成是无意中划破的，这么多道口子，而且杂乱无序，当然是有意为之。一个十五岁的小女孩，在外流浪了一年，其间所受的苦难可以想象，可为什么她要做出这种事来？她到底想要干什么？她简单平淡的外表下难道还隐藏着更为复杂的东西？难不成她对流浪的生活有了眷恋，心里有了变化，不想回老家了？可是，自始至终，她对回家的态度都是积极的，到现在，很快就要上火车出发了，她也没表示后悔呀！她这样做是针对谁呢？是天使传媒和她吕萌萌，还是这个招待所？吕萌萌一时找不到答案，就对牛大姐抱歉道："实在对不起，我们赔你床单。"

"小陈已经赔过了。"牛大姐拿过床单说，"赔钱是小事，一条床单不值几个钱，只是，"她把声音压低，"吕小姐，我想问一句，这个小姑娘是不是心理有哪个啥呀？"

吕萌萌又把床单拿过来，揉成一团塞进自己的包里："大姐，我再次向你道歉。"

牛大姐说："我没别的意思。还有件事本不想讲的，你们都在帮这个小姑娘回家，是做好事。但看到这床单，我想着会不会对你们有帮助，你们看——"

"什么事？与我们有关吗？"

"是这样，早晨我妹妹在值班室里睡觉，从门缝里看到你们的小姑娘，经过服务台时，绕到里面拉开抽屉，从里面拿走了钱，也不多，就五十块……"

"啊，有这事？"吕萌萌叫道，"你妹妹没看错吧？"

牛大姐一笑："怎么能看错呢，我早起刚收的退房款，转身去了趟卫生间，就……这么说吧，我也不是诬你们，要你们还这五十块钱。你们住这么些天也是照顾我的生意，算是打个折吧。只是，我担心这女孩不学好，你们这份好心……"

吕萌萌没理由不相信牛大姐，人家把话都说到这个份儿上了。她掏出五十块钱塞给牛大姐，拉上小陈就走。牛大姐追上来硬要把钱还回吕萌萌。她把钱顺手放到过道的卫生车上，走了。

走到楼梯口，吕萌萌问小陈："你说这事该怎么办？"

小陈说："这一路的事你说了算，我只管摄像……"

"我现在问你的意见呢。"

小陈犹豫了一下："要我说，这事还不能直接问她。"

吕萌萌说："我也是这么想，得想法子叫她自己说出来，承认这个错误。甭看是个小姑娘，她自尊心很强，又敏感，要伤了她的面子，这几天就没法合作了。"

小陈说："刚才我叫你上来，说不定她会有点儿感觉呢。"

"有点儿感觉也好，叫她心里揣着点儿不安，或许这一路还能安分点儿。我真没想到，她会这么做。"

在硬卧车上，马丽娟不是躺在铺上睡觉，就是坐在窗前，不错眼珠地望着外面飞驰而过的风景发呆。对吕萌萌的问话，她基本以摇头回答，不说一个字。吕萌萌还以为她心里有愧疚，等待着她主动承认错误呢，可慢慢地发现并不是那么回事，也不好往那个话题上引，就没话找话地给她讲自己小时候的事，以为自己的那些旧事多少能引起马丽娟的一点共鸣。可马丽娟的目光依旧遥远茫然，分明是一副心不在焉的样子。吕萌萌顿感索然，自己像马丽娟这样年纪的时候还喜欢窝在妈妈怀里，挂在爸爸的脖子上，尽享年少时光的幸福，哪像马丽娟，孤单单地在外流浪，为了一堆被城里人远远躲避的垃圾而与人争斗，被人歧视，遭人殴打，历尽人世苍凉与悲欢。这样的女孩，怎么会对她这个优越的城市人感兴趣呢？这么一想，吕萌萌对马丽娟又心生不忍。虽然她不认为马丽娟在招待所的行为是可以理解和谅解的，但至少，现在她的心里不像开始那样愤怒和沉重了，一个被生活搓来揉去的小女孩，总会有心态异于常人的时候。而吕萌萌现在的责任，是将这个女孩送回正常的生活轨道上去，让她重新获得幸福。吕萌萌返身到自己铺上，从包里拿出零食来给马丽娟吃。起初，她怎么也不肯接，不断摇头，吕萌萌固执地把零食塞到她跟前。马丽娟躲闪不过，也可能是肚子有些饿的缘故，才勉强接住一块面包，慢慢地吃着，眼睛始终望着窗外越来越黄的田野。

车窗外，飞速而过的树木已淡化了绿色，放远目光，是枯黄的草，萧瑟、杂乱。偶尔也会看到远处慢慢往后移动的田地里，一两个农人在忙碌。已经是深秋季节，西北的秋色更浓一些，到处都是待收的玉米和成熟的大豆，田地里虽是金黄串着金黄，却很少看到劳作的农民。不知是节气没到，还是庄稼没有熟透，反正，田间缺少收获的农人。吕萌萌有些怅惘，那种收获的欢快竟还在浓浓的秋意里深沉地隐藏着，也许，等她送回马丽娟再返回时，这沿路看到的，便会是无比的欢畅了。

由于怕旅客围观，在火车上小陈没开摄像机，他看似躺在铺上看杂志，其实一直竖着耳朵听吕萌萌给马丽娟说话，不时，他撑起身子，会看一下这边的情况。虽然他说这一路都听吕萌萌的，可他还是不敢掉以轻心，吕萌萌毕竟是第一次做节目，这中间真要出什么岔子，他这个随行的摄像也难逃其责。再说，来之前，老板专门给他交代过，要多给小吕做事的机会，要他多操点心，别除了扛机子就什么都不管不顾。这话已经很明确，此次出行，他担当的不仅仅是摄像。所以，他不能不多长个心眼，时时刻刻注意着马丽娟这边的动静。

每当这时，吕萌萌会给小陈使眼色，小陈很会意地做出一副漫不经心的样子，继续看他的闲书。

其实，马丽娟把小陈的警觉，还有吕萌萌给他使的眼色全看在了眼里，她心里冷冷一笑，却不表现出自己的不高兴，只是故意不和他们说话，也不理吕萌萌的茬儿，她用冷冷的沉默来对抗他们。

列车停靠过一个大站后不久，天色微暗时，在一个叫武甸坡的小站停住。这是个小镇车站，也是他们的终点站。在这里下车的人不太多，稀稀落落几个人。车站的灯已经亮了，照着掩饰不住清冷的小站。一出站，几个下车的人都显出对地形的熟悉来，急匆匆地各奔东西了。吕萌萌领着马丽娟，后面跟着扛机子的小陈，他们没有本地人那么仓促地选定一个方向疾行，而是一边走一边就着几盏懒洋洋的路灯打量街道两边。武甸坡镇的街道像别的小城街道一样，布满了店铺，有些店铺已经关门，有些店面依然敞着大门，店里的灯不太明亮，昏昏暗暗像人到老年的呼吸，艰难而浑浊。尽管夜色暗淡，但三个人的样子被当地人一望便知是从外地来的，于是，就有站在各种小店门口冲着他们吆喝揽生意的人。

吕萌萌有点急躁，但他们行进的速度主要取决于马丽娟，她是这里的人，熟悉这里的一切，路得由她引。在火车上早已对马丽娟说好，下车后不直接去她家，先找个地方住下，一来马丽娟可以先调整一下情绪，离家在外流浪一年，毕竟和平常走亲戚住一晚两晚是不一样的；二来吕萌萌和小陈也需要熟悉一下这里的情况，和马丽娟家人取得联系，探一下对方的态度，接下来才好合作。所以，吕萌萌一直在注意街边高大些的建筑，她在找住宿的旅馆。她问马丽娟哪里有宾馆，问了几次，马丽娟才把手往前方一指，抿了抿嘴，简短地说了声：前面。到底在前面哪里，还有多远，她不多说一个字。吕萌萌不再多问，只跟着她走。

小陈从后面走过来问马丽娟，这里有没有出租车。

马丽娟翻了小陈一眼："前面几步路就到了，还要租车呀？"语气里很不满。这是马丽娟第一次用这种口气说话，吕萌萌有点诧异，想着这可能是个契机，说不定能打开她的话匣子呢。因为后面的工作紧接着就要展开，没有马丽娟的配合，这个节目根本没法做。于是，吕萌萌和马丽娟套起近乎，对小陈说："丽娟说得对，几步路你就走不动了，我们两个女孩都能走，就你懒，还男生呢。"

小陈早过了当男生的年龄，他听着"男生"两个字心里别扭，但现在的话语环境已成这样，谁也拿这种称呼没办法。小陈只好认了，他是个扎实稳重的摄影师，干这行五年多，经历过不少人和事，还能听不出吕萌萌的意思？他从肩上取下机器提在手里，说："真是站着说话不腰疼，我扛这么多东西，再走下去，可吃不消了。"

马丽娟回过身来，看小陈背上压着沉甸甸的背包，要替小陈背东西。小陈心里一热，觉得这个女孩心地还是蛮善良的。他没让马丽娟背包，只叫她快带路，天黑透了，旅馆别关了门。

吕萌萌开玩笑道："有丽娟妹妹在，这是她的地盘，看谁敢这么早关门。"

马丽娟不理这个茬儿，只说："你们要住好点儿的，还是一般的？"

吕萌萌说："当然是好点儿的，出门在外，可不能委屈自己。"

马丽娟哀怨地说："反正，我没钱。要住好的，已经到了，路对面就是。"

吕萌萌往对面看去，是一幢三层楼，楼侧边挂着一块"武甸宾馆"的灯光牌，宾馆大门没有大城市宾馆的辉煌，但在这个暗淡平凡的小镇里，灯火还是要明亮许多，给人的感觉温暖却不气派。吕萌萌拉住马丽娟的手说："丽娟妹妹，咱们就住这儿吧。你放心，不用你掏钱，我们会照顾好你的。"

三人进宾馆登了记，原本吕萌萌要和马丽娟住一起的，她担心上火车之前在招待所发生的一切会再度重演，但马丽娟说她从来没在这里的宾馆住过，想要一个人住一间感受一下。吕萌萌怕拒绝会引起马丽娟的猜忌和反感，便同意了，她要了对门的两间房，一间给小陈，另一间她住。

吃过晚饭，吕萌萌把马丽娟送回房间，叮嘱她早点儿休息，坐了一整天的车，肯定累了，明天早起还要赶二十多里山路去她家呢。马丽娟不说话，不说睡也不说不睡，显得异常镇定。吕萌萌从她身上看不到一点儿应有的激动，有点不安，老觉得这个女孩子心里有事，就问她有什么想法。

等了好长时间，马丽娟才摇着头说，没事，就是第一次睡镇上最高级的宾馆，不想太早睡，想看会儿电视。

这个不难，小陈打开电视，把遥控器交到马丽娟手里，叫她自己选台。马丽娟把遥控器抓在手里，却没换台，望着电视的目光里异常空洞。吕萌萌注意到了这个细节，心里反倒踏实了，她上去揽住马丽娟的肩膀，轻声说："丽娟，你是不是想快点到家呀？好好睡一晚，明天就能见到你妈了，你妈要看到你回家，该多高兴呀。"

马丽娟愣着不说话，过了一会儿，才愣怔过来叫两人早点儿回去睡觉，甭管她，她想看一会儿电视。

吕萌萌尊重她的意见，与小陈退了出来。小陈还得去联系明天租车的事，吕萌萌回自己房间，给公司打电话汇报这里的情况。这次，她学聪明了，先给高主任打通电话，将情况讲完后，高主任问她老板是啥意见，一切都按老板的意思办就行。吕萌萌知道高主任心里还打着结，就说我哪知道老板啥意见啊，你是我的上司，我直接向你汇报情况，老板的指示那也该你传达给我才对啊！高主任在电话上一笑，说他代替老板指示了，工作还没真正展开，明天才进入情况，现在就好好睡觉吧。吕萌萌听出高主任心情好转，看来这个电话打得还是比较成功的。

放下电话和衣躺到床上，吕萌萌没一点儿睡意，她爬起来走到门口，侧耳听对门的动静。隔着门，听不到那边的动静，刚才隔门传来的电视音乐声完全消失了。马丽娟可能已经关掉电视了，她再镇定，终究还是个孩子，都到家门口了，马上就要见到自己的妈妈，她哪里还能若无其事一门心思看电视，此刻她一定是躺在床上，看着家的方向想象着回到家时的那份欢喜呢。

吕萌萌心里踏实下来，这时候她才觉得疲惫不堪，绷了十几个小时的弦，终于可以松弛一下了，这一松弛，昨天在十字路口见到江小东和那个漂亮女孩的一幕像滴落在纸巾上的水一样，迅速在她脑海里弥散开来，甩也甩不掉。她知道江小东本来就不属于她，在他面前，她是丑小鸭。可谁说丑小鸭就没自己的尊严？她可以放弃江小东，不是因为她是丑小鸭，而是她从一开始就抱定了这样的想法。可是后来，她是付出真感情的，是他在广播电视学院最灿烂光华的时候给过她爱，她被感动了；她恨江小东，是他对于淡漠了的感情想一抹了之。事实上，她不会牵绊他，只要他有勇气站到她面前，对她说上一声，结束吧，这一切本来就不应该有！她一定不会为难他，对他挥挥手。他为什么不说？他怕担骂名，承担同居过的责任，怕她会到他单位去闹，影响他的形象。他要她体会情人间的冷漠意味着什么，是要她识相地从中抽身，既给她面子，又省了自己心理上的负担。只是江小东偏偏不明白，她吕萌萌是不吃这一套的，她就是要他面对面地挥一把利器斩断他们的关系，就好像古时杀人，被杀者往往希望一刀结果自己的性命，那种一刀一刀剐着却永远也不会叫你死去的痛才是真正最利最深的痛。吕萌萌不要这样没有止境的痛。一刀结束，从此忘却前生旧世，进入一个全新的开始，一个干干净净的开始，有什么不好？想得心酸，吕萌萌忍不住落下泪来，但很快，她又擦干眼泪，现在绝不是掉泪的时候，只要这次把节目做好，她也会有出头之日，丑小鸭最终可以变成天鹅的！到时候，她倒要看看，你江小东将怎样来仰脖看我吕萌萌。她想象自己已成为黄金节目主持人时，像个明星一样气派地接受各路娱记的采访，在耀眼的闪光灯中面带微笑……慢慢地，吕萌萌有了睡意，在兴奋与疲惫、激动与悲怆中，抱着枕头睡着了。

突然的开门声惊醒了睡梦中的吕萌萌。她惊醒过来，却不知身在何处，愣了一阵，才反应过来。她跳下床跑过去拉开门一看，对面的房门半开着，里面没有灯光，也没一丝声息传出来。她心里有一丝不祥划过，上去敲了几下门，轻声叫着马丽娟，没有应声。她推门进去，摸到开关打开灯，房间里不见马丽娟，连柜子上的包都没了。她又喊了两声，还下意识地往桌子下面瞅了瞅，又到卫生间看了，连个影子都没有。这一惊非同小可，吕萌萌脸色大变，冲出房间，到斜对门猛敲小陈的房门，大声叫道："快，小陈，马丽娟不见了！"

小陈不愧是个好摄像师，他很快打开门，手里已经提着摄像机了。看来，他的应变能力比吕萌萌强："什么时间发现的？"

"刚才，我隐约听到开门声，跑出来一看，人就没影了。"

"快，肯定没走远，追。"小陈打开摄像机开关，把机器扛到肩膀上。果然是有经验的摄像，知道这个时候的场景很重要，无论是对做节目还是找人，能起到直接的证据作用。

吕萌萌又是跑动又是惊叫的声音，惊动了服务员，她从值班室出来问怎么回事。吕萌萌问她看到302室的那个女孩了吗？服务员揉着眼睛，不满地说没看见。吕萌萌说女孩不见了。服务员没好气地说，知道了，你不是满楼道在喊嘛。

幸亏这个宾馆里再没住别人，不然非得惊动好多看热闹的人。吕萌萌对自己的不冷静有点羞愧，对服务员说了声对不起，和小陈往楼下冲去。

到一楼的楼梯口拐角处，吕萌萌看到一个黑影站在那里，她不管三七二十一，冲着那黑影就喊马丽娟。小陈把摄像机上面的聚光灯照准那个黑影，果然是马丽娟。她一副寂寞孤独的样子，背着包靠在墙上一动不动地凝望着窗外的夜空。小陈打过去的聚光灯也没能使她的姿势有一点儿改变。

吕萌萌扑上去抱住马丽娟，几乎是喜极而泣："丽娟，你怎么……乱跑啊？"

马丽娟侧头看了吕萌萌一眼，抬手挡住强烈的灯光，摇了摇头："我没乱跑，只是想——出去看看星星。"

吕萌萌透过楼梯口的窗户，向夜空瞭望，果然是灿烂的星空，辽阔深沉的天幕，数也数不清的星星忽明忽暗，把夜空装饰得极其绚烂。在大城市是看不到这种景象的，吕萌萌还是第一次见到这样清澈透亮的夜空，美得让人不敢相信。城市就是这样，给人很多生活的安逸，但也会不经意间夺走很多东西，只是，为生活而忙碌奔走的城市人，只对与生活有关的东西斤斤计较，对生活以外的并不懂得珍惜。

小陈见吕萌萌只顾和马丽娟看星空，急了，轻轻晃了晃镜头，用摇动的灯光来提醒她。见吕萌萌没反应，又轻轻咳嗽了两声。吕萌萌的心思被小陈的两声咳嗽带了回来，她扯扯马丽娟肩上的包，说："看星星，背着包干什么？丽娟，你是要自己回去呀，还是另有打算？"

马丽娟不吭声。

小陈忍不住说："不管你有什么想法，都得给我们打个招呼才对，不然，天这么晚，你一个女孩子去了哪儿我们都不知道，到时可怎么给你妈交代？"

马丽娟这才闷了声说："我没想走。只是……明天去我家，我怕他们不要我回家……"

"怎么会呢？有我们在，一定会做通你爸妈工作的。"吕萌萌说，"来时不是给你说了嘛，如果你后爸不要你，我们会找当地政府出面，绝对不能让他胡来的。丽娟，你放心吧，啊？"

马丽娟转身向楼上走。吕萌萌跟上说："你不用怕，我们会安排好一切的。你只要听话跟着我们就行。刚才吓死我了，房间找不到你，我还真担心把你弄丢了呢……咱们虽说相处的日子不长，可说句心里话，我对你还真是舍不得，这感情可不是论时间长短的，你说是吧？我想，你没把我和小陈哥哥扔在这个陌生的地方，说明你对我们也是有感情的，对不对？"

这回，马丽娟点了点头。

"既然咱们都处出感情来了，如果不能安全地把你送到家，那我和小陈哥哥岂不内疚死了？所以，你千万不要再这样一声不吭地跑出来了，想要做什么，喊上姐姐一起。你看，这儿的夜空多美啊，刚才你要叫上我，那我们可就享受了！"吕萌萌没看马丽娟的反应，但直觉告诉她，马丽娟听进去她的话了。

回到房间，三人默坐了一会儿，吕萌萌叫小陈回屋去睡，她要陪马丽娟再说会儿话。马丽娟却说："姐姐，你也回去睡吧，相信我，不会再跑的。我要真走，早不见影了，还能再回来？"

吕萌萌说："姐姐当然相信你说的是真的。我只是想和你一起看看星星，我好多年没见过这么多的星星了。"

马丽娟嘴角微微一撇，冷冷地说："你屋里也是一样可以看到星星的。你还是不相信我，要留下看着我吧！"

吕萌萌被噎得说不出话，这个时时处处都表现得特别冷静的女孩简直深不可测，她总是能看透她的心思，而自己却摸不透她的想法。吕萌萌一直以为自己也算是个心思缜密、能言善辩的人，可她的缜密与善辩在一个十五岁的孩子这里居然溃不成堤。她有点怀疑自己的能力，是不是自己过于自信，以致一叶障目，江小东也正是

298

看透了她这点，所以才不屑与她直面针锋？

怅然地回到自己房间，吕萌萌一夜没敢合眼，她穿戴整齐地搬了个椅子坐在门跟前，耳朵贴在门上听着外面的动静，一旦有个风吹草动，她好冲出去。

小镇的夜安静得连秋风都没声没息。一门之隔的过道在吕萌萌高度紧张的神经中更寂静得可怕。

五

吃过早饭，小陈联系租用的面包车已经候在宾馆楼下，马丽娟却迟迟不愿下楼。一夜几乎未睡，眼圈发黑，声音也晦涩沙哑的吕萌萌，无奈地问她到底要干什么。

马丽娟浅浅地看了一眼吕萌萌说，她还不知道她妈和后爸的意见，就这么突然回去，他们不要她怎么办？

还是老问题。吕萌萌有些烦躁，她不知道这个女孩到底为什么总是纠缠着这个问题，她耐下心劝道："丽娟，不是给你说过了嘛，我们会做通他们的工作，他们的心也是肉长的，你是他们的女儿，他们不会那么绝情的，天下有几个人能真心舍得下自己的孩子？若真是这样，我们……"

马丽娟打断吕萌萌的话，说："我不想今天回家。不知道他们的态度，我不能回去。"

话说得很坚决，好像没有回旋的余地。吕萌萌不好再说什么。马丽娟也再次闭上口，任你说破嘴皮，她只是沉默。

吕萌萌没办法，把小陈叫到一边商量对策。小陈说总不能硬把她塞进车拉回家吧，这样拍不成节目，就是拍成了也是负面的，而且还容易引起当地派出所的注意，以为我们拐卖人口呢。

　　吕萌萌打断小陈，极其认真地说："要不，就让她留在宾馆，咱们先去探探她家里人的态度？"

　　"这个主意我不能拿，得你来定。万一，她趁咱们不在，跑掉怎么办？昨晚又不是没闹过这出戏。"

　　"我就是担心这个，不然，早定下了。"一向自恃能言善辩的吕萌萌，没想到现实这么厉害，把足智多谋的她逼到如此境地，在这种实践面前，她能退缩吗？这可是她第一次做节目啊，绝对不能半途而废。她可是一心想要凭着这期节目打开局面，从此一马平川，登堂入室，不比他江小东做那个从未出过镜的正规电视台节目主持人差。再说，她也不能给高主任留下取笑她的把柄，还得对得起器重她的何老板呀，他对自己抱着多大的希望啊，可不能在困难面前就失了主张，乱了分寸。当初，自己可是凭着一张三寸不烂之舌，攻下何老板这个堡垒的，眼下，不能就这么怯阵，叫他失望。

　　吕萌萌想了很多，最后，还是把球踢给了马丽娟。她今天不回家，可以，只是把她一个人扔在宾馆有点于心不忍，让她出去玩吧，万一她起别的心思怎么办？可别他们把什么都联系好了，最后主角不出场，那可就尴尬了。

　　马丽娟明白吕萌萌的意思，竟然笑了一下，仰了仰头说："姐姐，你还说对我信任呢，我算看出来了，你是怀疑我。那好吧，我跟你们一起去，只是，我不进家门，就坐在车上，你要还不放心，就把我绑在车上。但不能叫家里人知道我已回来，得不到他们明确的态度，我决不回家！"

看马丽娟的样子，比地下党奔赴刑场还坚决。吕萌萌再不作解释，这是最好的解决方法了，再解释只能是画蛇添足。

吕萌萌走到一边，打电话向高主任汇报了这里的情况。高主任表扬吕萌萌考虑周全，不怕一万，就怕万一，不管怎样，前提就是不出事，不能把这个女孩子弄丢，咱是真情护送她回家的，如果人跑丢了，这真情可就要打折扣了。既然马丽娟说可以绑着她，就照她说的做好了，以防万一嘛。

吕萌萌打过电话就后悔了，她当然不愿意出事，可要叫她真把马丽娟绑起来，那还不是一样失了"真情"二字？再说，一个小姑娘随口说一句把她绑起来，她就真把人家给绑了，这传出去不就成笑话了？也真亏高主任能动这个心思。想了想，她又给何老板打电话，把高主任的意思说了。老板一听，急了，千万不能绑人，随便绑人犯法呢，不就是做个节目吗，至于弄到这种地步？别搞得太玄乎，到时不好收场。再想别的招，我还不信了，活人能叫尿憋死？

那怎么办？就两个人，一个主持，一个摄像，缺一不可，哪还能分得出身来看马丽娟？吕萌萌当然不会傻到向老板讨主意，一件小事都搞不定，往下她还怎么在公司里混？她只要老板知道她是怎样克服重重障碍来做节目的就行了。

挂断电话，吕萌萌叫小陈去给司机商量，多给他二百块钱，叫他帮忙看着马丽娟，不让她随便下车就行。司机一听这么容易就多赚二百块，自然满心欢喜。他说这个差事好办，到时把车门全锁上，由他把着开关，保证把守得比监狱还严。

终于上路了。车离开武甸坡镇，走了半个多小时，经过一条

301

河，吕萌萌看马丽娟像在火车上一样倚着车窗凝神望着外面，就指着河问她，这河叫什么名，怎么没多少水？

马丽娟本不想回答的，但见吕萌萌问得真诚，碍于面子，只好回答这是玉河，多年来玉河的水就这样少，她不知道是什么原因。

司机接过话说，其实玉河早些年水很大，也很清，两岸的人畜饮水都靠这条河。这些年干旱，水越来越少，河里流的那点水，又被上游的工厂污染，早饮用不成了，几里外都能闻到臭气，成了一条大排污沟。

果然，上桥后，看到桥下的河床里流动的不是清冽的水，而是黑乎乎的浊流，散发出刺鼻的恶臭味。司机摁住自动开关，将车窗全部关闭。望着窗外的马丽娟收回目光，头靠在坐垫上，眯起眼睛。

吕萌萌与小陈对视一眼，小陈一脸的无奈。吕萌萌打消了与马丽娟说话的念头，思考着待会儿见了她母亲和后爸，该怎样应对。

下了桥，汽车一直向南驶去，走不多久，下了柏油路，拐弯抹角地开上一条黄土路。起先，车过之处，后面扬起一条黄色的灰尘，慢慢地，路越来越窄，可能是行车少的缘故，路被即将枯黄的野草覆盖，只留下两条笔直的辙印，证明它还是公路。可车后面再也扬不起尘土了，打开车窗，一股清新略带湿润的泥土味扑面而来。吕萌萌用眼角的余光捕捉到马丽娟微闭着的眼睛动了几动，她的睫毛一直在颤抖。踏上故土看来还是让马丽娟内心有些激动的，不然，她就不会掩饰性地闭着眼睛了。

吕萌萌轻轻舒了一口气，心想这个女孩终究还是没有多么复杂。她不复杂就好，虽然现在还不知道她父母的态度，只要马丽娟本人不再添乱，事情就会少许多麻烦。

经过一道道盘山公路，汽车爬上一个黄土塬。被成熟的秋庄稼遮蔽住的村庄，像生长在青纱帐中的迷宫，在马丽娟的正确指引下，左冲右突了半天，终于停在离她家不远的一个路口。

吕萌萌和小陈步行到马丽娟的家。这是一个看上去十分破败的农家小院，穿过长长的门廊，进到院内，才发现这个院子相当小，三间坐北朝南的土瓦房占去了院子的三分之二，余下的三分之一堆满了柴草和农具，几只鸡在院子里走来走去。一头猪还在柴草堆那里哼哼唧唧地乱拱，不知是在寻找食物还是在搞破坏，见有人进来，猪不拱了，睁着细长的眼睛辨认了一会儿，见是两个陌生人，便扭着肥厚的屁股颠颠地跑走了。没有猪的哼唧声，院子和屋子里静悄悄的，是一种凝滞、温暖的安静。

小陈打开机器，把镜头对准屋门，等待着里面走出人来。

吕萌萌手握话筒，站到镜头前，这是她在这次节目里首次正式出场，瞅着机器上那闪亮的红灯，她心头又闪过江小东。江小东，我已经在镜头前了。她稳了稳神，对着镜头说了一句简单的开场白："这就是马丽娟的家，院子里静悄悄的，但屋里肯定有人，不然，院门不会大开着。"然后，她对着屋子喊，"请问有人吗？我们要找马丽娟的家人。"

话音刚落，里面走出一个满头华发的妇女。她的头发不是那种自然变白的银色，而像是缺少水分的庄稼，发出枯燥的苍白。她骨骼凸出，松弛的两颊长满了疣痣。看到眼前的情景，她满脸惊恐，极不自然地抬手掠掠头上的枯发，目光慌张地望着吕萌萌，还有那个小钢炮似的摄像机。

吕萌萌凑上去，亲切地问道："如果我没猜错，您就是马丽娟小妹妹的母亲，李玉花大娘吧？"

李玉花不知所措地点点头。她点头的样子像极了马丽娟。

吕萌萌转过身，对着镜头说："站在我眼前的这位，就是马丽娟的母亲李玉花大娘。"又转回身，对李玉花说："大娘，我们是电视台的，专门为你的女儿马丽娟来的。"

李玉花愣了片刻，才简短地说："她不在家。"

"我知道她不在家，请问您想见您的女儿丽娟吗？"

李玉花点点头，随即又摇摇头："她好久不在家了，我没法见到她。"

吕萌萌说："大娘，我可以帮您见到她，就是不知道您愿不愿意让她回家？丽娟小妹妹离开家快一年了。这一年里，您知道她是怎么过的吗？一个十五岁的小女孩……多么不易！"说到这里，吕萌萌的眼里泛起泪花，这种时候，自然是"真情"最流露的时候，她要适时地用眼泪增强"真情"的感染力，"现在，丽娟很想很想回家见到妈妈，只是，她怕您怪她，才不敢回来。"

李玉花的眼泪涌了出来，她抬手抹了一把："我没怪她呀，她这一走，把摊子扔下什么也不用管，她倒省心了……"她伤心地哭起来。

这正是节目最需要的画面，吕萌萌没立即安慰这个可怜的妇人，她反而向后退了一步，让小陈全方位地拍到李玉花悲恸的模样。过了会儿，她掏出面巾纸递给李玉花。李玉花没接，用粗糙的手抹着眼窝，随手拧了一把清鼻涕甩到地上，两根手指在鞋帮上擦了。

两只鸡飞奔而来，其中一只抢到地上的清鼻涕，咯咯叫着吸进嘴里。另一只鸡很失望，头一晃一晃地望着吕萌萌和李玉花，眼里充满期待。

吕萌萌挥手轰开鸡。刚才听到李玉花的态度，她心里一块石头落了地，但她替这个被生活折磨得近于干枯的老妇人难过，这种难过是真实的，但也是多余的，她必须要李玉花亲口说出让马丽娟回家的话。

"大娘，丽娟每时每刻都在想念您哩，她说做梦都梦到您，哭着求您让她回家。只要您答应她回家，她马上会回来看您。"

李玉花的哭声戛然而止，眼里含着泪花问道："你们见到丽娟了？"

"是呀，她现在……就在我们那儿，等着您的回话，您答应了，我们立即把她送回来。"

李玉花一抹眼泪，警惕地问："你们送她回来？为啥要这么做？她是不是在外面出啥事了？"

"看您想到哪儿去了，丽娟还是个孩子，她能出啥事。我们送她回来，是正赶上要制作一个节目，顺便的。"她还不敢说是专门制作这个节目，怕人家会因此提出什么要求。

"噢！"李玉花的脸上松弛下来，又抹了把湿湿的眼窝，把吕萌萌他们往屋里让。

吕萌萌说："大娘，我们不进屋了，你答应叫女儿回来就好，我们马上可以送丽娟回家。"

"马上？你是说丽娟已经被你们送回来了？"李玉花突然转变了态度，"这可不行，她能不能回家，我说了不算，得她叔——噢，就是她后爸同意才成。我叫她回家当然没啥问题，只是……这个家是她叔的，她叔说了才算。"

面对突如其来的变故，吕萌萌不知说什么好，她愣怔了许久，才结结巴巴地说道："那……那大叔在家吗？"

"他去给别人家盖房子了，天黑才能回来。"李玉花说，"姑娘，不是我作难，我的女儿我能不心疼？实在是丽娟没做下好事，我没脸替她应承……她，她临走时偷拿了她叔的二百块钱，那可是给二小子攒的上学的钱啊。"说着，她又哭开了，"死女子不懂事，偷拿上钱跑了，一去不回，害得二小子上不成学。她叔骂我打我，我哭都不敢哭，有啥法子，亲闺女做的事，我哪还抬得起头？这个丧门星可把我害死了，我命咋这么苦呀，不到三十岁死了男人，拖着个闺女改嫁，原以为有了奔头，却叫亲闺女给害得……天知道我上辈子做下啥亏心事，老天要这样惩罚我啊……"

李玉花说得难过，不管不顾一把鼻涕一把泪地伤心哭起来。吕萌萌心里咯噔一下，落下的心忽悠一下又悬起来。怪不得呢，马丽娟不敢回家，三番五次都说家里不会要她，这里面是有原因的。看来招待所牛大姐的提醒是对的，这个女孩有问题。这下，可该怎么办？如果马丽娟的后爸坚持不要她进家门，节目就没法往下做，真情在这里夭折，没法放送了。

吕萌萌没再劝哭泣的李玉花，而是给小陈一个手势，叫他关掉摄像机。然后，她走到一边掏出手机给高主任打电话，想请他给老板说一下，能否通过关系，给这面的乡政府取得联系，叫组织出面调解。

高主任听完，想了半天才说，小吕，你以为这政府的关系是那么好用的？这点小事也要组织来出面，要我们干什么？叫你单独做节目就是为锻炼你应付突发事件的应变能力。当时我就说过，你还年轻，不要急于求成，你还不乐意，这一撞上事就慌不择路了？你不知道，凡事都要用关系，联系当地政府，那得打通多少关节？从电视台开始，到省里，再到市上、县上，才能到乡级政府，单从时间上来说，没一月两月，门儿都没有。就算你能耗得起这时间，也耗不起这精力，经费的问题就更甭说了，估计最后下来整个节目的制作成本能不赔都是万幸了。看来，叫你单独去经历一次也好，不然，你还以为先前跟你说的话都是在阻挠你，现在明白了吧……

吕萌萌从高主任愠怒的语气里慢慢听出了幸灾乐祸的意思，心里明白，这个老男人的心里其实还是对她耿耿于怀的。

她索性挂了电话，懒得听这个老男人啰唆，没支个正招，还净讲些没用的。

吕萌萌握着手机犹豫了一会儿，还是给何老板挂了电话，这种时候，她希望背后能有个支撑。老板倒没埋怨她，只说你不是还没见到吕萌萌的后爸嘛，怎么仗还没开打，自己倒先丢盔弃甲，溃不成军了？别慌，还没到绝望的时候呢。真要到了做不下去的那步，咱们再想别的办法。老板绝口不提当时说的找地方政府的话，看来高主任前面说的也不是没有道理。

挂断电话，吕萌萌心情异常沉重。看来自己还是把事情想简单了，以前的那些善变能力全是空谈，没有在实践中锤炼过，现在真正遇到困难，还没想办法呢，就手足无措起来，一点儿都不冷静。这下可好，老板的话里没留一点儿可钻营的缝隙，也等于是堵死了她的路，往下可怎么进行呀？

李玉花还在哭，这个苦命的女人，夹在亲生女儿与现在所依赖

307

的丈夫之间，才真正叫难活人呢。

吕萌萌可怜起这个女人，她上前揽住李玉花的肩膀，轻轻地拍着她的背，劝说的话却一句都说不出来。此时，自认为能言善辩的吕萌萌才知道，自己以前的纸上谈兵有多可悲。

李玉花在吕萌萌的安慰下，慢慢止住哭声，拉住吕萌萌的手说："丽娟在哪里？我想见这个死女子。"

吕萌萌当然不会这个时候叫她见马丽娟了，她看了看小陈。小陈轻轻摇摇头，打开机器又开始拍摄。

吕萌萌说："大娘，您现在还见不到您女儿，我——没把她带来。"

李玉花肯定识破不了吕萌萌的谎话，她失神的目光望着吕萌萌说："我只想问一下这死女子，她为啥要往死里害我。"

吕萌萌的心里又是一凉，还想着母女情深，再犯什么错，做母亲的总会护着女儿的，没想到却是这样一句伤到心肺的话。这就更不能叫她见了。吕萌萌打定主意，微笑着说："大娘，您不要太记恨丽娟妹妹，她终究还是个孩子，有些事她做错了，您得好好引导她才对，如果连您都不原谅她，她更觉得没有指望，会走上邪路的。"

李玉花呆呆地看着吕萌萌，眼里又涌起泪花，话说得再硬，心还是软的。吕萌萌看得出来，其实李玉花心里还是想女儿的。

再待下去也不会有实质性的进展，吕萌萌担心车里的马丽娟会再生事端，就对李玉花说："这样吧，大娘，大叔晚上才能回来，我们就不等了，晚上再过来听听大叔的意思，商量要不要把丽娟送回来，好吗？"

李玉花点点头，目光里带着期盼。

六

村子周围没一个饭馆,只好回到武甸坡镇吃午饭。饭后,他们刚出饭馆门,早已等候的一老一少两个乞丐围上来,小陈一把推开就走。吕萌萌皱皱眉,绕开也走了。剩下马丽娟一人,看着伸到眼前的两双脏手,略犹豫了一下,从身上掏出一张五十块钱,冲前面的吕萌萌道:"姐姐,能给我换点零钱吗?"吕萌萌随口说:"我都是整的,换不开。"小陈接过来说:"快走,别给他们钱,现在的乞丐都是假的,他们其实比我们有钱。"

马丽娟转身进了饭馆,很快换好零钱出来,给两个乞丐每人一块钱。装好余钱,在吕萌萌和小陈两人的注视下,马丽娟越过他们往前走去。吕萌萌与小陈尴尬地互相看看,谁也没开口。

给司机安排好晚上活动后,小陈问马丽娟在车上的情况,司机说她一直老实待在车上,刚开始还有点急躁,老趴在车窗上往外看,中间有几次想开门下车,可看到司机虎视眈眈的眼神,就放弃了,后来慢慢地安静下来,还在车上睡着了,可能是晚上没睡好吧。

马丽娟怎么会睡好,她心里一直处在矛盾之中,说不想家是假的,可到了家门口,她又觉得家是陌生的,那里没有她想要的亲情,后爸永远带着寒气的眼神,从来没一丝温度的说话语调,想一想都会浑身发冷。母亲当然是疼她的,可母亲畏惧后爸的权威,只知道看后爸的脸色行事,后爸略有不快,她便诚惶诚恐,不知所措。马丽娟也害怕孤身一人在外流浪的日子，那一个个白昼是别人的繁华和热闹，却是她的寒碜和凄凉，那些霓虹绚丽的夜是漫长和惊恐的。那样的时候，家在她的心里就变得实在起来。她要回家！这个念头在捡拾垃圾的那段日子，深埋在她的心里，所以当天使传媒项目部的人发现她时，她毫不犹豫地说出了自己的心愿。有了温饱的依靠之后，她才发现家其实是她心里的一盏灯，在又黑又寒的夜紧紧地贴着她，温暖着她。而一旦走出黑夜的境地，灯光便变得微弱许多，且摇摇晃晃。昨天夜里，她把吕萌萌和小陈赶出自己的房间后，便关了电视，一个人静静地躺在黑暗中想着，家就在伸手可及的地方，可家会容纳她吗？她感到害怕，害怕被家拒绝的滋味，一个人如果被家拒绝了，那是多么可怕的事情啊！她突然强烈地想要逃走，逃离这片熟悉的地方。她真的抱起自己的东西跑了，趁着黑夜，趁着没有她熟悉的人看到她这张历经过沧桑的脸。跑到宾馆外面，门口的灯依旧明亮着，却因了夜晚，让外面的小镇显出深深的寂寞来。微寒的秋风迎面扑过来，拥抱住她，她打了个寒战。她犹豫了，只要一个多小时，她就回家了。难道她真的要把家，把那个为她而不得不看人脸色、委曲求全的妈妈抛开吗？她到底没有逃走，近在咫尺，她要看一眼家的。

昨晚跟着吕萌萌回到房间，马丽娟又胆怯了。一个十五岁的女孩，承受着过去，她不敢面对。但她需要一个承诺，一个能给她极大勇气的承诺。一夜辗转反侧，马丽娟又怎能睡得好呢？

中午休息时，高主任打来电话，询问这面的情况后，开始埋怨吕萌萌，不该动不动就打电话烦扰老板。"我知道老板很器重你，所以你才更要独立去应对。"高主任说，"老板最近心情很不好，电视台总编室新来一个女博士，卡着天使传媒的节目不安排播出，节目部和审片部都通过签字了，可她就是不给安排，该做的工作都做了，也不知什么原因她就是不放手，何老板很窝火。所以，这边有什么情况，尽量给我说，不要去打扰老板。"

吕萌萌不清楚高主任怎么知道她给老板打过电话，难道是老板告诉了他？吕萌萌说不出话来，心情复杂地听完高主任的一番教导，收了线。

这时，小陈进来了。说起刚才电话里的事，小陈告诉吕萌萌，最近公司很不顺，尤其是和电视台的关系理大不顺，何老板该打点的都打点了，能送的都送了，但节目收购率不行，主要原因是播出的太少，没人惦记着，收视率自然就下来了。电视台是看播出效果收购节目的。

"以前不是挺顺利吗？听说公司制作的节目大多盈了利，并且收购价看涨，怎么现在突然就不行了？"

小陈说："看来你真不知道，电视台总编室新来的一个女博士很厉害，她是个金刚之身，水泼不进，送去的红包都退了回来，何老板以为她嫌少，又加了几个数，还是被退了。快没辙时，听说她至今未婚，可能是感情上空虚，这才明白，人家不要钱的原因，便托人给她介绍男朋友，介绍了几个英俊小伙子，最后她选择了一个，总算把她给拿下了。老板很高兴，以为从此风调雨顺了，没想到时间不长，就是你刚进公司那阵，介绍给那个女博士的小伙子不干了，具体是什么原因，我也不知道，只听人说，那个博士只管索取，根本不给小伙子真感情，小伙子很伤心，一气之下与她分手了。那个博士可不得把气又撒在何老板身上，这下，咱们公司更惨了。"

311

吕萌萌还不懂制作方与播出方的复杂关系，听小陈这么一说，越发弄不懂。她担心地说："如果我们的这个节目能顺利完成，到时播出也这么麻烦吗？"

小陈说："此一时，彼一时，你相信何老板的能耐吧，没有他拿不下的山头。不就是一个女博士嘛，已经掌握了她的游戏规则，就好办多了。这个小伙子不干，再找一个，说不定那个女博士巴不得换个新鲜的玩儿呢。"

真龌龊！吕萌萌在心里骂了一句，胃里的东西突然往上涌，她竭力抑制着，没当着小陈的面做出不妥的行为来。小陈看出她的脸上变化，安慰两句，赶紧溜了。

吕萌萌心里不舒服，喉咙里往上冒酸水，跑进卫生间吐出中午吃的那点饭食，才觉得畅快了点。

挨到天快黑，顾不上吃晚饭，他们拉上马丽娟又赶到她家里。马丽娟的后爸回来了，一家人正在吃晚饭。后爸是个过早谢顶的男人，脸黝黑光滑，看上去不太显老，比马丽娟的母亲还显年轻一些，他光着背，一身的肌肉，在凉爽的秋夜里，端个大老碗呼噜呼噜地吃面条。灯光下，他裸露的背上油光闪闪。

见来人了，马丽娟的后爸放下大老碗，象征性地叫李玉花给客人盛饭。李玉花端起他的大老碗要走不走，一副不知所措的样子。

吕萌萌赶紧说，不用不用，我们吃过了，你们吃你们的。

马丽娟的后爸不再礼让，扯件衣服披上，也不让座，站在灯影里看着扛摄像机的小陈。吕萌萌解释一番，把马丽娟回家的事说了一遍。马丽娟的后爸望着镜头说："你们为送丽娟，跑这么远路，真不知该咋说，丽娟回来是好事，她回来就是了，没人阻拦她呀。"

吕萌萌悬在心里的石头终于落了地。似乎胜利来得太轻易了，她有点不太踏实。

"大叔，听您这么说，我们很高兴，我这里先替丽娟妹妹谢谢您了。"吕萌萌真心实意地说。

马丽娟的后爸看了一眼李玉花，不高兴地说："这是啥话，我没说啥嘛，我刚回来，丽娟她妈只说你们要来，再没说啥呀，咋回事，从你话里听着，好像是我不愿意叫丽娟回来似的？"

吕萌萌说："不是这个意思，大叔，我是太高兴了，话说得可能不对，您千万别多想。"

"我没多想，你们可能听说了啥，那我也就直说了，我从来没说过不让丽娟回家的话，她是有错，可这是她的家，她回来是应该的。她去年拿了小二子的学费走后，一直没消息，我和她妈托人还寻过她哩，可没找到，当时心里还挺难受的。她虽然不是我亲生，可她毕竟是个孩子，是孩子就不会不犯错，是不是，她要回来了，还是我闺女，难不成我还能拿她咋的？可她一直不回来，是不是，你看，还要你们来给说情，这给外人造成啥影响？说我不要养女回来？为这事，我没少和她妈怄气。"男人又瞥了一眼身旁的女人。

李玉花埋下头，双手捂着嘴压抑地哭开了。

马丽娟的后爸皱着眉头说："看看，她还哭上了。"

李玉花抽泣道："是我没养下个好女子，害得村里人都怪她叔呢。其实她叔对她很好，从来没打骂过她，去年偷钱的事后，丽娟又翻墙去偷了邻居家的东西……她不是个好女子……"

马丽娟的后爸打断李玉花："别说了，在外人跟前净说孩子的坏话，今后叫孩子咋活人呀。说句实话，丽娟一直仇恨我，可我真

313

没动过她一指头，她是自己做下的事把自己吓跑了，一年不敢回家，十五六岁的女孩，也不知她在外面咋活的人。你们还不知道，她原来就跑过一次，那时才十二岁吧，为啥事来……和她弟闹别扭吧，她妈骂了她，就跑了，一个多月才回来。这下可好，快一年了。她要回来，叫她自己回来好了，我绝不提她偷钱的事，她也不用怕，这里是她的家，啥时回来都成。"

"这可太好了。"吕萌萌兴奋地说，"大叔，您也干一天的活儿累了，早点儿休息吧，我们——明天就送丽娟妹妹回来。"

"好，好，不用麻烦你们送，叫她自己回来好了。"

七

回来的车上，吕萌萌把后爸的态度告诉了马丽娟。马丽娟一点儿都不显激动，她没说一句话，只望着车窗外的黑夜，不知在想什么。吕萌萌本想劝劝马丽娟今后回家了，应该好好听大人的话，别做错事之类的话，但看着马丽娟的态度，她忍住没说。这个时候，马丽娟是该好好想想了。

回到宾馆吃晚饭时，小陈把吕萌萌拉到一边，问她为什么今天晚上不把马丽娟交给她父母，早送早省心。

吕萌萌说："你看她那个家，晚上连吃的都没了，黑灯瞎火的，叫她这时回去，我不忍心。我一直在想，中午她给乞丐钱，说明她心地是很善良的。你也看到那五十块钱了，我还想给她一次机会，要她承认在那边招待所的错误，不然，我心里这个结一直解不开。"

"谁知道她给乞丐钱，是不是做样子给我们看的？"小陈说，"你也别太天真，她要说，早就说了，连在家里以前做的那些事也抖搂给你了。"

"我们得想法引导她，要她意识到自己错了，不然，简单把她送回去，说不定下次她还会犯同样的错误，还要再离家，那我们做的这个节目就是失败的，没从根本上帮助她，达到拯救她的目的。"

小陈说："那就不关我们的事了。我们只是做节目，承担不了那么多责任。安全送马丽娟回家，就是我们现在的责任。"

吕萌萌说："一个没解决问题的节目做出来又有什么分量呢？如果一个电视节目没有一点儿社会责任感，只有新鲜和猎奇，时间一久，肯定会失去观众的。"

小陈摇头："我只知道摄像，其余的我不想操心。任务完成了，我就想轻轻松松回去，可不愿把自己弄得一身沉重。"

"我们的节目叫《真情放送》，如果仅仅是送一个小姑娘回家，这样的真情是不是太单薄了？"吕萌萌却不依不饶地要和小陈理论下去。

小陈疑惑地看着吕萌萌，没再说一个字。

吕萌萌心想，如果马丽娟到分手时还不承认，要不要拿出包里的那条破床单给她看？

八

饭后，吕萌萌陪马丽娟回到她的房间。她打开卫生间浴盆的热水开关，一边放水，一边对马丽娟说，待会好好泡个澡，睡个好觉，明天一早就送你回家。

马丽娟嘟囔了一句不用送，她自己能回去。见吕萌萌看着她，又叫吕萌萌早回房间去睡，今天大家都累了。

从马丽娟家一路回来到现在，她几乎没怎么说话，谁也猜不透她的想法。

该是时候了，再不说就没机会了。吕萌萌想拿中午给乞丐钱的事做引子，可当时她和小陈的那种态度，不知该怎么开口，便说："我当然会去睡，今天很高兴，见到你母亲，她真的很想你。你后爸的态度也很积极，他还担心你在外面是怎么生活的呢。丽娟你看，家就是家，它永远都在守候你，包容你。明天一早把你送回家，我们的任务也算完成，姐姐就要回去了，咱们处了这几天，难道你就没什么话要对姐姐说？"

马丽娟快速看了吕萌萌一眼："谢谢姐姐了。"

"谢谢就不必了，这是我的工作。"吕萌萌说，"有没有别的话想跟姐姐说？心里话，什么都行，从咱们见面那天起，你埋藏在心里的话和一些事，你曾经的经历，难道真的不想跟姐姐聊聊？有这么一个忠诚的听众不好吗？"

马丽娟似乎听出了吕萌萌的暗示，但她不吭声了。吕萌萌等了半天，又不能直接说出来，怕伤她自尊，想了想便说："你要没想好，就再想想，咱们明天路上说也行。时间不早了，你早点儿睡，从明天起，你回到家不用再流浪，就要开始正常的生活了。晚安。"

马丽娟没跟吕萌萌说晚安。她把吕萌萌送出门，在门口看着她进自己的房间，才慢慢关上自己的房门。

虽说一切顺利，吕萌萌还是不敢掉以轻心。她的耳朵贴到门上听着门外的动静，只要熬过今夜，明天把马丽娟安全送回家，她的心才会真正落到实处。

马丽娟是在半个多小时后，敲开吕萌萌房间门的。她终于承认了在招待所的不轨行为。吕萌萌很高兴，都不知怎么来形容她的高兴了，她紧紧抱住马丽娟，夸她是个勇于承认错误的好孩子，能有这份勇气，她以后一定会做得很好。马丽娟似乎受了吕萌萌情绪的影响，难得地笑了笑，说她心里此刻也轻松多了。

再把马丽娟送回房间安顿好，吕萌萌的心彻底放松了，她觉得自己挽救了一个在生活边缘徘徊的孩子，有了一种高看自己的味道。她不再把耳朵贴在门上听外面的声音，而是洗了个热水澡，放心地睡了。

天还没亮，吕萌萌被手机铃声吵醒，一看号码，是江小东打来的。江小东的声音喑哑、晦涩，第一句话就说，萌萌，我想和你结婚。

吕萌萌大吃一惊，睡意顿时全消。这时候来这么一句话，无异于一声惊雷，惊得她浑身震颤。但她很快稳住自己的情绪，淡淡地问江小东在哪里？江小东说，我能在哪儿？在通宵酒吧。吕萌萌问你喝了很多酒吧？怎么现在还不回家，天都快亮了，快回家休息吧，下午还要做节目吧？别叫电视机前的人看出疲惫来。江小东声音哽咽起来："节目……狗屁节目，我被人家耍了，那个混蛋台长骗了我，要让我当金牌节目的主持人，可他又压着我不让出镜。什么看中我的学识和才华，都是借口，他是有目的的……他一个半大老头，想老牛吃嫩草，原来把我弄进台里，是想用我捏弄女主持陈珊珊，逼那个臭女人跟他上床。起初，那个女人不愿意，嫌死老头烟抽得厉害口臭太重。死老头就拿我替换那个女人，逼她就范。那个女人也不是好货，一看风向不对，很快跟死老头上了床，还跟死老头告状，说我对她有不轨行为……"

电话里，江小东哭得泣不成声。

吕萌萌已经没了感觉，痛、酸、苦抑或甜，都没有，一个不择手段的男人实在不值得同情。她甚至很奇怪，自己怎么会等着这样一个男人拿着利器来分割过去，其实他们本来就是分开的，哪怕在他们中间插上十把刀也不一定有多痛。这样想来，所有的痛都是她自找的。

吕萌萌狠狠地摁断电话，并且关了机。

又一个问题解决了，吕萌萌终于意识到，一个人没了负担是多么痛快的事啊！

天已经大亮，很快就要出发了。一段发人深省的真情节目也即将放送。

吕萌萌起床洗把脸，去敲马丽娟的房门时，才发现她早不见影了。

吕萌萌和小陈分头去找。小陈去了汽车站。吕萌萌在宾馆附近找了一圈，问了几个早起的人，没得到一点儿马丽娟的消息。吕萌萌心里倒不是太紧张，她还抱着一丝幻想，马丽娟肯定不愿打扰他们，一大早自己回家去了。

早饭都没顾上吃，吕萌萌给小陈打了个电话，当即坐出租车赶到马丽娟的家。远远地，她就看到马丽娟的妈妈和后爸在大门外站着，正往大路这边瞅呢。见到出租车，李玉花颠着步子往车跟前跑，叫后爸一把拽住了。

车在马丽娟的妈妈和后爸跟前停下，吕萌萌拉开门跳下车就问，丽娟回来了吧？

马丽娟的妈妈和后爸奇怪地看着吕萌萌，半天缓不过神来。

吕萌萌从他们的神情里看出了答案，这才惊慌失措地叫道："天啊，我还以为丽娟自己回来了呢。"当即给小陈打电话。

小陈找遍了武甸坡大小车站，问遍了附近的人，都说没见过他描述的女孩。

"啊，难道马丽娟又跑了？"吕萌萌像泄了气的皮球，无力地说，"不会吧，她昨晚主动承认了错误，我还以为她真心悔过……"

马丽娟的后爸指着吕萌萌，一字一顿地说："你把人弄丢了？"

吕萌萌点点头，又摇摇头。

马丽娟的妈妈张大嘴，刚才满是期盼的眼神变滞了，她腿软了，往地上一坐，手抓着地上的泥土，好半天才号啕大哭起来。

马丽娟的后爸上前扯住吕萌萌，吼道："你还我丽娟！还，你还！"

马丽娟妈妈的哭声引来一大堆村民，他们有的还端着饭碗，有的扛着铁锨锄头准备去收秋。他们将吕萌萌和那辆出租车团团围住，要她交出马丽娟来。

吕萌萌在慌乱中给小陈打电话，叫他赶紧过来。小陈还在电话里要问个究竟，吕萌萌一时也说不清，她握着手机，已经六神无主，慌乱的目光透过这帮愤怒的农民，看到一群早起的山雀突然受到惊吓，轰的一声冲起，向不远处飘荡着落叶的小树林飞去。远处清冷的天空，被一抹红霞染得血红。